# 보보노노

步步怒怒

# 보보노노 3

용공자 新무협 판타지 소설

초판 1쇄 찍은 날 § 2003년 11월 4일
초판 1쇄 펴낸 날 § 2003년 11월 14일

지은이 § 용공자
펴낸이 § 서경석

편집장 § 문혜영
편집책임 § 유경화
편집 § 장상수 · 권민정 · 김민정
마케팅 § 정필 · 강양원 · 이선구 · 김규진 · 홍현경

펴낸곳 § 도서출판 청어람
등록번호 § 제1081-1-89호
등록일자 § 1999. 5. 31
어람번호 § 제2-0278호

주소 § 경기도 부천시 원미구 심곡1동 350-1 남성B/D 3F (우) 420-011
전화 § 032-656-4452  팩스 § 032-656-4453
http://www.chungeoram.com
E-mail § eoram99@chollian.net

ⓒ 용공자, 2003

값 8,000원

ISBN 89-5505-829-2 04810
ISBN 89-5505-826-8  (SET)

용공자 신무협 판타지 소설

步步怒怒

# 녈녈뇌뇌

**3**

대도(大都)에서

도서출판 청어람

第八章 출군 전야(出軍前夜)

오왕이 웅천부를
비운 지도 여러 달

## 출군 전야(出軍前夜)

　오왕이 응천부를 비운 지도 여러 달. 조례(朝禮)가 어전회의로 대체된 기간도 그만큼이었다. 응천부에서라면 조복(朝服)을 차려입은 문무백관들이 좌우로 시립한 가운데 승상이 국정을 보고하고 신하들이 국사를 논의하는 자리였겠으나 소주에서 열리는 어전회의는 전장에서 열리는 군사회의나 마찬가지였다.

　왕이 갑주를 풀지 않으니 응천부에서 대동한 문관들까지도 매일 아침 갑주를 입고 패검을 착용한 채 회의에 참가하고 있었고 장수들은 밤 사이 도착한 원정군의 소식을 전하고 끊임없이 군사 배치와 전선의 상황을 보고하고 있었다.

　이런 중에도 모두의 시선에 아랑곳하지 않고 문관 차림으로 회의에 참석하는 사람이 있었는데 그가 우승상(右丞相) 유기(劉基)였다.

　"전하, 경사를 떠나올 때는 무더운 여름이었으나 어느덧 철이 바뀌어 새벽녘이면 서늘한 바람이 불기 시작했사옵니다. 주군이 경사를 비움은 어버이가 집을 비운 것과 같으니 그 기간이 길어지면 안으로 기강이 흔들리고 밖으로는 도적이 들어도 막을 수가 없사옵니다.”

유기의 진언에 장수들이 탐탁지 않은 표정을 지으면서도 선뜻 반론을 펼치지 못하는 것은 우승상에 대한 오왕의 신임이 각별하기 때문이었다. 오왕은 문인들을 싫어하면서도 유기나 도안 같은 재사들을 중용하고 늘 가까이하여 그들의 조언을 경청했다.

“우승상의 말이 자못 옳습니다만 북벌군의 조직이 갖추어지고 정남군이 돌아올 때를 기다려야 하지 않겠습니까?”

좌승상(左丞相) 이선장(李善長)이 장수들의 생각을 대변하니 어좌에 앉아 있던 오왕이 고개를 끄덕였다.

“정남군은 이미 수백 리를 진군했으나 감히 대적하는 적을 만나지 못했고 북벌군에 관한 것이야 대장군께서 맡으시면 될 일이 아닙니까?”

유기의 반론에 이번에는 대장군 서달(徐達)이 나섰다.

“그렇기도 하오만 강토를 수복할 북벌군을 조련하는 일이니 전하께서 직접 관여함이 당연한 게 아니겠소?”

“대장군의 말이 옳소. 짐도 그렇게 생각하오만.”

서달의 의견에 오왕이 찬동을 표해도 유기는 전혀 굽힐 기미가 없었다. 오히려 오왕의 말을 기다렸다는 듯 보다 강경한 어조로 입을 열었다.

“하오나 강토를 수복하고 중원을 통일하는 일은 마땅히 하늘의 뜻을 받은 천자께서 행할 위업이라 이러한 천시(天時)를 받아 행할 분이 전하 말고 이 땅에 누가 있겠습니까?”

천자(天子)라는 말에 장내가 쥐 죽은 듯 고요해지자 유기는 계속해서 논지를 이어갔다.

"하루 속히 경사로 돌아가 하늘에 제를 올리고 천자에 등극하셔서 북벌군의 출정 전에 천하의 주인이 전하임을 만방에 알리고 오랑캐의 황제를 폐위시켜야 함이 옳은 줄로 아룁니다."

유기는 애초부터 천자 즉위에 관한 진언을 하기 위해 경사로 돌아갈 것을 주청한 것이 분명했다.

"제장들의 생각은 어떠하오?"

모두가 얼어붙은 듯 조용한 가운데 오왕이 입을 열어 의견을 구하자 모두가 한목소리로 대답하기를 '옳다' 하였다. 뒤이어 오왕은 응천부로 돌아갈 것을 밝히고 천자 즉위를 위한 천제(天祭)를 준비토록 명하니 모두가 엎드려 만세 삼창으로 답하고 회의를 끝냈다.


운풍대주 풍승은 일개 대주의 신분으로 어전회의에 참석하는 유일한 인물이었다. 비록 왕의 얼굴을 보기도 힘든 말석에서 아무 말 없이 서 있다가 나오는 처지였지만 한때는 오왕을 호위하며 누구보다 가까운 곳에서 보필한 적도 있었다. 그러니 어전회의에 이어 군사 실무를 논하는 작전회의에 참석하는 어쩌면 것은 당연한 일이었다.

그러나 대장군이 주재하는 작전회의에서도 풍승은 대주 직함으로 참석하는 유일한 인물이었기에 말석에 앉아 입을 열 기회가 없기는 마찬가지였다.

"금의위만으로는 유사시 전하를 보호하기 어렵다고 생각합니다."

오늘 중점이 되고 있는 안건은 오왕이 응천부로 이동하는 동안의 호위에 대한 것이었다.

소주에 주둔 중인 금의위는 일천. 대장군 서달은 금의위만으로 호위하기에는 불안하다는 의견이었지만 금의위 도독(都督) 남경필(藍勍筆)

은 문제 될 게 없다는 태도였다.

"운하를 이용해 장강을 타고 올라가면 길어야 사흘인데 무엇이 어렵단 말씀입니까?"

"멀지 않은 길이라고는 하나 전하의 행차에 겨우 금의위만 대동한다는 건 매우 위험한 일이오. 만에 하나라도 적들이 그 사실을 안다면 전하의 신변을 지키기엔 턱없이 모자라오."

"대장군, 지금 강남에 금의위 일천을 대적할 적이 어디 있단 말이오?"

남경필이 턱수염을 만지며 자신감을 표하는 이유에 대해서는 모든 장수들도 동감하고 있었지만 서달은 여전히 난색을 표하며 고개를 저었다.

"마교가 있지 않소."

대장군의 대답에 남경필이 탁자를 내려쳤다.

"당찮은 소리! 마교는 이미 중원에서 사라졌소!"

남경필의 행동은 대장군을 아래로 보는 것이라 자리에 있던 여러 장수들을 어이없게 만들었다. 남경필이 정일품 도독으로 품계로야 대장군과 같다고 하지만 서달은 엄연한 군의 총사령관이었다.

"감히 뉘 앞에서!"

흥분한 장수 하나가 칼을 뽑으려 하자 서달이 손을 들어 이를 제지했다.

"그래서 만에 하나라고 하는 것이 아니오. 설혹 아무런 위험이 없다해도 금의위만으로는 전하의 행차에 위신이 서질 않소."

서달은 남경필의 지나친 언사에도 불구하고 눈살 하나 찌푸리지 않았다.

"좋소! 그렇다면 대장군이 원하는 만큼 호위를 붙이시오!"

남경필은 회의가 끝나지도 않았는데 자리를 박차고 나갔다. 남경필의 태도에 몇몇 장수들이 격분해 일어났다.

"저런 죽일 놈을 봤나!"

"내 저놈을!"

"모두들 앉으시오!"

장수들은 당장이라도 따라 나가 칼부림을 할 기세들이었지만 서달의 한마디에 제자리에 주저앉았다.

"대장군, 저자의 방자함이 나날이 더해갑니다!"

"아무리 전하의 총애를 받고 있다고 하지만 저렇게 안하무인이어서야……."

"됐소. 도독에 관한 일은 내 따로 전하께 아뢰겠소. 더 이상 거론치 말고 하던 얘기나 마무리 지읍시다."

서달은 장수들을 진정시키며 호위대 구성에 대한 문제를 꺼냈다.

"도독의 말대로 금의위만으로도 호위에 큰 문제가 없다고 봅니다만 전하의 신변을 금의위에만 맡겨놔서야 우리 군의 체면이 서질 않습니다."

서달이 금의위만으로 호위를 맡길 수 없다고 한 진정한 이유는 바로 이것이었다. 최근 들어 금의위는 국왕 호위와 단순한 왕명 전달의 임무를 넘어 대외 정보 수집과 내무 감찰까지 영역을 넓히며 군부는 물론 모든 관료들에 대한 사찰을 시작하고 있었다.

이에 따라 금의위의 위세가 갈수록 높아졌고 군부에서는 은근히 이를 경계하는 입장이었다.

"그렇습니다. 전하 곁에 항상 우리가 있다는 사실을 잊게 해선 안 됩니다."

"맞습니다."

대장군영의 회의가 계속되는 동안 풍승은 몰래 한쪽 귀를 후비며 지루함을 숨기고 있었다.

'쯧쯧, 이렇게 될 줄 모르고 운풍대를 이 지경으로 만들고 그 자리에 금의위를 앉혀놨지. 불쌍한 자들.'

풍승은 장군들의 회의를 지켜보며 속으로 혀를 찼다.

운풍대가 강해지는 것을 두려워해 금의위를 만든 지 겨우 이 년여. 지금의 금의위는 예전의 운풍대에 비할 바가 아니었다.

남경필은 하급 군관 출신답지 않게 노련한 자였다. 백련교 소탕을 빌미로 조금씩 금의위의 활동 영역을 넓혀가는 수완에 좌우 승상들도 혀를 내둘렀다고 하지 않던가.

'금의위를 어찌기엔 너무 늦었어.'

적진을 부수고 성을 함락시키는 데는 모두 일가견이 있는 용맹한 장군들이었지만 내부의 세력 다툼이나 조정의 암투에 관해서는 서투르기 짝이 없는 모습들이었다. 이들의 모습이 풍승 자신의 모습과 다르지 않기에 더욱 안타까운지도 몰랐다.

장군들도 언제까지나 이렇지는 않을 것이다. 전장에서 단련된 노련함에 연륜까지 갖추어가고 있고 최근에는 암투에도 머리를 굴리고 있으니 전쟁이 끝나고 평화가 찾아오면 이들도 정치에 뜻을 둘 것이고 남경필 못지않은 수완가가 되어 있을 것이다.

하지만 그때는 이들의 약점이 고스란히 남경필의 손에 있을 텐데 무엇으로 금의위를 상대할 것인가?

'게다가 그 뒤엔 대화회가 있으니……'

회의는 오래지 않아 결론이 났다. 진북군의 지원을 위해 장강 이북으로 이동이 결정된 오로군이 호위대를 맡기로 했다. 원래는 십 일 후에 출발할 예정이었지만 다른 부대를 보내는 것보다 그 편이 효율적이라는 데 이견이 없었고 일정을 당겨 출발한다고 해도 무리가 없다는 판단이었다.

"풍 장군의 생각은 어떻소?"

회의의 말미 풍승에게 발언권이 주어졌다. 이것은 풍승이 어떤 영향력이 있어서가 아니라 이번 임무에 운풍대가 끼게 되어서였다.

"장군들의 의견에 전적으로 동감하는 바입니다만 몇 가지 문제가 있군요. 첫째, 이만의 군세를 태울 배가 없습니다. 모래까지 모병선단의 배를 총동원한다고 해도 삼천에서 사천을 태울 배밖에는 안 됩니다. 둘째, 선단을 구성해도 결국 전하의 곁에는 금의위만 있을 뿐입니다. 한 배에 많아야 삼 백이나 탈 수 있으니 전하는 밤낮 도독과 금의위의 얼굴만 보게 되겠지요."

대규모 병력만으로 위세를 올릴 생각만 하던 장군들은 풍승의 지적에 다시 머리를 싸맸지만 뚜렷한 해결책을 찾지 못했다. 안전하고 편한 뱃길을 놔두고 육로를 택해 이동할 이유가 없었던 것이다.

결국 이날의 회의에서 결정된 사항은 최대한 배를 동원해 풍승의 지휘 하에 운풍대를 포함한 오로군 선봉대 사천이 금의위와 함께 호위대를 구성한다는 것이었다.


풍승이 운풍대로 돌아왔을 때 초지일은 모병선단이 들어온다는 소식에 신병을 기대하며 나가 있었고 풍종우는 개인적인 일로 자리를 비우고 없었다. 풍승이 유일하게 장원에 남아 있던 양적심에게 출병 소식을 알리자 양적심은 열다섯 명의 조장들을 소집해 이 사실을 통보했다.

점심 식사를 마치고 제각각 소일하고 있던 고참 대원들은 조장들이 불려가고 이어 때 아닌 집합 명령이 떨어지자 출병을 짐작했지만 신병들은 아무 생각 없이 각 조의 숙소로 모여들었다.


"이틀 후 출병한다! 오늘 하루는 쉬고 내일은 장원을 정리한다! 자세한 임무는 내일 알려주겠다! 이상!"

종리고도는 양적심을 통해 들었던 짧은 명령을 보다 짧고 간단명료하게 압축해서 설명했다. 칠조원들 대부분은 짧고 알아듣기 쉬운 명령에 고개를 끄덕이며 그럴 줄 알았다는 표정들이었다. 나대기 좋아하는 조신도 시큰둥해했고 조금이라도 놀라고 있는 건 이세명뿐이었다.

"그래도 이번 휴식은 좀 길었군."

"글쎄, 한 달 남짓 됐나?"

"이제 피 냄새가 좀 지워졌나 했더니……."

"그러게 말이야. 이번엔 어디로 가는 거야?"

"이제 남은 적이라곤 오랑캐들밖에 더 있나? 안 그래?"

"몽고 놈들 목 따는 거라면 대환영이지만 낸들 아나?"

"조장한테 물어봐."

"나도 모른다."

푸념 섞인 대화를 늘어놓으며 흩어지는 조원들의 얼굴에게선 일말의 불안감이 느껴지기도 했지만 조원들은 이내 평소와 다름없는 모습으로 돌아가 빈둥거리기 시작했다.

"이봐, 세명이! 왜 그러고 서 있어?"

이세명은 조신이 부르는 소리에 고개를 저었다.

“아닙니다.”

이세명은 조신과 연무장으로 걸어가며 앞으로의 일들을 걱정했다. 군적(軍籍)에 이름이 올랐음을 자각한 뒤로 죽 각오하고 있었던 일이긴 하지만 막상 전쟁터에 나가 싸우게 될 거라 생각하니 가슴이 답답해져 왔다. 이세명의 얼굴이 어두워지는 것을 보며 조신이 이세명의 어깨를 토닥거렸다.

“잘된 거잖아?”

“네?”

“형이 진북군에 있다고 하지 않았어?”

느닷없는 형 얘기에 이세명이 귀를 세웠다.

“네.”

“이번에 진북군에 합류한다니 형을 만나기가 훨씬 쉽지 않겠어?”

이세명은 조신의 말에 눈을 번쩍 떴다.

“아까 그런 말은 없었잖아요.”

“진북군에 합류가 결정돼서 훈련이 중지됐다는 얘기는 진작부터 있었잖아.”

이세명으로서는 금시초문이었지만 이런 소문이 나돈 지는 벌써 열흘이 넘어서 이제는 모르는 이가 없는 얘기였다. 진북군에 합류하는 것과 훈련이 중지된 것 사이에 어떤 연관이 있다는 건지 이해가 안 됐지만 어쨌든 형이 있는 곳으로 가게 된다니 방금까지의 불안이나 걱정은 한순간에 사라지고 마냥 기쁘기만 했다.

“정말요?”

반색하는 이세명을 본 조신이 이를 보이며 씨익 웃었다.

“그렇대두. 양 부대주가 진북군에 합류하게 됐다면서 투덜거리는 소리를 분명 들었다니까.”

　사실은 조신도 누군가에게서 전해 들은 거였지만 마치 자기가 들은 것처럼 말을 했다. 조신은 약간 찔리긴 했지만 이세명의 표정이 밝아진 것을 보니 기분이 좋았다.

　초지일은 오랜만에 들어온 모병선 십호에서 쓸 만한 신병이 오기를 기대하며 오로군 군영기 앞에서 한나절을 기다렸지만 끝내 신병은 오지 않았다.

　각 군영의 깃발 아래 모여 있던 신병들이 군관들의 인솔 하에 모두 빠져나간 지도 이각. 초지일은 나직이 한숨을 내쉬었다.

　결원 보충 신청을 내고 기다린 지 사십 일. 그리고 그동안 운풍대에 보충된 인원은 겨우 오십 명. 신청한 인원의 이 할에도 미치지 못하는 인원이었고 그나마도 대부분이 삼류 무사였다. 생각할수록 한숨만 나왔다.

　“망할 놈의 금의위!”

　초지일이 습관처럼 금의위를 욕하며 발길을 돌리려 할 때 멀리서 누군가 뛰어오며 소리치는 게 들렸다.

　“장수님!”

　목소리에 힘이 실려 있고 상당히 빠르게 가까워지는 것을 볼 때 분명 무공을 익힌 자였다. 초지일은 혹시나 하는 한가닥 기대를 품고 그 자가 가까이 오기를 기다렸다.

　진한 남색 무복에 한 손에 검을 든 모습이 당당하고 자연스러워 보이는 자였다.

　“운풍대에 배속받았습니다.”

　한 손에 검을 들고 남색 무복을 입은 사내의 입에서 초지일을 기쁘게 하는 말이 나왔지만 초지일은 내색하지 않고 되려 짜증을 냈다.

"왜 이렇게 늦었나?"

초지일의 짜증에 남의인은 황망히 고개를 숙였다.

"죄송합니다. 영무소(迎武所)를 통해 오는 길이라……."

영무소는 육로를 통해 자원병을 받는 곳으로 여기서 십 리나 떨어진 곳에 있었다.

"그래?"

영무소를 통해 왔다는 대답에 초지일은 잠시 고개를 갸웃거렸다.

운풍대의 신병 자원은 모병선 십호만을 대상으로 했다. 초지일이 직접 쓴 결원 보충 신청서 자체에 '모병선 십호의 자원병들 중' 이라는 단초가 있었고 상부에서 내려온 공문에도 '모병선 십호를 통해' 라는 답변이 있었다.

게다가 영무소에서는 신병들을 배속과 동시에 각 부대까지 보내주기 때문에 영무소를 통해 신병을 받는다면 초지일이 이곳에 나와 있을 필요도 없었다.

어쩌면 뭔가 착오가 생겨 잘못 배속됐을지도 모를 일이었지만 초지일은 이 문제를 오래 생각하지 않았다. 남의인이 어떤 절차를 거쳐서 왔든 제법 쓸 만한 자로 보였고 운풍대는 한 사람의 신병이 아쉬운 판이었다. 할 수만 있다면 옛날처럼 뒷구멍으로라도 결원을 채우고 싶은 심정이었다.

초지일은 남의인을 다시 한 번 훑어보고 내심 만족했다. 벗겨놓고 봐야 알겠지만 상당한 수련을 쌓은 티가 보였다.

"늦었다. 가자."

초지일은 신병 하나에 일희일비하는 자신을 한심스러워하며 앞장서 나갔다.

“예, 예.”

뒤따르는 남의인의 눈가에 만족한 웃음이 걸렸다가 사라졌다.


저녁을 먹기 위해 모여 있던 사람들은 초지일이 신병을 데리고 왔다는 소식에 ‘와’ 하는 소리를 내며 우르르 몰려 나갔고 이세명도 조신의 손에 끌려 신병 구경에 동참했다.

사람들은 어쩌면, 아니, 틀림없이 마지막 신병이 분명한 남의인을 향해 언제나처럼 농을 걸며 낄낄거렸다.

“어라? 저 사람?”

조신이 신병을 알아보고 손가락질을 할 때 이세명도 이미 그를 알아봤다. 다관 주인의 장남으로, 오부민이라던 자였다.

“잘하면 우리 조로 올지도 모르겠는데?”

조신의 짐작은 어느 정도 근거가 있었다.

최근의 신병 수급으로 각 조에 배정된 신병은 평균 둘이었고 운이 좋아 셋인 조도 있었다. 칠조는 이세명과 조신에 이어 풍종우까지 자리를 잡아 적정선의 신병을 받았다고 볼 수 있었다. 하지만 부대주는 조 구성원으로 볼 수 없었고 신병 배치는 거의 초지일이 결정했다.

초지일은 강호에서 인연이 있는 자가 있는지를 우선적으로 따졌기 때문에 오부민이 칠조로 올 확률은 제법 높았고 결국 조신의 짐작대로 칠조에 배정됐다.


마지막 신병을 위한 이날의 환영식은 이틀 후 출정임을 고려해 간단한 소개로 끝내기로 했으나 뒤늦게 도착한 양적심이 어디선가 꽤 많은 양의 술을 가져와 이전처럼 떠들썩한 신병 환영식이 되고 말았다.

하루 중 연무장이 가장 붐빌 때는 묘시 무렵부터 아침 식사 전까지의 시간이었지만 오늘은 전혀 그렇지 않았다. 칠조원들은 과음의 대가를 치르고 있었고 다른 조원들은 숙소를 정리하느라 새벽부터 분주한 모습들이었다.

덕분에 연무장은 텅 비어 있었고 이세명과 성무욱은 처음으로 아침 수련을 함께하게 되었다.

"그것참……."

성무욱은 매일 하던 대로 이세명의 수련을 지켜보다가 나직이 중얼거렸다. 이세명이 팔룡풍운을 펼치는 걸 처음 보는 건 아니었지만 전에는 이것이 도법이나 초식이라는 생각을 하지 못했다. 그저 습관적인 몸 풀기 정도로 알고 있었는데 오늘에서야 수십 번을 진지하게 반복하는 걸 보고 이상하게 여겨 물어보니 팔룡풍운이라는 이름의 초식이라는 거였다.

"대체 저것이……."

성무욱은 이세명이 하고 있는 수련이 어떤 의미의 공부인지 짐작이 가지 않았다.

이세명이 천부적인 재능과 기연으로 이미 그 수준이 무초식의 초식이라는 심검의 경지에까지 이른 것을 알고 있지 않았다면 지금 이세명이 하고 있는 짓을 무공 수련이라고 생각지도 못했을 것이다.

이세명이 하고 있는 칼질을 초식이라고 생각하고 보니 과연 앞뒤로 돌아서는 간단한 보법이며 칼의 내침과 거둠이 항상 일정한 방향과 거리를 유지하고 있었다. 그러나 저렇게 번번이 시전하는 속도가 달라서야 호흡과 운기가 일정하게 유지될 리 없었다.

"저것이 자연스럽게 기운이 성하고 발하게 두는 것인가?"

성무욱은 언젠가 이세명이 물었던 질문을 생각해 냈지만 스스로 답을 얻을 수는 없었다.

"모르겠군."

성무욱은 이세명에게서 눈을 돌렸다. 모르긴 해도 이세명이 어떤 수련을 하고 있는지 알려면 같은 경지에 오르지 않고는 불가능할 것 같았다.


얼추 식사 시간이 됐을 무렵 이세명은 연무장에 나타난 오부민을 보고 칼을 멈췄다.

"안녕하세요?"

이세명의 인사에 오부민이 미안한 표정을 지었다.

"내가 방해가 됐군."

오부민은 지난밤 술자리에서 상당한 과음을 했을 텐데도 전혀 숙취가 없어 보였고 몸에서 술 냄새도 나지 않았다.

"아닙니다. 막 끝내려던 참이었어요."

이세명이 아니라고 말해도 오부민은 여전히 미안한 얼굴로 성무욱에게 시선을 돌렸다. 성무욱은 조금 떨어진 곳에서 녹엽만세검을 수련하고 있었는데 오부민을 보고도 수련을 멈추지 않았다.

"녹엽만세검이구나."

오부민은 혹시나 성무욱에게 방해가 될까 싶었는지 이세명에게 고개를 돌리고 조그맣게 말했다.

"네, 저도 그렇게 알고 있습니다."

"하지만 흔히 볼 수 있는 것과는 다른걸? 아마도 저게 원류가 아닐까 싶군."

"……."

　오부민이 녹엽만세검의 내력을 알아보자 이세명은 함부로 말을 꺼낼 수 없었다. 성무욱의 검을 알아보는 게 좋은 건지 나쁜 건지 판단이 서지 않았다.

　"어이쿠, 내가 이럴 때가 아니지."

　오부민은 성무욱의 연검이 끝날 때까지 관심 깊게 지켜보다가 갑자기 자신의 이마를 쳤다.

　"네? 무슨 일이라도 있나요?"

　"나도 아침 공부를 해야지."

　오부민은 몇 걸음 앞으로 나가 왼손에 쥐고 있던 검을 뽑았다. 검집을 쥔 왼손을 뒤로 당기며 양손으로 발검하는 동작이 무척 경쾌해서 검을 뽑는 순간 듣기 좋은 소리가 났다.

　"잘 봐둬라. 저것이 청성검문(靑城劍門)이라 불리는 청성파(靑城派)의 태극검(太極劍)이다."

　어느새 수련을 끝낸 성무욱이 이세명 곁에 와 있었다. 오부민은 성무욱의 목소리를 들었는지 살짝 고개를 숙여 보이고는 검을 전개하기 시작했다.

　"사람들은 무당에 태극권과 태극검이 있음을 알지만 청성에 태극권과 태극검이 있음을 알지 못한다."

　오부민의 검은 어지러이 곡선을 그리며 빠르게 움직였다.

　"무당의 태극이 음양의 화(和)를 중시하여 부드러움으로 강함을 제압하는 것이라면 청성의 태극은 태극의 합(合)을 중시하여 부드러움을 부드러움으로, 강함을 강함으로 이기기도 하며 강함으로 부드러움을, 부드러움으로 강함을 이기기도 한다."

　핑! 쉬익!

오부민의 검은 쉴 새 없이 파공음을 만들어내며 전면에 가득 칼 그림자를 만들어냈다.

세명이 보기에 오부민의 검법은 신랄하고 빠르면서도 움직임에 각이 없어 물 흐르듯 자연스러운 가운데 기운이 검을 타고 끊임없이 이어져 보기에 무척 좋았다. 무당의 태극권이나 태극검은 본 적이 없었지만 화(化)를 중시해 유능제강(柔能制剛)함에 중점을 두었다면 오부민이 보여주는 태극검과는 크게 다를 것이란 생각이 들었다.

"그런데도 사람들이 무당의 태극만을 알고 청성의 태극을 모르는 이유는 청성파에는 태극을 익히는 자가 없기 때문이다."

익히는 자가 없다면 오부민이 펼치는 검법은 무엇이고 성무욱은 그걸 어찌 알아봤단 말인가? 이세명이 성무욱의 설명에 이런 의문을 품는 동안 오부민은 보법을 밟으며 전후, 좌우로 어지럽게 움직였다.

"청성에는 태극권에 맞는 내공이 없다더니……."

딸칵!

오부민의 검은 나올 때와 마찬가지로 경쾌하게 검집에 들어가며 소리를 냈다.

"태극검을 알아보는 사람이 있을 줄은 몰랐는걸요?"

오부민이 성무욱에게 포권을 취하며 인사했다. 아무래도 검을 펼치는 동안 성무욱의 말을 놓치지 않고 들은 듯했다.

"피차 마찬가질세."

"본 문의 선배님으로 보이지는 않습니다만?"

청성파에서도 익히는 자가 드문 검법을 알아봤으니 오부민의 질문은 어쩌면 당연한 것일 수도 있었다. 하지만 이렇게 말을 하면서도 오부민은 전혀 그렇게 생각하지 않고 있었다.

"어쩌다 보니 눈 동냥을 한 적이 있을 뿐이네."

잠시간 성무욱과 오부민 사이에 미묘한 눈빛이 오갔다. 이세명은 서로를 살피는 두 사람의 태도를 이해할 수 없었다. 떳떳이 밝히지 않을 바에야 철저히 숨길 것이지 어째서 자신을 드러내고 상대를 아는 척한단 말인가?

"이제 식사하러 가시죠?"

이세명이 껴들고서야 두 사람은 상대방에게 향했던 미소와 눈길을 거둬들였다.


아침을 먹는 동안 사람들의 화재는 단연 내일의 출정에 관한 것들이었지만 종종 오부민에 관한 이야기도 심심치 않게 나오고 있었다.

그도 그럴 것이, 오부민은 칠대문파의 하나인 청성파의 제자였다. 운풍대에 칠대문파의 제자가 들어온 게 오부민이 처음은 아니었지만 모두 속가제자였고 그나마도 지금은 군을 떠났거나 금의위로 옮겨갔거나 해서 남아 있는 사람이 없었다. 오부민도 속가제자긴 마찬가지였지만 청성파는 본산 제자와 속가제자 사이에 차등을 두지 않고 무공을 전수하는 문파였으니 오부민을 본산 제자로 봐도 무방했다.

오부민에 대해 오가는 대화 중에는 요월관의 장남이라거나 집안을 구하기 위해 입대했다는 등의 병적 사항 이외의 신상에 대한 것들까지 있었다. 입대한 지 만 하루도 지나지 않았건만 사람들은 문보에 대해 모르는 게 없었다. 물론 이런 이야기를 퍼뜨리는 범인은 조신이었다.

"그러니까 금의위에서 차 밭을 뺏으려 해서 그걸 막자고 군에 들어왔다 이 말이군!"

문보의 목소리에 조신이 고개를 끄덕였다.

"그렇죠, 그렇죠! 설마 같은 오나라 병사의 집인데 행패를 부리진 않을 거란 거죠!"

문보와 조신은 당사자가 가까이 있음에도 개의치 않고 떠들었다. 오부민에 대해 묻는 사람이 벌써 세 사람째였고 조신은 같은 설명을 세 번째 반복하면서도 전혀 지겨워하지 않았다.

"차라리 금의위로 가는 게 좋지 않았을까? 청성 속가라면 금의위에서도 좋아하지 않겠어? 운풍대라면 더 괴롭힐 것 같은데!"

"운풍대로 오려고 모병관에게 뇌물을 썼다더군요! 그놈들 행패를 눈으로 봤는데 그런 놈들과 한패가 되고 싶겠어요? 그리고 여긴 풍 부대주님이 있잖아요! 부대주님이 옆에 있는 이상 함부로 건드리진 못하죠!"

조신은 풍종우의 인품에 반해 들어왔다는 오부민의 말을 의도적으로 빼고 얘기했지만 그래도 다들 무리없이 받아들였다.

"하긴."

조신이 큰 소리로 떠드는 통에 오부민의 옆에서 밥을 먹던 이세명이 다 부끄러울 정도였지만 정작 조신은 전혀 그렇지 않은 듯 다른 조의 누군가를 상대로 풍종우가 금의위 위사들을 물리치는 얘기부터 다시 시작하고 있었다.

"정말 대단한 친구야!"

오부민이 고개를 설레설레 흔들자 이세명이 조신을 대신해 머리를 숙였다.

"죄송합니다. 나쁜 뜻이 있는 건 아니니까 오 십장님이 이해하세요."

"하하, 저 친구 성격이야 어제 술 마시면서 알아봤지. 저렇게 남 얘기 듣고 하기를 좋아하면서도 미움받지 않으니 정말 대단한 재능 아니겠어?"

“오 십장님이 그렇게 생각해 주시니 다행이네요.”

“뭐, 그런 걸 네가 미안해할 필요는 없어.”

오부민의 말마따나 이세명도 자신이 미안해할 이유가 없다고 생각했지만 조신과는 친하다면 친한 사이여서 그런지 미안한 마음이 드는 건 어쩔 수 없었다.

“그리고 어지간하면 그 십장 소리 좀 빼줘. 저 넉살 좋고 낯짝 두꺼운 친구는 어제 보자마자 형님이라고 하던데 그래도 우린 전에 인연이 있었으니 편하게 부르라고.”

“네? 네…….”

그러고 보니 세명이 운풍대에 들어온 지 한 달 가까이 돼가는데 아직까지 호형호제하는 사람이 없었다. 조신과는 격의없이 지내며 형처럼 대하고 있기는 했지만 형이나 형님이라고 부르진 않고 있었다. 세명은 원래 붙임성이 좋은 편이었지만 장삼의 죽음 이후로 말수가 많이 줄었고 사람들과도 거리를 두고 있었던 것이다.

세명은 오부민의 말을 듣고 나니 떠들고 있는 조신의 성격이 새삼 부럽게 느껴졌다.


이날 오후 풍승은 삼백오십 운풍대원들을 모아놓고 내일 있을 출정의 목적과 행선지에 대해 알렸다. 운풍대원들은 오랜만에 맡게 되는 국왕의 호위 임무에 환호하면서도 웅천부까지의 한시적 호위라는 것과 금의위와 함께 간다는 사실에 실망했다.

풍승은 운풍대의 최종 목적지는 진북군이 주둔하고 있는 호주(湖州)라는 사실을 알리면서도 앞으로 운풍대가 맡을 임무가 전위대로서의 전투가 아닌 적진 탐보(敵陣探報) 및 교란작전 이라는 사실은 말하지 않았다.

풍승은 적어도 응천부에 도착할 때까지 이 사실을 알리지 않을 생각이었다. 그러나 대부분의 운풍대원들은 전술 훈련이 중단된 이유가 그 때문이란 걸 이미 알고 있었다.


주원장이 침전(寢殿)으로 사용하고 있는 건물은 과거 장사성이 귀빈을 접대하기 위해 만든 영화거(榮華居)였다. 영화거는 단조로운 일층 구조였지만 지붕에 청동 기와를 얹어 오래된 건물처럼 고색창연했고 내부는 넓고 호화로웠다. 커다란 대청에는 대리석을 깔아 고급스러움을 더했고 여섯 개의 별실에는 유명한 문인들의 글과 그림이 가득했다.

사치와 화려함을 싫어하는 주원장의 성정과는 맞지 않는 곳이었으나 집무를 보는 창보궁(蒼寶宮) 내에서 약탈과 침수 피해를 입지 않은 몇 안 되는 건물이었다.


엽부웅은 사흘 만에 돌아온 야근에 슬슬 눈꺼풀이 무거워져 감을 느끼고 크게 기지개를 켰다. 양팔을 천천히 젖히자 의도하지 않은 하품까지 나왔다.

"아아함~"

달을 보며 늘어지게 하품을 하던 엽부웅의 입속으로 느닷없이 손가락 하나가 들어왔다.

"읍!"

엽부웅은 얼른 입을 아물고 고개를 돌렸다.

"퉤! 퉤! 강 형, 뭐 하는 짓이오?"

엽부웅은 침을 뱉으며 손가락의 주인을 노려봤다. 같이 번을 서고 있는 강맹조(姜孟朝)였다.

"미안하오. 하도 맛있게 하기에……."

강맹조의 머쓱한 표정에 엽부응은 다시 침을 몇 번 더 뱉고는 담벼락에 등을 기대어 섰다.

"아이들이나 하는 장난을 하는 걸 보면 강 형도 어지간히 심심한 것 같소."

"왜 아니겠소. 소주까지 와서 하는 일이 고작 이삼 일에 한 번씩 번이나 서는 거라니 지겨워 죽겠소."

강맹조도 담벼락에 등을 붙이고 비스듬히 섰다.

"그래도 성문을 지키는 것과는 다르지 않소? 편하기도 하고……."

"편하기야 하지만 그래서 더 답답한 거 아니겠소. 이렇게 하는 일 없이 죽치고 있어서야 어느 세월에 출세를 한단 말이오?"

강맹조의 불만 섞인 말투에 엽부응은 내심 동의하지 않을 수 없었다. 남들은 금의위라고 하면 비단옷에 하얀 가죽 신발을 신고 있는 멋진 모습을 상상하겠지만 실상 지난 일 년 동안 자신이 한 일은 지금처럼 왕의 침소를 지키는 것밖에 없었다. 백부장이라고 해봐야 금의위에선 삼 일에 한 번 꼴로 돌아오는 보초나 서는 처지인 것이다.

"하긴 그렇소만……."

엽부응이 고개를 끄덕거렸다.

"가만 보면 감찰이나 정보를 다루는 일은 거의 운풍대 출신들이 맡고 있고 우리 같은 일반병 출신은 이런 잡일이나 한단 말이오. 차전(茶田) 몰수만 해도 운풍대 출신들이 다 해먹고 우리한테 돌아온 건 고작 차 몇 포대가 전부 아니오."

"꼭 그런 건 아니오. 나와 친한 위용반(衛龍班)의 이 형도 이번에 한

못 챙겼다고 알고 있소.”

“내 말이 그 말이오. 위용반의 이 형이라면 작년에 있었던 물놀이에도 참가했고 곧 의장반(儀仗班)으로 옮긴다고 하는 사람 아니오. 우리 같은 일반병 출신들이 대우받으려면 이 형처럼 뭔가 눈에 보이는 공을 세워야 하는데 이렇게 초병이나 하고 있어서야 언제 공을 세우겠냔 말이오.”

물놀이는 소명왕 사건을 가리키는 금의위 내의 은어였다. 지난겨울 있었던 소명왕 사건에 동원된 인원은 이천이 넘었고 엽부웅도 참가하긴 했었다. 그러나 엽부웅이 맡았던 일은 멀리서 포위망을 만드는 것이었고 이재영은 추격조였다. 당시에는 사상자가 많이 나온 추격조가 아니어서 다행이라 여겼지만 요즘은 추격조였던 이재영을 볼 때마다 부러운 게 사실이었다.

“어쩌겠소. 주어진 임무에 충실하다 보면 기회가 오지 않겠소? 웅천부로 돌아가면 재배치가 있다고 하니 기대해 봅시다.”

“쩝, 이번 재배치에도 기회가 없을 거요. 지난번 재배치로 시정반(是正班)과 의정반(義正班)이 내무군으로 채워졌고 거기 있던 운풍대 출신들이 대거 감찰반과 탐보반으로 이동했잖소. 모르긴 해도 이번 재배치는 십조룡 출신자들 때문일 거요. 우리와 내통해서 투항한 자들 중에 꽤 대단한 자들이 많다고 들었소. 그러니 웅천부로 돌아가 봐야 삼 일에 한 번씩 돌아오던 야간 번을 이틀에 한 번씩 서는 일밖에 더 있겠소?”

십조룡 출신들에 대한 얘기는 엽부웅도 듣고 있었다. 운풍대를 반쪽 내놨으니 그 실력이야 알 만했고 도망간 장사성을 잡는 데 결정적인 도움을 줬다고 하니 이번 인사 이동에서 한자리를 차지할 게 틀림없다는 소문이었다.

“잡소리들 그만 해라!”

갑자기 들려온 목소리에 놀라 엽부웅과 강맹조는 급히 벽에서 등을 떼며 자세를 바로 했다. 엽부웅과 강맹조가 속한 호조반(護朝班)의 반장 도현무(都賢武)였다.

"언제 오셨습니까?"

"물놀이 얘기할 때부터 듣고 있었다. 쓸데없는 잡담이나 하면서 누가 다가오는지도 모르고 있으니 너희들이 어떻게 출세를 하겠냐?"

도현무의 쓴소리에 강맹조가 얼굴을 붉혔다.

"똑바로 좀 해라! 응?"

도현무가 엽부웅과 강맹조의 가슴을 가볍게 쳤다.

"넵!"

도현무라고 이들의 불만을 모르는 바 아니었다. 십수만에서 뽑혀와 왕을 호위한다고 했을 때는 자부심도 남달랐을 것이다. 하지만 실제로 왕을 호위하는 임무는 금의위에서도 의장반의 몫이고 호조반이나 위룡반은 이렇게 외곽 경비 아니면 순찰이나 하는 게 전부였다.

"웅천부로 돌아가면 계집 속살이라도 만질 수 있지 않겠냐? 불평 그만 하고 좋은 쪽으로 생각하라고! 알겠어?"

"넵!"

도현무는 두 사람의 낮고 짧은 대답을 들으며 돌아섰다. 두 사람의 말대로 웅천부로 돌아가 봐야 번을 서는 횟수가 늘어나는 것밖에 없겠지만 그래도 도현무는 좋았다.

"열한 달, 아니, 일 년 만인가?"

웅천부에 두고 온 처자식을 본 지도 어언 일 년. 도현무는 웅천부로 돌아간다는 사실만으로도 즐거웠다.

"어이구, 저놈들도 졸고 있구먼."

도현무는 저만치 보이는 영화거의 담벼락에 등을 대고 있는 부하들을 보며 발소리를 죽였다.

소주성 밖에는 십수만의 병사들이 진을 치고 있고 성내에는 이만의 병사들이 창보궁을 둘러싸는 형태로 주둔하고 있었다. 거기에 위룡반 위사들이 창보궁의 외벽을 따라 대낮같이 불을 밝혀놓고 불침번을 서며 창보궁 내부는 호조반이 지키고 있었다. 영화거 내부에는 의장반이 있겠지만 누가 있어 창보궁에 들어와 영화거까지 간단 말인가?

술시면 성문이 닫히고 해시면 민간인의 성내 통행이 금지되니 누군가 창보궁에 접근하는 것 자체가 불가능했다. 이렇게 삼중 사중으로 영화거를 지키고 있으니 영화거의 외곽을 경계하는 호조반 위사들이 긴장감을 갖지 못하는 건 당연한 일이었다. 이 때문에 이삼 일에 한 번씩 번을 세워 경계 임무에 충실을 기하도록 했지만 한번 풀어진 긴장감을 조이기는 쉽지 않았다. 이렇게 몰래 순찰을 돌며 근무 태도를 확인하지 않으면 자기 자리에서 쭈그리고 앉아 잠자기 일쑤였다.

하지만 아무리 긴장감이 없다고 해도 왕의 침소를 지키는 초병이 졸고 있다는 것은 용서할 수 없는 일이었다.

'어쭈, 이놈들 봐라? 둘 다 졸아?'

번을 서고 있는 두 사람이 담벼락과 서로의 어깨에 기대어 고개를 떨구고 있는 모습에 도현무는 어이가 없었다.

번갈아가며 조는 놈들이야 종종 있었지만 둘 다 잠을 자는 경우는 극히 드물었다. 아마도 번을 서주기로 한 놈까지 깜박 잠들었으리라.

도현무는 크게 혼내줄 마음으로 담장의 그림자에 숨어 조용히 다가갔다. 초병들은 도현무가 바로 옆에 다가와도 전혀 기척을 알아채지 못하고 여전히 잠에 빠져 있었다.

"기상!"

도현무가 졸고 있는 초병의 귀에 속삭였지만 초병은 눈을 뜨지 않았다. 반응이 없자 도현무의 목소리가 조금 더 커졌다.

"안 일어나!"

도현무가 잇소리를 내며 초병의 귀를 잡아당기자 초병은 힘없이 도현무의 품으로 딸려왔다.

"엇!"

도현무가 초병을 받쳐 들기 무섭게 뒤에 있던 초병이 비스듬히 고꾸라지며 담장이 만든 낮은 달 그림자에서 벗어났다.

털썩!

땅바닥에 쓰러진 초병의 부릅뜬 눈과 찢어진 관자놀이에서 흘러나오는 검은 액체가 하얀 달빛을 받아 요기롭게 반짝였다. 도현무는 그제야 품에 안은 초병의 얼굴에도 같은 상처가 있다는 것과 손에 느껴지는 끈적거리는 것의 정체를 알아챌 수 있었다.

도현무가 잡고 있던 초병을 내팽개치고 목에 건 호각을 잡아 부는 데는 촌각의 시간도 걸리지 않았다.

삐이이이익!

적막을 깨는 길고 날카로운 소리가 창보궁을 벗어나 소주성 내에 울려 퍼졌다.


이세명은 멀지 않은 곳에서 들려오는 호각 소리에 눈이 번쩍 뜨였다. 고막을 자극하는 예리한 소리는 목뒤로 소름을 돋게 만들고 마음 한구석에 숨어 있던 불안감을 끄집어냈다. 이세명은 호각 소리가 끝나기를 기다려 다시 눈을 감았지만 한번 피어난 불안감은 연이은 호각 소리에 동조하며 스멀스멀 온몸을 휘감아왔다.

이세명은 계속해서 들려오는 호각 소리를 애써 무시하려 했지만 칠조원들은 대부분 눈을 비비며 일어나고 있었다. 화섭자가 밝혀지고 사람들의 목소리가 두런두런 들려왔다.

"무슨 일이야?"

"몰라. 창보궁 쪽인데?"

"그쪽에 뭐가 있는데요?"

"창보궁."

"세명아! 세명아! 일어나!"

세명은 사람들의 대화와 흔들어 깨우는 조신의 목소리를 못 들은 척하며 계속 누워 있으려고 했지만 누군가 지나가며 발을 밟는 통에 결국 눈을 뜰 수밖에 없었다.

"아야!"

이세명이 소리를 내며 상체를 세우자 문보가 어색하게 웃으며 손을 흔들었다.

"미안, 미안."

안쪽에 있는 사람들이 모두 나오고 있는 터라 결국 문보가 아니어도 누군가에게 밟힐 상황이었다.

"괜찮습니다."

세명은 고개를 저으며 천천히 자리에서 일어났다.

"나가보자. 뭔지는 몰라도 단단히 일이 생긴 모양이다."

조신은 자기 창보다 이세명의 칼을 먼저 챙겨주며 이세명을 일으켜 세우고 등을 떠밀었다. 문가에서 가까운 자리라 두어 발 밀리니 바로 신발이 놓여 있는 문가였다.

"빨리빨리."

조신은 희미한 불빛 속에서도 용케 이세명의 신발을 골라주며 밖으로 밀어붙였다.

"왜 이리 굼떠! 어서 나가자고.!"

뒤에서 누군가 움직임을 재촉하자 조신이 이세명의 소매를 잡아끌었다. 세명은 신발을 제대로 신지도 못하고 조신의 손에 끌려 계단을 내려왔다.

그사이 호각 소리는 여러 개로 불어났고 소주성 곳곳에서 사람들이 움직이는 소리가 들려왔다.

"저긴 창보궁이 맞군. 이건 금의위의 신호가?"

"네, 금의위의 단호각(短號角) 소리가 분명합니다. 전에 들은 적이 있죠."

풍종우와 종리고도는 언제 나왔는지 멀리 동쪽의 전각들을 지켜보고 있었다.

"심상치 않군. 먼저 가볼 테니 채비들 하고 따라오게."

풍종우는 종리고도에게 한마디 던져 놓고 가까운 담장으로 달려갔다.

"앗! 그러시면……?"

종리고도가 말릴 새도 없이 풍종우는 훌쩍 담장을 넘어가 버렸다.

"젠장!"

무슨 일인지 몰라도 창보궁에는 금의위가 있었다.

적의 내습이나 성내의 민란이 아니라면 그것이 오왕의 신변에 관한 것이라도 운풍대는 마음대로 움직일 여지가 없었다. 창보궁은 금의위뿐 아니라 대장군 휘하의 이만에 이르는 병사들이 지키고 있고 운풍대는 그 호위 체계에 들어 있지 않았다. 함부로 움직였다간 엉뚱한 오해를 살 수도 있는 일이었다.

"다들 서둘러라!"

종리고도가 곳간을 향해 소리치자 뒤늦게 나오던 칠조원들이 후닥닥 움직이며 계단을 뛰어내렸다.

"따라가시게요?"

문보의 물음에 종리고도가 삐딱하게 고개를 돌렸다.

"따라오라잖아!"

"하지만……?"

"하지만 뭐?"

종리고도가 짜증스런 눈으로 인상을 썼다. 문보가 우려하는 걸 종리고도가 왜 모르겠는가? 또 부대주씩이나 되는 풍종우라고 왜 모르겠는가? 뻔히 알면서 뛰쳐나가며 따라오라는 명령을 내린 풍종우나 뻔한 말을 꺼내며 같은 말을 반복하게 만드는 문보나 짜증나기는 마찬가지였다.

문보는 종리고도의 심경을 눈치 채고 재빨리 말을 바꿨다.

"그러니까… 대주님께 보고부터 해야 하지 않겠습니까?"

문보가 말을 돌리자 종리고도가 고개를 끄덕였다.

"네가 가라!"

"네?"

"왜 이렇게 말귀를 못 알아들어? 네가 가서 대주님께 보고하라고!"

종리고도가 눈살을 찌푸리자 문보가 한 걸음 물러섰다 바로 몸을 돌렸다.

"네, 알겠습니다."

문보가 달려가며 대답하자 종리고도가 숙소 앞에 모인 칠조원들에게 눈을 돌렸다.

“모두 모였나?”

“네!”

“아니오!”

종리고도의 짜증 섞인 말투에 모두 한목소리로 짧게 대답하는 가운데 조신의 ‘아니오!’ 하는 대답이 유난히 튀었다.

“누구야?”

종리고도가 외눈을 빛내자 조신이 손을 들고 대답했다.

“성 십장님이 없습니다.”

“성무욱이? 아직 안 나왔나?”

“아니요. 연무장에…….”

이번에는 이세명이 기어들어 가는 목소리로 대답했다.

“가서 불러올까요?”

조신이 나서려 하자 종리고도가 짧게 한 손을 털었다.

“됐다! 이대로 간다! 목적지는 창보궁! 부대주님과 합류할 때까지 최대한 신속하게 움직인다!”


종리고도가 이끄는 칠조원들이 풍종우가 사라진 담장을 뛰어넘어 창보궁으로 향하고 채 반 각도 지나지 않아 운풍대주 풍승과 부대주 양적심이 같은 곳을 넘었고 다시 반 각이 지날 쯤에는 부대주 초지일이 운풍대 전원을 이끌고 장원을 나섰다.


삐이이익!

삐이삐이익!

칠조가 창보궁에 도착했을 때는 호각 소리가 창보궁 밖으로 이어지고 있었고 창보궁의 정문 앞에는 벌써 천여 명의 병사들이 모여 대로를 꽉 막고 있었다. 치안군을 겸하고 있는 대장군 휘하 부대는 유사시에 창보궁을 중심으로 적을 막을 수 있는 계획을 수립하고 있었지만 현 상황에는 별 도움이 되지 않았다.

한밤의 호각 소리에 놀란 각 부대의 지휘관들은 창보궁 내에 무슨 일인가 생겼다는 걸 알았지만 호각 소리가 갖는 의미는 알지 못했다. 창보궁 가까이 있는 부대들은 금의위 위사들이 평소처럼 불을 밝히고 있는 모습을 확인하고 주변 경계만 강화했을 뿐 부대를 이동시키지는 않았다. 반면 다소 멀리 있던 부대들은 대부분 급히 병사들을 움직여 창보궁으로 달려왔다. 특히 가장 늦게 이동하기로 되어 있던 부대가 제일 민첩하게 움직여 정문을 틀어막는 바람에 혼란이 가중되었다.

위치를 잡기 위해 이동하던 병사들은 정문 앞에 적체되었고 급히 병사들을 끌고 나온 지휘관들은 상황 파악을 못해 병사들과 함께 우왕좌왕하고 있었다. 아무래도 지휘관들을 총괄할 수 있는 책임있는 장수가 나타날 때까지는 정문 앞의 혼란이 계속될 것 같았다.

"여기 있다간 오도 가도 못하겠다."

종리고도는 뒤쪽에 계속해서 늘어나는 병사들을 보며 급히 좌측 골목으로 들어갔다.

성내의 지리를 속속들이 알고 있지는 않았지만 지난달 있었던 진공 작전 덕분에 창보궁 주변 길은 세세히 알고 있었고 이 길은 소주 진공 때도 이용한 적이 있었다.

세 사람이 겨우 어깨를 맞대고 걸을 수 있는 좁은 골목 좌우로는 과거 주루나 음식점이 있었음을 알리는 간판들이 줄줄이 걸려 있었다. 칠조원들은 좁은 골목길을 달리면서도 용케 간판들을 피하고 쳐내며 골목의 막바지에 자리 잡은 사창가로 들어섰다. 다른 곳과 마찬가지로 을씨년스러웠지만 불 밝힌 홍등이 내걸린 것으로 봐서 영업을 하고 있는 것 같았다.

"이런 씨부럴!"

골목은 홍등가로 막혀 더 이상 갈 수가 없었다. 종리고도는 홍등이 걸린 거적때기와 판자를 이어 만든 가건물을 보며 험한 욕을 해댔다.

원래가 홍등가로 막힌 길이었지만 지난번 소주 진공 시에 운풍대가 건물을 부수고 길을 낸 곳이었다. 두 달도 안 되는 사이에 다시 가건물이 들어서 있으리라고는 생각지도 못한 일이었다.

삐이이이익!

이번 호각 소리는 지척에서 들려오는 것 같았다.

"부숴!"

종리고도의 말이 떨어지기 무섭게 두 사람이 문으로 보이는 부분을 차며 안으로 뛰어들자 종리고도가 뒤를 따랐다. 여자의 비명과 사내의 욕설이 이어졌지만 결코 길지는 않았다.

일행의 가장 뒤에 있던 이세명이 가건물로 들어섰을 때는 이불을 뒤집어쓰고 목만 내밀고 있는 여자와 한쪽에 배를 움켜쥐고 있는 알몸의 사내를 뒤로하고 종리고도가 벽에 칼질을 하고 있었다. 칼질 몇 번과 발길질 한 번으로 벽이 갈라지고 장정이 드나들 수 있는 커다란 구멍이 만들어지는 데는 눈 깜박할 시간밖에 걸리지 않았다.

구멍을 통해 난 구불구불한 소로는 창보궁의 동쪽 대로로 이어지고 있었다. 동쪽 대로도 수백 명의 병사들이 모여 있긴 했지만 칠조가 움직이는 데는 어려움이 없었다.

"외벽을 따라 이동한다! 누구든지 부대주님을 보면 바로 소리쳐라!"

칠조는 빠른 걸음으로 창보궁의 외벽을 따라 움직였다. 이십여 보마다 번을 서고 있는 금의위 위룡반의 위사들이 곱지 않은 시선을 던지며 막아서곤 했지만 종리고도는 '운풍대다' 라는 말 한마디로 철저히 무시하며 지나쳤다.

동쪽 외벽의 끝은 다리로 이어져 있었다. 창보궁의 북쪽 벽면은 소주성을 두르고 있는 외성하처럼 넓은 수로가 통과하며 해자를 만들고 있어서 번을 서는 위사들도 많지 않았다.

"조장님! 저기!"

수로를 지나는 다리를 건너기 전이었다. 칠조원 하나가 북쪽 벽면 쪽을 가리켰다.

"나도 보고 있다."

북쪽 벽면의 중앙에 가로놓인 다리에는 많은 수의 위사들이 나와 있었고 그 속에 금의위의 붉고 노란 비단옷과 대비되는 검은 옷을 입은 사람이 눈에 띄었다.

다리 앞으로 이어진 민가와 도로는 수로 때문에 수공의 피해를 심하게 받아서 온전한 건물이 없었다. 칠조는 수로와 폐허 사이의 길을 달려 창보궁으로 통하는 다리로 다가갔다.

소주의 대부분의 다리가 그렇듯 새로 만든 티가 역력한 목교 건너 창보궁으로 통하는 문 앞에 몇 사람이 쓰러져 있고 목교 위에는 일견하기에도 이십여 명이나 되는 금의위 위사들이 풍종우를 에워싼 채 창칼을 겨누고 있었다.

"부대주님!"

"아니, 저 자식들이!"

"저게 무슨 짓이야?"

"저 새끼들이 죽으려고!"

칠조는 창보궁으로 통하는 다리에 도착하기도 전에 칼을 빼 들며 소리를 질렀다. 금의위는 칠조의 험악한 모습에 은근히 위축된 듯 보였지만 이내 길 쪽에 있던 서너 명의 위사들이 칠조를 향해 창칼을 돌렸다.

거리는 겨우 일 장여. 칠조는 달리는 속도를 늦추지 않았고 금의위도 한 치의 물러섬이 없었다.

금의위나 운풍대나 모두 실력을 인정받은 노련한 병사들이었지만 같은 실력이라고 해도 기세를 올리며 달려오는 쪽이 가만히 서서 수비하는 쪽보다는 백 배 유리한 법. 이대로 부딪쳐 싸움이 난다면 막고 있는 금의위가 박살 날 것 같은 분위기였다.

칠조를 맞는 위사들이 본능적으로 불리함을 느끼고 이를 악물었다.

"멈춰라!"

귀를 찢는 풍종우의 일갈에 종리고도와 칠조는 물론 금의위까지 몸을 멈칫거렸지만 벌써부터 긴장하고 있던 위사 하나가 창을 내지르고 있었다.

"이얍!"

"이런, 썅!"

종리고도는 눈앞으로 뻗는 창을 가볍게 흘리며 도를 뻗었다. 거리가 좀 있었지만 종리고도의 칼은 정확히 창을 쥐고 있는 위사의 팔뚝을 향하고 있었다.

"멈춰!"

다시 터진 풍종우의 일갈에 종리고도의 칼이 순간적으로 멈췄지만 칼은 벌써 위사의 팔뚝에 한 치가량 박혀 있었다.

"으악!"

칼을 맞은 위사는 비명을 지르며 창을 놓았다.

"흐흐흐, 재수 좋은 놈이군."

종리고도가 이빨은 내보이며 소름 끼치는 웃음을 흘렸고 뒤에 있던 칠조원들도 비슷한 미소를 지었다. 금의위 위사들은 평소에 자신들이 운풍대보다 강하다고 믿어왔지만 막상 이렇게 칼을 맞대고 있으니 전혀 그런 생각을 가질 수 없었다.

"부대주님, 무사하십니까?"

종리고도는 앞에 있는 십여 명의 금의위들을 무시하고 풍종우를 향해 고개를 주억거렸다.

"그래, 많이 늦었군."

"죄송합니다. 길이 막혀서요."

"이게 단가?"

풍종우는 위사들의 어깨 사이로 보이는 칠조원 하나하나의 얼굴을 살핀 후 물었다.

"더 필요하십니까? 저희들로 충분할 것 같은데요?"

종리고도가 어깨를 으쓱거리자 풍종우가 고개를 끄덕였다.

"딴에는 그렇군."

풍종우는 다리 건너 창보궁 쪽으로 몸을 돌려 책임자로 보이는 자에게 시선을 고정시켰다.

"이제 내가 운풍대의 부대주임이 밝혀졌으니 그만 가도 되겠소?"

풍종우의 질문을 받은 위룡반 반장 소조귀(蕭朝貴)는 잠시 냉담한 표정으로 눈살을 찌푸렸다.

"당신이 운풍대의 부대주라고 해도 아직 혐의를 벗은 건 아니오."

외곽 순찰을 돌던 소조귀가 침입자를 알리는 호각 소리를 좇아 이곳에 도착했을 때는 문을 지키던 두 사람이 이미 죽어 있었고 풍종우는 흑의복면인과 대치 중이었다. 직접 눈으로 본 사람이 한둘이 아니니 애당초 풍종우가 범인일 확률은 거의 없었다.

그럼에도 불구하고 풍종우를 잡고 늘어지는 이유는 풍종우에게 미심쩍은 부분이 있기도 했거니와 흑의복면인을 쫓아간 호조반과 의장반 고수들이 범인을 잡지 못했을 때를 대비한 것이었다.

"처음에는 내가 운풍대의 부대주임을 믿지 못하겠다고 하더니 말이 좀 다르지 않소? 혹시 범인을 잡지 못하면 나를 범인으로 몰아세울 생각이오?"

풍종우가 정곡을 찌르자 소조귀는 눈을 가늘게 뜨며 풍종우를 응시했다.

"조사해 보면 알 일이오."

소조귀의 대답에 성질 급한 칠조원들이 욕부터 내뱉었다.

"저런, 쌍!"

"쓰벌 놈들이 또 우리를 걸고넘어지네."

"다 죽여 버리자!"

칠조원들이 성난 목소리로 당장이라도 달려들 것처럼 떠들자 풍종우가 우수에 들고 있던 검을 번쩍 치켜들었다.

"그렇다면……."

와아!

쿵! 쿵!

풍종우의 손짓에 따라 칠조원들이 소리를 지르며 발을 굴렀다. 겨우 열댓 명에 불과했지만 땅의 진동이 목교에 그대로 전달돼 금의위 위사들의 몸을 울렸다. 이 기세에 눌려 금의위가 주춤거리자 소조귀도 내심 움찔하며 검병을 꽉 움켜쥐었다.

"내 검에 피가 묻어 있지 않음을 이 자리에 있는 모든 사람들이 증명해 주기 바라오."

풍종우가 검을 돌려 거꾸로 잡고 가까이 있던 금의위 위사에게 내밀었다.

"에?"

엉겁결에 검을 받아 든 위사가 얼빠진 표정으로 검을 살피는 것을 보며 소조귀는 풍종우에게 농락당한 것 같은 기분이 들었다. 소조귀뿐 아니라 공격 명령을 기다리던 칠조원들도 벙찐 모습으로 풍종우를 쳐다봤다.

"어떻소? 내 검에 피가 묻어 있소?"

풍조우의 물음에 얼빠진 위사가 검을 돌려주며 고개를 저었다.

"없군요."

"좋소. 당신 이름이 뭐요?"

"왕진입니다."

"금의위의 왕진 위사. 연후에라도 내 칼에 피가 묻어 있지 않음을 증명해 주시겠소?"

왕진은 힐끔 소조귀를 살폈다. 소조귀는 왕진과 눈이 마주치고도 가타부타 표현하지 않았기에 왕진은 고개를 끄덕였다.

"그러도록 하죠……."

왕진의 대답에 풍종우는 다시 검을 치켜들고 소조귀를 향해 소리쳤다.

"어떻소? 한번 보시겠소?"

"……."

소조귀가 뭐라 대답하지 않자 풍종우가 다시 입을 열었다.

"그러면 이제 가도 되겠소?"

"그렇게는 안 되겠소."

"그렇게 하시오."

소조귀의 목소리에 겹쳐 다른 대답을 한 자를 찾아 풍종우가 고개를 돌렸다. 목소리의 주인으로 보이는 자는 창보궁의 북문에서 나오고 있는 조금 작은 키에 바짝 마른 노인이었다.

"뉘시오?"

풍종우가 정체를 묻자 노인은 포권하며 풍종우에게 인사를 했다.

"금의위 의장반을 맡고 있는 남진 무사(南鎭撫司) 섭중덕(葉中德)이라 하오."

진무사면 금의위의 수장인 도독 바로 아래에 있는 사람이었다.

"운풍대 부대주 풍종우입니다."

풍종우가 양손으로 검을 잡아 포권을 취하며 노인을 살폈다. 처음 보는 자였고 이름도 생소했지만 은연중 뿜어져 나오는 기운이 예사롭지 않았다.

"풍 부대주 이야기야 진작부터 듣고 있었소. 오해가 있었던 모양인데 그만 가보시구려."

"진무사님, 저자는······."

"그만."

소조귀가 뭔가를 말하려 하는 것을 섭중덕이 손을 들어 막았다. 소조귀가 고개를 숙이는 것을 보며 풍종우가 눈을 빛냈다.

"그럼 이만 가보겠습니다."

풍종우가 물러나 칠조와 합류했다.

"아참, 풍 부대주!"

막 종리고도에게 복귀 명령을 하려던 참에 섭중덕이 풍종우를 불렀다.

"오늘 밤 창보궁에 침입했던 자객을 보셨소?"

"예, 이곳에서 마주쳤는데 금의위에서 방해하는 바람에 놓쳤습니다."

"혹 마주치면 알아볼 수 있겠소?"

"글쎄요, 복면을 하고 있어놔서……."

"나도 잠시 손을 섞어봤는데 내공에 비해 턱없이 높은 경지의 검을 구사하는 자였소."

풍종우는 어쩐지 대화가 어긋난 듯한 느낌에 섭중덕이 자신에게 하는 말이 아니라 누군가 다른 사람에게 하는 말 같아 더 이상 대답하지 않고 그대로 몸을 돌렸다.

"복귀한다!"

칠조는 올 때와 마찬가지의 속도로 빠르게 달려 장원으로 돌아왔지만 장원은 텅 비어 있었다.

한참 뒤에 돌아온 운풍대 속에 성무욱이 없음을 안 이세명은 뒤늦게 연무장에서 운공 중인 성무욱을 발견하고 안심했지만 몇 사람은 야릇한 눈빛으로 성무욱의 운공을 훔쳐봤다.

이날 창보궁에 침입한 자객에 의해 금의위 위사 여덟 명이 죽고 한 명이 크게 다쳤지만 금의위 도독 남경필은 오왕에게 자객을 격퇴했다는 짧은 보고만을 올렸다. 오왕은 자객이 침입했다는 사실에 별반 놀라지 않았으나 자객을 놓친 데 대해 크게 격노했다고 한다.

뒤늦게 이 사실을 안 대장군이 밤새 성내를 수색했지만 결국 자객은 잡히지 않았다.

第九章 운하별곡(運河別曲)

운풍대는 지난밤의 소란으로 잠을 설쳤지만
예정대로 해가 뜨는 정묘시에
선착장으로 나와 두 척의 배에 나눠 탔다

운하별곡(運河別曲)

운풍대는 지난밤의 소란으로 잠을 설쳤지만 예정대로 해가 뜨는 정묘시(丁卯時)에 선착장으로 나와 두 척의 배에 나눠 탔다.

홀수 조 8개 조와 짝수 조 7개 조로 나눠진 운풍대는 각각 풍종우와 초지일이 지휘를 맡았으며, 풍승은 선봉대 대장으로 선단의 총지휘를 위해 본선에 타고 있었다.

새벽밥을 지어 먹고 아침을 참 삼아 배에서 주먹밥으로 때운 지도 어언 두 시진, 오전에 출발한다던 대선 열여섯 척에 중소함 십여 척으로 이루어진 선단은 정오가 넘어도 출발할 기미를 보이지 않았다. 선단은 모든 준비를 끝냈지만, 정작 오왕이 아직까지 나타나지 않고 있었다.

"언제까지 기다려야 합니까?"

칠조와 한 배를 타고 있던 오조의 누군가가 종리고도에게 질문을 했다.

"왜 나한테 묻는 거냐?"

"그럼 누구한테 묻겠소?"

종리고도의 퉁명스런 대답에 오조의 조장인 여청(余鯖)이 빈정거리며 반문했다.

홀수 조와 짝수 조로 나뉜 운풍대는 풍종우가 홀수 조를 초지일이 짝수 조를 맡기로 되어 있었다. 그러나 풍종우는 무슨 생각에선지 종리고도에게 그 책임을 맡기고 잠시 전에 본선(本船)으로 가버렸다.

"빌어먹을……."

종리고도는 '왕한테 가서 물어봐라!' 라고 하고 싶은 걸 간신히 참으며 여청을 향해 외눈을 부라렸다. 부대주씩이나 되는 사람이 책임감없이 본선으로 가버린 것도 그렇고, 풍종우를 돌려보내지 않는 대주도 이해가 되지 않았지만, 무엇보다도 예정보다 늦고 있는 오왕에 대해 짜증이 났다.

짜증을 내고 있는 건 종리고도만이 아니었다. 운풍대를 포함한 오로군 선봉대 사천, 각 선박의 수군들, 선착장 주변에 운집하고 있던 십만의 병사들, 이 모두가 두 시진째 꼼짝도 못하고 자리를 지키고 있었기에 하나같이 지친 기색으로 얼굴을 찌푸리고 있었다.

"이제 오는가 본데요!"

멀리 성문 쪽에서 나팔 소리가 들려오자 선단에 짧은 술렁임이 일다 가라앉았지만, 선착장 주변에 모여 있던 병사들 사이에서는 웅성거림이 잦아들지 않았다. 대부분 '오는가 보다' 라는 짧은 한마디로 시작된 거였지만, 뒤이어 여기저기서 동시에 두 마디 세 마디가 이어지니 십만 대군 전체가 떠드는 것처럼 소란스러워졌다. 뒤늦게 군관들이 나서서 조용히 시키려고 고함을 지르고 욕을 하며 주먹을 휘둘렀지만 오히려 역효과만 나서 웅성거림은 걷잡을 수 없이 전군으로 번져 갔다.

"쯧, 하여간 숫자만 많았지 오합지졸이라니까."

선착장을 보고 있던 누군가가 한심하다는 투로 말하자 모두 고개를 끄덕였다.

"그래도 한 달 조련해서 저만큼 하는 게 어디야."

선착장에 모여 있는 병사들은 대부분 이번에 새로 조직된 북진군으로 칠 할이 신병들이었다.

"흠, 그도 그렇군."

두 시진을 기다린 불만과 이유 모를 불안감이 겹쳐 점점 소란스러워지는 가운데서도 병사들의 대열은 용케 흐트러지지 않고 있었다.

"오로장군이 나서겠군."

종리고도의 말이 끝나기 무섭게 선착장 부근에 나부끼고 있던 오로군의 군영기가 크게 휘돌려지며 펄럭거렸고 나팔 소리가 길게 한 번 울렸다.

"주목!"

십 리 밖에서도 들릴 듯한 쩌렁쩌렁한 목소리에 병사들의 이목이 일제히 소리가 나는 곳으로 쏠렸다.

"전하께서 오신다! 전군 엄숙히 대기하라!"

가슴까지 내려오는 검은 수염에 철미늘이 달린 붉은 포형(袍型) 갑옷을 입은 오십 대의 장수 오로장군이었다. 오로장군의 서릿발 같은 명령에 더 이상 입을 여는 자는 없었다.

소주성에서 성 밖의 선착장까지 오는 가장 빠른 방법은 배를 타고 외성하를 따라오는 방법이었지만, 오왕은 지난밤의 자객 소동을 의식한 듯 말을 타고 오고 있었다. 일천 호위들이 무색하게 일행의 선두에서 말을 모는 모습에 병사들은 꿇어 엎드리기보다 서로의 창을 부딪치며 환호를 보냈고, 오왕은 일일이 손을 들어 답하며 선착장에 나타났다.

대기하고 있던 장군들이 군례를 올리고 병사들은 언제 짜증을 냈나 싶게 들뜬 목소리로 끝없이 오왕을 연호하며 만세를 외쳤다.

이세명은 십만대군이 내지르는 함성에 귀가 멀 지경이었지만 천천히 말에서 내려 준비된 배에 오르는 오왕의 모습을 경이롭게 지켜봤다.

뒤따라온 문신들과 호위들이 네 척의 배에 나눠 타는 동안 병사들의 함성이 수그러들었지만, 선단의 출발을 알리는 북소리가 울리자 다시 거대한 함성이 선착장을 울렸다.


이세명은 선단이 서강에 접어들 때까지 다른 운풍대원들과 마찬가지로 꼿꼿이 몸을 세우고 정면을 주시하고 있었다.

"이제 좀 쉬자."

종리고도가 앞서 가는 짝수 조의 배에서 사람들이 움직이는 것을 보고 휴식 명령을 내렸다.

"뻐근하구만."

문보가 어깨에서 힘을 빼고 허리를 구부리며 목을 주물렀다.

"밥은 언제 주는 겁니까?"

조신의 물음에 종리고도는 또 '왕한테 물어봐!' 라고 목구멍까지 올라오는 말을 참아야 했다. 원래는 태호로 진입해서 점심을 먹기로 예정돼 있었지만, 태호에 들어서려면 적어도 반 시진은 더 가야 했다.

"일조는 번을 서고 나머지는 건량을 먹든 똥을 싸든 맘대로 해라. 단, 뒹굴거나 누울 거면 선실로 들어가도록!"

종리고도는 풍종우에게 지시받은 대로 각 조의 순번을 정하고 한 시진씩 돌아가며 번을 서도록 명령했다.

"쳇, 밥도 못 먹고 이게 뭐야."

조신이 투덜거리며 세명에게 다가왔다.

"세명아, 안 들어가냐?"

배를 움직이는 수군들과 번을 설 일조만 빼고 다들 선실로 들어가는 분위기였다.

"좀 있다가요."

"뭐 볼 게 있다고?"

조신은 이세명의 시선이 강둑을 따라 무심히 흘러가는 것을 보고 미간을 찌푸렸다.

"그냥요. 바람 좀 쐬려고요."

말은 이렇게 했지만, 이세명은 지난 한 달간의 시간을 생각하고 있었다. 서강을 타고 태호와 운하로 이어지는 뱃길은 이세명이 모병선을 타고 왔던 바로 그 길이었다.

강물이나 시간이나 한 번 지나가면 되돌아올 수 없기는 마찬가지건만, 흐르는 물을 타고 왔던 길을 되돌아가자니 마치 시간을 거슬러 오르는 기분이었다. 갈 수만 있다면 이대로 시간을 거슬러 올라가 소행촌으로 돌아가고 싶었다.

"종일 바람 맞은 걸로 모자라냐? 하긴, 지금 들어가면 조금 복작거리긴 하겠다만, 그래도 지금 들어가 자리 잡아놓는 게 좋을걸. 늦으면 발 뻗을 자리도 없을 거야."

운풍대가 타고 있는 배는 모병선단의 배로 군선을 개조한 것이라 제대로 된 선실이 없었다. 창고에 가까운 큰 선실 네 개를 운풍대와 수군이 함께 써야 되기 때문에 조신의 말대로 잠자리가 비좁을 수도 있었다.

“네, 곧 들어갈게요.”

“그래, 빨리 들어와라.”

조신마저 선실로 들어가자 갑판에 남은 사람은 각자 위치를 잡고 서 있는 일조원들과 수군 몇 사람, 그리고 성무욱밖에 없었다. 이세명은 성무욱이 남아 있는 것을 보고 가까이 다가갔다.

성무욱은 뒤따라오는 배를 보고 있었지만 이세명은 성무욱의 눈이 그 뒤 더 멀리 향하고 있는 것을 직감했다.

“…….”

이세명은 성무욱을 부를까 하다가 고개를 저었다.


같은 시각, 풍종우는 양적심과 본선의 갑판에 나와 있었다. 본선은 선실을 개조해서 왕과 대신들이 타고 있는 동안 큰 불편이 없도록 만들었지만, 그 때문에 정작 필요한 호위들은 많이 탈 수 없었다.

배를 움직이는 수군들을 빼면 금의위 위사 삼십 명과 풍종우, 양적심이 본선의 호위 전부였다. 의장반 내에서 최고 실력자들만 추렸다고 하니 어지간한 병사들 수백보다 낫고 동수의 운풍대, 금의위보다 강하겠지만 아무리 강하다고 해도 숫자가 적은 것은 어쩔 수 없었다. 역시 양적심과 풍종우가 가세하지 않고서는 무게감이 떨어지는 게 사실이었다.

그러나 아무리 양적심과 풍종우가 가세해서 질적인 우위로 수적 열세를 만회하고 남는다 해도 수의 부족을 메울 수 없는 부분이 있었다. 지금처럼 번을 서고 사방을 경계하는 일이 그중 하나였다.

장강이나 운하라면 사방을 호위선단으로 감쌀 수 있겠지만 서강처럼 폭이 좁은 곳에선 일렬로 진을 짤 수밖에 없었다.

이런 곳에선 앞뒤로 수십 척, 아니, 수백 척의 배가 호위한다고 해도 측면에서 공격하는 적은 스스로 경계하는 수밖에 없었다.

소주에서 태호에 이르는 이 좁은 서강이 본선의 호위병들에게는 제일 주의를 요하는 구간이었다. 비록 이 부근이 오나라에 완전히 장악되었고 현실적으로 암습할 세력이 남아 있지 않다고 해도, 일단 주의해야 한다는 것이 호위대(금의위와 운풍대 모두)의 판단이었다.

"풍 부대주, 뭘 보고 있소?"

양적심은 풍종우의 시선이 멀리 향하는 것을 보고 물었다.

"별거 아닙니다."

풍종우는 시큰둥하게 말했지만 두 눈은 멀리서 방향을 틀고 있는 선두의 두 배에 고정되어 있었다.

"부하들이 걱정되시오? 하긴, 나도 놈들이 사고나 치지 않을까 걱정이 되긴 하오만. 그러기에 뭐 하러 오셨소? 여기 와봐야 금의위 놈들 낯짝밖에 더 보겠소."

"그렇지요? 그래서 나도 오늘 밤이 지나면 돌아갈 생각입니다."

풍종우의 대답에 양적심은 '그럴 걸 왜 왔나?' 고 묻는 눈치였다.

"뭐, 전하를 만나러 왔다면 일단은 성공이오만……."

양적심은 오왕이 배에 올라 대뜸 오랜만이라며 풍종우와 수인사부터 한 것을 생각하고 말했지만 풍종우는 더 이상 입을 열지 않았다.

"별일없어야 할 텐데……."

"별일이야 있겠소."

양적심은 풍종우가 괜한 걱정을 한다며 고개를 내둘렀다. 풍종우도 자신의 염려가 기우로 끝나길 빌었지만, 어쩐지 무슨 일이 생길 것만 같았다.

겨울이 되면 제비가 찾아든다는 강남이지만, 아무리 강남이라고 해도 십일월의 강바람은 차갑기만 했다. 입김도 나지 않는 날씨를 춥다고 할 수 있을지 모르겠지만, 한낮에는 땀이 날 정도의 날씨였고 보니 일교차가 심해서 더 차갑게 느끼는지도 몰랐다.

"교대 시간이 지난 것 같은데."

조신이 같은 말을 벌써 세 번째 반복하고 있었다.

"안 그러냐?"

조신의 물음에 이세명은 뒤쫓아오는 선단에서 시선을 돌려 하늘을 올려다봤다. 달무리가 드리운 달이 이마에 닿아 있으니 얼추 해시에 가까웠다. 칠조가 번을 서기 시작한 게 술시 무렵 선단이 운하에 접어든 직후였으니 대충 한 시진이 된 것 같았다.

"그렇군요."

"구조 녀석들은 얼른 안 나오고 뭐 하는 거야."

이세명이 동조하자 조신은 조금 큰 소리로 투덜거리기 시작했다. 저만치 떨어져 있는 종리고도보고 들으라 하는 것 같았지만, 돌아오는 건 종리고도의 욕밖에 없었다.

"닥치고 있어. 한 번만 더 목소리가 여기까지 들리면 혀를 뽑아버리겠어."

종리고도가 조신에게 욕을 하면서도 같이 번을 서고 있던 문보를 선실로 보내는 걸로 봐서 다음 조를 부르는 것 같았다. 아직 시간이 지나진 않았지만 종리고도도 앞 조에서 사람을 보낼 때까지 미적거리며 일각 정도 늦게 교대했으니, 다른 조라고 그러지 말란 법이 없었다.

"뭐야, 자기도 똑같이 생각하고 있었으면서. 에잇, 내일부터는 나도 뱃멀미나 하면서 선실에 누워 있어야지."

조신이 혼자말로 조그맣게 투덜대는 소리에 이세명은 고소를 지었다.

아무려면 뱃멀미를 하는 것보다는 이렇게 번을 서는 게 낫지 않나 싶었지만, 입을 열어 말하지는 않고 조용히 시선을 전방으로 돌렸다.

일정한 거리를 유지하며 따라오고 있는 세 척의 대선과 그 너머에 있는 이십여 척의 배들에서 밝힌 횃불들이 운하에 반사되며 하늘의 별들과 묘한 대조를 이루고 있었다.

"세워놓을 거면 앞을 보게 해주던가 하다못해 옆이라도 보게 해줘야지 이게 뭐야. 배 꼬리에다 세워놓고 뭘 보라는 거야."

조신의 투덜거림은 다음 조가 나올 때까지 끝나지 않을 듯했다.

"조장님."

문보의 목소리에 이세명과 조신이 선실 입구 쪽으로 고개를 돌렸다.

"구조 조장이 우리가 일각 늦게 나갔다고 자기들도 일각 후에 나오겠답니다."

"써그럴. 근데 넌 왜 안 나오고 대가리만 내밀고 있는 거냐?"

"예, 저는 들어가서 구조 조장을 설득해 보겠습니다."

"에라, 이 썅! 빨리 안 나와!"

선실 입구에서 목만 내밀고 있던 문보는 종리고도의 욕설이 시작되기도 전에 벌써 안으로 들어가 버렸고, 대신 성무욱이 급히 뛰어나와 가까운 난간을 붙잡고 토악질을 해댔다.

뱃멀미였다. 성무욱 말고도 멀미를 심하게 하는 사람이 몇 더 있었다. 대부분 신병들이었는데, 의외로 성무욱이 그 속에 끼어 있었다.

"불쌍하기도 하지. 저 얼굴에 뱃멀미라니, 믿어지기나 하냐? 휴, 뱃멀미 안 하는 게 얼마나 다행이야."

조신은 좀 전에 뱃멀미나 해야겠다고 하던 말을 잊었는지 금세 말을 바꾸고 있었다.

"쯧, 이젠 토할 것도 없구만."

조신은 헛구역질을 하고 있는 성무욱을 보며 한 달 전 모병선에서의 기억을 떠올렸다. 머리는 무겁게 욱신거리고 속은 메스껍고 울렁거린다. 내공으로 안정을 시키고 어쩌고 해서 되는 게 아니었다. 속에 있는 걸 다 토해내고 시간이 지날 때까지 기다리는 수밖에 없는 병 아닌 병이었다.

"으으, 끔찍해."

조신은 성무욱의 고통이 자신에게 전이되기라도 하는 듯 몸서리를 쳤다. 이세명은 안타까운 눈으로 성무욱을 보다가 한줄기 차가운 바람을 느꼈다.

"동풍……."

구름 한 점 없었지만 이맘때 동풍이 불면 여지없이 비가 온다는 건 장강 사람이면 누구나 아는 사실이었다.

"여, 이제 나오는구만."

조신이 선실에서 나오는 구조원들을 보고 손을 흔들며 좋아했다. 이세명도 비가 오기 전에 들어갈 수 있어 다행이라고 여겼지만, 다음에 번을 서게 될 조원들이 안됐다는 생각이 들었다.

비는 자정이 넘어서 내리기 시작했다. 많은 양이 아니었고 바람도 거세지 않았지만, 번을 서는 사람들에겐 결코 반갑지 않은 일이었다.

"결국 오는군."

수군들은 비가 올 것을 예감하고 다들 우의를 준비하고 있었지만, 번을 서던 병사들은 비가 내리고 나서야 서둘러 우의를 챙기느라 분주한 모습들이었다.

"쯧쯧, 그러게 아까 우의를 챙기랄 때 말을 들었어야지."

모병선 칠호의 선장 장무이(張蕪異)가 갑판을 내려다보며 혀를 찼다. 이런 비는 많이 내리진 않더라도 금방 그치지도 않기 때문에 노립(蘆笠)과 우의가 꼭 필요했다.

"오로군도 운풍대를 빼면 영 아닌 것 같군."

자신의 배에 타고 있는 오로군 선봉대는 번을 서는 위치를 지키지 않고 한꺼번에 모여들어 우의를 챙기고 있었다. 날도 서늘한데 비까지 맞고 싶겠는가 싶어 이해가 가면서 조금은 군기가 빠진 모습이라 보기에 좋지 않았다.

그에 비해 앞서 가는 운풍대의 배들에서는 아무런 움직임이 없는 것을 보면 진작에 우의를 준비했든지 아니면 자리를 지키며 천천히 준비하든지 하는 것 같았다.

역시 운풍대라는 생각에 절로 고개가 끄덕여졌다.

"뭐지?"

운풍대의 배를 보고 있던 장무이는 앞에서 뭔가 떠내려오는 것을 보고 의아해했지만, 이내 썩은 통나무임을 확인하고 조용히 눈을 감았다. 응천부에 도착할 때까지는 선실이 모자라니 조금 불편하더라도 선교에서 잠을 자야 했다.


"큭큭."

풍종우는 갑판에서 비를 맞고 있는 금의위들을 보며 내심 즐거워하고 있었다. 운풍대는 기본으로 기름 먹인 피풍의가 있었고, 오로군의 일반병들도 모초(茅草)로 만든 우장(雨裝)을 준비하고 있어서 이 정도의 비에 젖거나 하지 않았다.

"도롱이가 없는 것도 아닌데 꼴사납다고 안 입는다니 우습지도 않소. 내가 보기엔 비에 젖는 게 더 꼴사나운데 말이오."

양적심도 슬쩍 미소를 보이며 갑판으로 향했던 시선을 거두고 선교 입구 안쪽에 기대어 섰다. 양적심이나 풍종우쯤 되는 사람들이면 오왕의 선실을 지킬 법도 했지만, 오왕의 곁은 언제나 의장반 고수들이 지키고 있었다.

양적심과 풍종우가 본선에 탄 것은 오로군 선봉대 사령이자 운풍대 주인 풍승의 보좌와 호위 목적이지 결코 오왕 호위로서가 아니었다.

"두 분, 그만 주무시지요."

풍승은 자신을 보며 서 있는 양적심과 풍종우에게 미안한 감정을 애써 감추며 말했다. 자신이 비록 두 사람의 상관이라고 하지만 한 사람은 친형이고 한 사람은 명망 높은 무림의 고인이었다.

"신경 쓰지 마시고 대주나 눈 붙이시구려."

풍종우가 미소를 지으며 말하니 풍승은 더 권하지 못하고 자리에서 일어났다.

"그럼 먼저 자겠습니다."

풍승이 이층 선교를 내려가자 양적심이 뒤따랐다. 풍종우도 선실까지 따라가려 했지만 금의위에서 예정에 없던 인원이라며 풍종우의 선실 출입을 막았다. 오왕이 타고 있는 배니 한 치의 허점도 용납치 않아야겠다는 태도였다.

풍종우는 금의위와 다투다가는 큰 소리가 날까 싶어 조용히 물러나 선교로 돌아왔다. 어차피 좁은 선실 복도에 의장반 고수들과 양적심까지 있으니 굳이 들어갈 필요가 없는지도 몰랐다.

풍종우는 선교 바닥에 가부좌를 틀고 앉아 조용히 눈을 감았다.


금의위 천호 마건충(馬建忠)은 본선의 선미에서 두 시진째 우측에 붙은 금의위 위룡반을 지켜보고 있었다. 다른 배들은 한 시진씩 교대해가며 번을 서도 하루에 한 번 정도밖에 돌아오지 않는 것 같았지만 본선은 오왕과 수행원들이 많아 세 시진씩 하루에 두 번씩 돌아오게 돼 있었다.

번을 선다고 해도 전후좌우 사방을 선단이 둘러싸고 있으니 특별히 경계할 것도 없이 그저 두 눈 뜨고 멀거니 서 있기만 하면 되는 거였지만, 비를 맞으며 서 있는 일은 곤혹임에 틀림없었다.

더운 여름에도 비를 맞으면 체온이 떨어지는데 서늘한 날씨임에야 오죽하겠는가. 만약 내공을 끌어올려 운기하고 있지 않았다면 버틸 재간이 없을 터였다.

"뭐지?"

마건충은 통나무 하나가 지나치는 것을 예의 주시하다가 아무 일 없이 본선을 통과하는 것을 확인했다. 그러나 마건충이 들고 있는 횃불은 칠흑 같은 어둠을 뚫고 삼 장이나 떨어진 수면을 비추기엔 너무 희미했다.

"별거 아니군."

마건충이 시선을 돌리기 무섭게 통나무 아래에서 검은 그림자가 늘어지더니 맹렬한 속도로 본선을 쫓아와 선미에 달라붙었다. 그리고 잠시 후, 거대한 물고기처럼 혹은 조가비처럼 본선에 달라붙어 있던 그림자에서 수면을 뚫고 갈고리가 튀어나와 선미에 박히더니 서서히 사람의 형상이 나타났다.

흑의인. 어둠에 녹아들 듯한 검은 옷을 입은 자는 옷에서 물방울이 떨어지기를 기다리지 않고 양손에 들고 있는 갈고리를 이용해 천천히 본선에 기어올라 왔다. 배에 갈고리를 박자면 굉장한 힘으로 내려쳐야 가능할 것 같았지만, 흑의인은 힘들이지 않고 나무와 나무 사이에 갈고리를 박아 넣고 있었다.

선미를 올라오던 흑의인은 키가 나와 있는 구멍에 이르러 한동안 움직임을 멈췄다. 흑의인은 한동안 구멍의 크기를 가늠하고는 이내 오른쪽으로 서서히 움직이기 시작했다. 키가 나와 있는 구멍은 겨우 사람의 머리통 크기밖에 되지 않아서 키를 부러뜨리거나 빼버리지 않고는 도저히 사람이 들어갈 수 없었다.

흑의인은 키 구멍에서 오른쪽으로 이동해 무언가를 찾기 시작했고, 곧 찾아냈다. 판자로 막혀 있는 작은 구멍, 변소였다. 흑의인은 어렵지 않게 판자를 밀어내고 갈고리를 구멍 안쪽으로 집어넣었다.

사람이 드나들기엔 좁아 보였고, 실제로 성인 남자의 어깨가 통과할 수 없는 넓이였지만 흑의인은 오른쪽 어깨와 머리를 집어넣더니 조금씩 위로 올라가기 시작했다.

최초의 희생자는 때마침 오물통을 비우러 온 요리사였다. 이 배에는 오물을 버리는 구멍이 따로 없어서 변소를 이용하고 있었다.

흑의인은 이제 막 들어와서 아직 흔들거리는 왼쪽 어깨도 껴 맞추지 못한 상태였지만 요리사를 쓰러뜨리는 건 어렵지 않은 일이었다. 요리사는 뒤통수에 갈고리가 걸리자 그대로 절명하고 말았다.

요리사라는 걸 알았다면 실수를 쓰지 않고도 제압할 수 있었지만, 확인하고 손을 쓸 여유가 없었다. 흑의인은 침울한 눈빛으로 요리사의 머리에서 갈고리를 뺐다.

"이 죄는 내세에서 갚으리니 죄없는 목숨 부디 극락왕생하소서."

잔인한 손속에 어울리지 않는 목소리였다. 흑의인은 빠진 어깨를 맞추고 요리사의 시체를 한쪽으로 밀었다. 시체를 강으로 버리고 요리사로 변장하는 방법이 제일 좋았지만, 그러자면 시체를 조각 내야 했다. 시체를 조각내서 유기한다고 해도 뒤에 오는 배에서 발견하면 귀찮아질 일이고, 요리사로 변장하기도 쉬운 일이 아니었다.

흑의인은 품속에서 두 장의 두건을 꺼내 얼굴을 가렸다. 이제 그의 몸에서 검은색으로 감춰지지 않은 부분은 눈과 양손밖에 없었다. 흑의인은 복면을 눈 아래까지 올려 단단히 묶고 조심스럽게 변소를 나왔다. 두 개의 촛불이 켜진 복도를 지키는 사람은 아무도 없었다.

인원이 충분하다면 이곳에도 두어 명쯤 초병을 세우겠지만 본선의 호위 병력은 절대로 충분하지 않았다. 흑의인은 복도를 따라 좌우로 수군들의 숙소와 창고, 주방이 있음을 확인하고 수군들의 숙소로 들어갔다.

흑의인은 좁은 선실에서 자고 있는 이십 명 가까운 수군들을 일견하고 잠시 눈동자가 흔들렸지만, 두건 속의 입술을 깨물며 칼집도 없는 검 한 자루를 들고 선실을 나왔다.

흑의인은 품속에서 밀봉된 주머니를 꺼냈다. 겉은 축축하게 젖어 있었지만 안의 내용물은 한 점의 습기도 없이 메말라 있었다. 흑의인은 주머니에서 엄지손가락만한 구슬 다섯 개를 꺼냈다. 심지가 달린 은빛 구슬이 촛불을 받아 반짝거렸다.

흑의인은 수군들이 자고 있는 선실 천장에 주머니를 매달고 세 개의 은구에 불을 붙여 다시 주머니 속에 넣었다.

"이 죄는 내세에서 갚겠소. 부디 극락왕생하시오."

하나만 터져도 선실에 있는 수군들을 죽이기엔 충분한 위력을 가진 것들이었지만, 목표는 선실의 수군들이 아니었다.


콰쾅!

흔히 들을 수 없는 폭발음과 함께 본선의 옆구리가 터져 나가며 순간적으로 화광이 치솟았다. 다행히 폭발로 생긴 구멍은 수면보다 조금 높았지만, 배의 움직임에 따라 물에 잠길 수도 있는 위치였다.

"본선에 불!"

"비상!"

본선을 호위하던 앞뒤, 우측의 배에서 거의 동시에 다급한 외침이 울리고 본선 접근 명령이 내려졌지만, 배는 사람의 마음처럼 빨리 움직여 주지 않았다.

비상을 알리는 북소리는 선단 전체로 확산되고 모든 배들이 본선을 감싸는 형태로 모여들기 시작했다.

잠을 자던 운풍대원들이 폭음과 비상 신호에 놀라 갑판으로 뛰쳐나왔지만 중간에 다섯 척의 배가 가리고 있어서 본선에서 무슨 일이 일어나고 있는지 알 수가 없었다.


풍종우는 온몸을 흔드는 진동과 폭음에 바닥을 짚으며 갑판으로 뛰어내렸다. 번을 서던 위사들이 본능적으로 사방을 경계하며 눈을 굴리는 모습과 우측에서 연기가 나고 있는 것이 보였다. 풍종우는 우측으로 달려가 본선의 상태를 살폈다.

'화포?'

다행히 연기 나는 구멍은 수면보다 높았지만, 바닥으로 침수가 일어나고 있을지도 모를 일이었다. 피해로 봐서는 어디선가 포를 쏜 것 같았지만, 우측 면은 호위 선단에 의해 완벽하게 보호되고 있었다. 강변에서 호위 선단을 뚫고 본선에 포를 쏘는 것은 불가능했다. 그렇다면 호위 선단에서 포를 쐈다는 얘긴데, 현재 호위 선단은 포를 가지고 있지 않았다.

'내부에서?'

"배를 멈춰라!"

삼창 선루에 있던 선장이 외치는 소리를 들으며 풍종우는 선실로 뛰어들었다. 입구를 지키던 위사들은 벌써 안으로 들어가고 없었다. 계단을 뛰어내려 가도 막는 자가 없었다.

"누구냐!"

풍종우가 계단을 뛰어내릴 때 어둠 속에서 검이 번쩍였다. 목소리는 풍승이었지만 검은 풍승의 검이 아니었다. 그럼에도 말과 검이 동시였다. 검을 막지 못하면 죽을 것이고, 대답을 못하면 죽을 때까지 공격할 것이 분명했다.

풍종우는 검을 뽑아 막으며 짧게 대답했다.

"풍종우요!"

날아오던 검은 풍종우의 검과 부딪치지 않고 회수되었다. 더 이상의 공격은 없었다.

"미안하오."

양적심의 목소리였다.

“아닙니다. 어떻게 된 일입니까?”

여섯 개의 초가 켜져 있어야 할 복도에는 단 한 개의 초만이 바닥에 누워 힘들게 어둠을 밝히고 있었다.

“저도 방금 나와서 잘 모르겠습니다만, 폭약이 터진 게 분명합니다.”

“금의위는 주군의 방으로 몰려들어 갔소.”

“맙소사!”

세 사람은 그제야 정확한 상황을 파악할 수 있었다. 누가 먼저랄 것도 없이 세 사람이 동시에 초가 쓰러져 있는 곳으로 달려갈 때, 다시 폭음이 울렸다.

쾅!

“으악!”

“캑!”

한 사람의 비명이 아니었다. 폭음에 주춤거렸던 풍종우는 오왕의 침실에서 이어지는 비명을 들으며 오른발을 주욱 뻗어 벽을 찼다. 하나 남은 초는 꺼졌지만 무언가 다른 것들이 타면서 주위를 밝혔고 메케한 화약 연기가 코를 자극했다.


흑의인은 천장의 구멍을 보며 아직 목적을 달성하지 못했음을 알았다. 개조한 위층의 선실 구조는 그의 예상보다 선수 쪽으로 많이 치우쳐 있었다.

더 많은 사람들이 오기 전에 서둘러야 했다. 흑의인은 계획대로 도화선이 극히 짧은 은구에 불을 붙여 천장에 뚫린 구멍으로 던졌다. 흑의인은 은구를 던지고 재빨리 자세를 낮췄지만, 상체를 완전히 수그리기도 전에 은구가 터지며 폭압으로 인한 바람과 먼지 같은 것들이 천장의 구멍을 통해 쏟아졌다.

흑의인은 폭음과 비명이 채 가라앉기도 전에 튕기듯 일어나 천장의 구멍으로 뛰어올랐다. 손을 들어야 간신히 닿는 높이였지만 흑의인은 손도 대지 않고 한번에 위층으로 올라갔다.

오왕의 침실에 가장 먼저 들어간 건 풍종우였다. 풍종우는 복도 벽을 차며 검을 앞세우고 날아들었고, 뒤이어 양적심이 풍종우와 같은 방법으로 들어왔다.

선실 곳곳에서 타 들어가는 작은 불씨들의 도움을 받아 풍종우는 선실의 상황을 한눈에 파악했다. 한쪽 바닥이 뚫려 있고, 흑의복면인이 침상을 향해 검을 찌르고 있었다.

풍종우는 바닥에 발이 닿지 않은 상태에서 흑의인의 등을 향해 검을 쭉 뻗었다. 흑의인과의 거리는 삼 보. 신검합일(身劍合一)의 기세였지만 흑의인이 방어에 성공한다면 착지하는 풍종우에게 커다란 허점이 생기는 불리한 자세였다.

풍종우는 검을 막거나 피해주길 바랬지만 흑의인은 풍종우의 검세를 무시하고 침상의 시체들 사이로 검을 찔렀다.

"안 돼!"

뒤늦게 문설주를 잡아 젖히며 뛰어들던 풍승의 외침과 동시에 침상에서 짤막한 칼이 튀어나와 흑의인의 검을 막았다.

팟!

그사이 풍종우의 검이 흑의인의 목을 스쳤다. 흑의인의 등에 검을 꽂을 수 있는 절호의 기회였지만, 풍종우는 침상에서 튀어나온 칼을 보고 순간적으로 검의 방향을 틀었다. 검에 이어 풍종우의 몸이 흑의인을 덮쳤고 흑의인의 자세가 무너졌다. 그 덕에 풍종우의 뒤를 좇아 검신합일로 찔러오던 양적심의 검이 허공을 갈랐다.

풍종우와 부딪친 흑의인은 재빨리 몸을 세우고 재차 침상으로 검을 날리려 했지만, 침상 앞에는 이미 풍종우와 양적심이 검을 들고 서 있었다.

"웬 놈이냐!"

뒤쪽에서 들려온 풍승의 물음에 흑의인의 눈이 흔들렸다.

"말이 필요없지!"

양적심의 검이 번뜩였다.

챙!

풍종우의 눈에도 잡히지 않을 정도의 쾌검이었지만 흑의인은 양적심의 검을 비스듬히 빗겨내며 반격을 가해왔다.

흑의인의 검끝이 갈라지며 양적심의 검을 타고 내려왔다.

챙! 챙! 챙! 챙!

검끼리 부딪치며 불똥이 튀었다. 눈에 보이지도 않는 쾌검으로 흑의인의 검을 쳐내는 양적심의 눈가에 주름이 잡혔다. 흑의인은 예상외로 상당한 고수였다.

"전하!"

풍승이 침상으로 달려갔다.

흑의인은 풍승을 제지하려 했지만 왼쪽 벽면을 따라 달려오는 풍승을 공격하기엔 양적심의 검이 너무 매서웠다.

풍종우는 양적심을 도와 흑의인을 공격하려다가 풍승이 다가오자 뒤에 있는 침상으로 몸을 돌렸다.

"전하!"

“아직 무사하시오. 어서 밖으로……”

풍승이 시체들을 치우자 단도를 들고 있는 노인이 나타났다. 침상에 반쯤 엉덩이를 걸치고 앉은 자세였는데, 검게 그을린 얼굴이 피로 얼룩져 있었다.

풍종우는 그가 어제 봤던 남진 무사 섭중덕임을 알아보고 부축하려 했지만, 섭중덕은 풍종우의 손을 뿌리쳤다.

“나보다 전하를!”

섭중덕이 고개를 돌려 등 뒤의 침상 구석을 가리켰다. 오왕은 상처 하나 없이 깨끗한 모습이었지만 정신을 잃었는지 눈을 뜨지 못하고 있었다.

“전하!”

풍승이 오왕을 부둥켜안으며 소리쳤지만 오왕은 눈을 뜨지 않았다.

흑의인은 양적심의 검 뒤로 얼핏 멀쩡해 보이는 오왕이 보이자 눈가에 강렬한 살기가 감돌았다.

“죽어라!”

흑의인의 입에서 폭갈이 터지며 검세가 험악하게 돌변했다.

“웃!”

양적심은 흑의인의 검이 수십 개로 불어난 듯한 착각에 빠지며 자신이 펼칠 수 있는 최고의 속도로 검을 전개했다. 지금까지 천 번이 넘는 대결을 해오면서 일 초에 십여 번을 변하는 검법을 견식하기는 했지만 이렇게 수십 개로 변하는 검은 처음이었다.

선실 가득 칼 부딪치는 소리가 울렸지만 양적심은 흑의인의 검을 전부 막아내진 못했다.

“헉!”

　양적심은 자신의 검세를 뚫고 찔러오는 흑의인의 검에 헛바람을 들이켰다. 몸을 피할 수도 있었지만 뒤에는 오왕이 있었다.

　“익!”

　창!

　양적심이 이를 악물며 검을 몸으로 받으려는 순간, 흑의인의 검이 불똥을 튀기며 튕겨 나갔다.

　“풍종우!”

　흑의인은 양적심과 나란히 서 있는 풍종우를 노려보며 이를 갈았다. 풍종우는 분노에 찬 흑의인의 시선을 외면하고 뒤로 슬쩍 고개를 돌렸다. 섭중덕은 여전히 침상에 주저앉아 있고 풍승은 오왕을 들쳐 업고 문 쪽으로 달려갈 태세였다.

　“양 부대주, 전하를 호위하시오!”

　풍승의 부름에 양적심이 풍승 곁에 섰다. 이를 보는 흑의인의 눈에 귀화가 피어올랐다.

　“못 간다!”

　흑의인의 검이 풍승을 향해 검을 뻗었다.

　“어딜!”

　풍종우가 도중에 흑의인의 검을 막았다. 흑의인의 검은 수십 개로 분하고 있었지만, 풍종우는 아무 변화 없는 단 일 검만을 날렸다.

　쩌엉!

　지금까지와는 전혀 다른 검 부딪치는 소리가 나며 흑의인이 주춤거렸다. 풍종우가 강한 내공으로 흑의인의 검을 압도한 것이다. 이 틈을 노려 풍승이 문으로 달렸고 양적심이 게걸음으로 풍승을 따랐다.

　빠드득!

풍승과 양적심이 순식간에 선실 밖으로 나가자 흑의인은 이를 갈며 풍종우에게 원망의 눈빛을 한 차례 던진 후 뒤에 있는 구멍으로 몸을 날렸다.

풍종우는 흑의인의 뒤를 쫓을까 하다가 침상으로 몸을 돌렸다.

"나는 됐소. 어서 자객을 추격하시오!"

섭중덕은 흑의인을 쫓지 않는 풍종우를 나무랐지만 풍종우는 들은 척도 하지 않았다.

"이제 전하는 안전할 거요. 그보다 물어볼 게 있는데……."

풍종우가 한 발 다가서며 검을 휘둘렀다.

샤악—

미세한 소리와 함께 섭중덕의 손목에서 피가 튀며 힘줄이 끊어졌다. 풍종우는 섭중덕이 비명을 지를 시간도 주지 않고 계속 검을 휘저었다. 눈 깜짝할 사이에 섭중덕의 몸 곳곳이 검끝에 찔렸지만 피는 나지 않았다.

"혈도를 봉했으니 아프지는 않을 거요."

"왜……?"

섭중덕은 힘없이 단도를 떨어뜨리며 믿을 수 없다는 표정을 지었다.

"그러니까……."

"으악!"

풍종우가 말하려 할 때 갑판에서 발소리가 어지럽게 섞이며 비명이 들려왔다.

"이런, 도망가라고 놔줬더니 갑판까지 쫓아 올라갔군."

풍종우의 안색이 어두워졌다.

"시간이 없으니 짧게 묻겠소. 대화회의 호북회주가 누구요?"

"무슨······."

풍종우의 물음에 섭중덕이 영문을 모르겠다는 표정을 지었지만, 풍종우는 고개를 저었다.

"섬력단도(閃靂短刀) 진소기(秦笑綺). 당신이 대화회의 호북단원임을 알고 있소. 호북회주가 누구요?"

풍종우의 입에서 자신의 본래 이름이 나오자 섭중덕의 얼굴이 딱딱하게 굳어졌다.

"역시 그랬군. 일우 풍종우가 돌아왔다고 할 때부터 짐작하고 있었지."

"시간이 없소. 호북회주가 누구요?"

"말할 것 같은가?"

섭중덕이 반문하며 조소했다.

쿠우웅!

둔중한 소리와 함께 선체가 좌우로 흔들렸다. 풍종우는 좌우에 있던 호위함이 본선에 접안한 것을 깨달았다.

"알려주시오. 호북회주가 누구요?"

"······."

섭중덕은 굳게 입을 다물고 눈을 감았다. 안 그래도 고집스런 섭중덕의 얼굴이 더욱 강퍅한 인상을 주었다.

"대화회와는 불구대천의 원수니 함께할 수 없소. 잘 가시오."

풍종우가 섭중덕의 목에 검을 꽂았다.


"선장, 수고했소."

종리고도는 선교에서 목을 빼고 있는 선장에게 인사를 하고 후면을 주시했다. 본선과 운풍대 사이에 있던 배들이 모두 뱃머리를 돌리며 크게 원을 그리고 있었다. 강변에서 포격을 받았다고 판단하고 측면 호위를 강화하려다 뒤늦게 상황을 파악하고 본선에 접근하려는 것 같았다.

종리고도는 호위 선단이 사방을 둘러싸고 있는데 어떻게 측면 포격을 받았다고 생각했는지 이해가 되지 않았다.

설사 강변에서 호위 선단의 틈을 비집고 포를 쐈다고 해도 단 한 발로 끝내는 포격이 어디 있단 말인가. 그나마 금의위는 두 번째 폭발음을 듣고 바로 내부 폭발을 알아차린 것 같았지만, 이미 오로군의 배가 끼어들어 속도를 줄이기 어려웠을 것이다.

"멍청한 놈들."

종리고도는 방향 전환에 애먹고 있는 배들을 비웃었다.

본선을 비롯한 호위 선단의 중심을 이루고 있는 배들은 원래 돛과 노를 모두 사용할 수 있게 만들어졌지만, 지금은 모병선으로 사용하기 위해 격군들과 포를 싣던 갑판 아래쪽을 선실로 개조해 돛으로만 움직이고 있었다. 세 개의 돛을 달고 있어 어지간한 역풍에도 움직일 수 있다지만 노가 없으니 선회 반경이 클 수밖에 없었다.

"도선 준비!"

종리고도의 명령에 각 조장들이 눈살을 찌푸렸다. 빗속에 묻혀 희미하기는 했지만 비명이나 칼 부딪치는 소리가 들려오는 걸로 봐서 본선에 무슨 일이 생긴 게 분명했다. 하지만 선미에서 도선을 하는 건 상식 밖의 일이었다. 게다가 본선의 좌우측에 붙은 배들에서 이미 도선을 하기 위해 갈고리를 건 상태였다.

"곧 금의위들이 넘어갈 텐데 뒤늦게 우리까지 갈 필요 있겠소?"

“맞소. 조금 더 지켜봅시다.”

조장들은 물론 대부분의 조원들도 같은 생각이었지만 종리고도는 고개를 저었다.

“그놈들은 왕을 지키러 가는 거고 우리는 대주를 지키러 가는 거다.”

종리고도의 대답은 별로 설득력이 없었지만 더 이상 뭐라고 말을 꺼내는 사람은 없었다.

어쨌거나 홀수 조의 대장은 종리고도였으니 그가 하라는 대로 해야 했다. 하지만 조장들은 잔뜩 얼굴을 찌푸리며 불만스런 눈으로 종리고도를 쳐다봤고 종리고도는 조장들의 뜻을 완전히 무시할 수 없었다.

“좋아. 그럼 다들 여기서 상황을 주시하고 칠조만 도선한다. 칠조 앞으로!”

“왜 또 저러냐.”

“그러게. 갈 거면 일조나 가라고 시키지.”

“잘못하면 충돌할 텐데…….”

“조장 잘못 만나 고생하는 거지.”

종리고도가 칠조원들을 부르자 여기저기 섞여 있던 칠조원들이 투덜거리며 선미로 나왔다.

이세명은 천천히 걸어나오며 좌우를 두리번거렸다.

“나 여기 있다.”

조신이 손을 들어 이세명을 불렀다.

“아, 네.”

이세명은 조신을 보고도 한차례 좌우를 둘러봤고, 조신과 문보 사이에 서서도 연신 뒤로 고개를 돌렸다.

풍종우가 갑판으로 나왔을 때는 더 이상의 비명이나 칼 부딪치는 소리가 들려오지 않았다. 선수부 갑판에는 여섯 구의 시체가 널려 있는 가운데 이십여 명의 금의위가 병풍처럼 둘러서 있고, 좌우에 붙은 배에서 금의위 위사들이 넘어오는 족족 선미 갑판으로 달려가고 있었다.

"풍 부대주!"

선수부의 금의위들 틈에서 양적심이 뛰어나왔다.

"양 부대주, 전하께서는?"

풍종우는 풍승의 안위가 궁금했지만 오왕에 대해 먼저 물었다.

"대주와 함께 계시오. 정신을 잃고 계시지만 다행히 큰 상처는 없으시오."

풍종우가 고개를 끄덕였다. 선수부에 있는 이십여 명의 위사들은 오왕과 풍승을 호위하고 있는 것이다. 풍종우가 섭중덕을 심문하는 짧은 시간 동안 금의위가 여섯 명이나 죽은 것을 보면 양적심은 싸움에 적극적으로 가세하지 않은 것 같았다.

"자객은 뒤로 밀려났소만, 아직 싸움이 끝난 것 같지 않소."

양적심의 설명을 들은 풍종우는 싸우는 소리가 들리지 않는 것에 의아해하며 뒤로 고개를 돌렸다.

"뭘 하기에 이렇게 조용한가 나도 궁금하던 참이었소. 가봅시다."

양적심과 풍종우는 금의위에 섞여 선미 갑판으로 향했다.

선미 갑판에는 거의 백여 명에 이르는 금의위가 흑의인을 가운데 두고 일 장의 원을 그리며 동그랗게 포위하고 있었다.

"왜 저러고 있는 거요?"

양적심이 상황을 살피며 물었다. 아무리 흑의인의 검법이 대단하다

해도 이렇게 많은 수의 금의위를 당해낼 리 만무했다. 금의위는 흑의 인을 포위하고 있으면서도 잔뜩 위축된 모습이었다.

"폭약입니다. 작지만 저걸로 배에 구멍을 냈다고 생각하면 함부로 달려들 수 없겠죠."

풍종우의 말을 듣고 보니 과연 흑의인의 손에 은빛 구슬이 들려 있 는 게 보였다.

"믿을 수 없군. 저 크기면 신기방의 소천뢰보다도 훨씬 작은데……."

흑의인은 선미 갑판 중앙에 세워진 횃불에 은구를 들이대며 싸늘한 시선을 뿌렸다.

빠드득.

흑의인은 겹겹이 둘러싼 위사들 뒤에 서 있는 풍종우와 양적심을 발 견하고 이를 갈았다.

치이익.

흑의인이 손목을 꺾자 은구의 도화선에 불이 붙었다. 심지가 불꽃을 튀기며 타 들어가자 위사들이 크게 놀라 뒷걸음질쳤다.

"미친!"

"히익! 비켜라!"

흑의인이 은구를 내밀며 성큼성큼 걷자 위사들이 기겁하며 분분히 뒤로 물러났다.

"저런!"

흑의인이 선교 쪽으로 다가오자 풍종우와 양적심도 급히 뒤로 물러 났다. 흑의인의 눈이 미소 짓는 것처럼 살짝 일그러졌다. 흑의인이 은구 를 앞세우고 위사들에게 달려들자 거짓말처럼 포위망이 찢겨 나갔다.

"막아라!"

뒤늦게 누군가 소리쳤지만 이미 흑의인은 선교를 지나치고 있었고, 아무도 흑의인의 앞을 막아서는 자가 없었다.

"죽어라!"

이제 막 본선으로 건너온 위사 하나가 용감하게 흑의인을 향해 창을 휘둘렀지만, 흑의인은 가볍게 검을 놀려 창을 쳐냈다.

"비켜라!"

흑의인은 검을 찌를 시간도 아깝다는 듯 위사를 밀쳐 내며 선수부로 내달렸다.


"종리고도!"

본선이 다가오기를 기다리던 종리고도는 다급함을 넘어 절박하게 자신을 부르는 풍승의 목소리를 듣고 급히 난간을 박차고 날아올랐다.

"도선!"

기합 대신 내지르는 종리고도의 명령에 칠조원들의 몸이 움찔거렸지만, 종리고도의 뒤를 따르는 건 이세명밖에 없었다.

"멍청한!"

이세명의 경공 실력을 잘 알고 있는 조신의 낯빛이 굳어졌다.

가깝다고 해도 아직 일 장 반이나 되는 거리였고, 선미보다 육 척이나 높은 선수부로의 도선이었다. 조신은 종리고도와 이세명의 등 뒤로 날개처럼 펄럭거리는 피풍의를 보며 고개를 저었고, 칠조원들은 본선이 일 장 이내로 다가오기를 기다렸다.

이세명은 뒤늦게 본선과의 거리를 깨닫고 당황했다. 잠시 딴생각을 하고 있다가 종리고도의 목소리를 듣고 엉겁결에 따라 뛰었던 것이다.

"얍!"

이세명은 본능적으로 허리를 퉁기며 가슴을 내밀었지만 최고점에 도달한 몸은 서서히 도약력을 잃고 있었다.

"차앗!"

본선에서 누군가 뛰어내리며 이세명의 등을 찼다.

"윽!"

이세명은 등짝이 떨어져 나갈 것 같은 충격에 절로 신음을 흘렸다. 덕분에 공중에 멈췄던 몸은 본선까지 갈 추진력을 얻었지만, 목이 움츠러들어 자세를 잡을 수 없었다.

이세명은 멋지게 착지하는 종리고도 옆으로 비틀거리며 떨어져 내렸다.


"대주님!"

조신은 이세명의 등을 밟고 날아오는 사람이 풍승임을 알아보고 즉시 옆으로 몸을 돌렸다. 풍승은 오왕을 안고 혼신의 힘을 다해 경공을 펼쳤지만, 조신이 비워준 자리까지 이르지 못하고 간신히 한 뼘 난간 위로 불안하게 착지했다.

"대주님!"

풍승의 몸이 뒤로 기우는 것을 옆에 있던 조신과 문보가 재빨리 붙잡았다. 풍승은 균형을 잡기 무섭게 갑판으로 내려서며 부축하는 운풍대원들의 손을 뿌리쳤다.

"모두 물러나라!"

풍승이 운풍대원들을 헤집고 들어가며 연이어 외쳤다.

"전속 전진! 선장, 어서!"

“조심해.”

종리고도가 비틀거리는 이세명의 등짝을 잡아세웠다.

이세명은 종리고도의 도움으로 간신히 갑판에 뒹구는 꼴을 면하고 고맙다는 말을 하려 했지만, 종리고도는 이세명을 잡기 무섭게 놔주며 앞으로 달려갔다.

“뒈져라!”

“죽여라!”

“크악!”

고래고래 악쓰는 소리와 칼 부딪치는 소리에 이어 섬뜩한 비명이 귀를 뚫고 지나가자 이세명은 반사적으로 칼을 뽑으며 전면을 살폈다. 종리고도는 벌써 사람들 속에 섞여 장도를 휘두르고 있었다.

“못 던지게 해!”

“막아라!”

“악!”

“젠장!”

이세명이 상황을 파악하기도 전에 경악에 찬 비명과 탄식 속에 무언가 반짝이는 것이 사람들 틈을 뚫고 나와 이세명의 머리 위를 지나쳤다.

일순간 칼 소리가 멈추고 모든 사람들의 시선이 이세명에게, 아니, 이세명의 머리 뒤로 넘어간 반짝이는 것에 쏠렸다. 이세명은 자신을 스쳐 가는 시선들 속에서 익숙한 네 쌍의 눈동자를 찾아냈다. 종리고도, 풍종우, 양적심, 그리고 흑의복면인.

사악—

멈춰 버린 시간을 뚫고 이세명의 환도가 움직였다.

틱!

고개를 돌리지도 않고 등 뒤로 휘두른 칼끝에 거짓말처럼 은구가 걸리더니 반쯤 갈라지며 날아가는 방향이 바뀌었다.

"이놈!"

이세명의 도에 맞아 은구의 방향이 바뀌는 것을 보고 흑의복면인이 대노하며 검을 휘둘렀다. 은구를 좇아 시선을 돌리고 있던 금의위 두 사람이 흑의인의 검에 맞아 쓰러질 때 은구가 폭발했다.

펑!

번쩍이는 광휘와 귀를 울리는 폭음, 그리고 비명. 이세명은 소스라치게 놀라며 고개를 돌렸다.

은구는 운풍대가 타고 있는 배를 비껴 나가 우측 난간 밖에서 터졌고, 선미 갑판을 벗어나던 운풍대원 몇이 파편에 맞아 운하로 추락하고 있었다.

"어딜!"

금의위를 뚫고 이세명에게 쇄도하는 흑의인의 등에 종리고도가 장도를 밀어 넣었다.

챙!

흑의인은 몸을 돌려 종리고도의 장도를 쳐내고 크게 검을 휘둘렀다.

파파팟!

흑의인의 검을 따라 공기 찢어지는 소리가 나며 수십 개의 검화가 피어났다.

"헉!"

종리고도가 당황해 물러났고 가까이 있던 금의위 둘이 일검씩을 맞고 주저앉았다.

“이놈!”

금의위를 쓰러뜨린 흑의인이 재차 이세명을 향해 쇄도했다. 이세명은 흑의인의 분노에 찬 눈빛을 받고 주춤거렸다.

쉬익!

흑의인의 검이 귓가로 날아들었다.

“왜…….”

이세명은 피하지도 막지도 않고, 대신 눈을 크게 뜨며 입을 벙긋거렸다.

“피해라!”

양적심이 달려오며 소리쳤지만 흑의인의 검은 이미 이세명의 광대뼈를 스치고 있었다. 칼이 얼굴에 닿자 흑의인의 분노가, 마음 깊은 곳에 자리 잡은 원한과 슬픔이 전해져 왔다.

흠칫.

이세명은 분노와 함께 전해져 오는 몸을 에이는 살기에 전율했다.

팟!

검이 귀밑을 스치는 소리에 이어 불에 덴 듯 뺨이 화끈거렸다.

텅!

언제 들어 올린 것일까. 살기를 느낀 순간? 이세명은 환도가 혼자 움직인다고 생각했다. 어떻게 해야겠다는 생각도 없는데 환도는 흑의인의 검을 밀어내고 앞으로 뻗어 나갔다.

흑의인은 이세명에게 쇄도하던 속도를 이용해 운풍대의 배를 향해 몸을 날리려고 했지만 갑자기 튀어나온 이세명의 반격에 몸을 세워야 했다.

챙!

흑의인은 이세명의 환도를 막고 선수부의 난간을 향해 몸을 날리려 했지만 그사이 뒤쫓아온 양적심의 검이 흑의인의 등을 꿰뚫었다.

"죽어라!"

푸욱!

연이어 종리고도의 장도와 금의위의 장창 하나가 흑의인의 등에 박혔다.

"컥!"

흑의인은 짧은 신음을 발하며 힘껏 난간을 박찼다. 그러나 흑의인의 몸은 겨우 일 척도 나가지 못하고 멈춰 있었다.

"어어……."

흑의인의 입에서 말이 되지 못한 소리가 울리고 눈가에 절망이 어렸다.

"안 돼!"

이세명은 급히 손을 내밀었지만 돌아오는 건 빈 공간을 쥐는 허전함과 원망에 찬 흑의인의 눈빛뿐이었다.


겨우 일각 남짓한 시간 동안 사십 명이 죽거나 다치고 두 명이 운하에 빠져 실종됐다. 폭약을 사용했다고는 해도 단 한 명의 자객에 의한 것이라기엔 너무 큰 피해였다.

그에 비해 오왕은 머리에 작은 혹이 생기는 정도의 상처밖에는 입지 않았다. 첫 폭발은 배에 구멍을 낼 정도의 위력적이었지만, 다행히 침상의 위치가 멀리 떨어져 있었고, 상대적으로 위험했던 두 번째 폭발은 금의위들이 몸으로 막아준 덕분이었다.

새벽녘에 정신을 차린 오왕은 사건 경위를 보고받고 대노했다. 이틀에 걸쳐 동일범으로 보이는 자객에게 암습을 받았고, 한 번은 거의 목숨을 잃을 뻔했다. 두 번 다 금의위가 막아냈다고는 하지만 자객의 침투를 막지 못한 건 금의위의 호위에 문제가 있다는 얘기였다.

오왕의 불호령에 금의위 도독은 머리를 찧으며 '죽여주시옵소서'를 연발했지만, 목숨을 걸고 오왕을 구한 부하들 덕분에 더 이상의 책임을 추궁당하지는 않았다.

선단은 실종자와 자객의 시신을 찾기 위해 아침까지 사고 지역을 뒤졌지만 결국 찾지 못하고 다시 응천부를 향해 출발했다. 본선은 사망자 처리와 배의 수리를 위해 표양(標陽)을 지날 때 선단에서 떨어져 나갔고 오왕이 타고 있는 운풍대의 배가 본선이 되었다.

운풍대는 금의위를 제치고 오왕을 호위하게 되었다고 좋아했다. 하지만 오왕에게 선실 하나를 내줘야 했기 때문에 선실은 더욱 비좁아졌고, 오왕과 함께 있다는 이유로 평소처럼 소란을 떨거나 맘대로 뒹굴거릴 수도 없게 되었다. 거기에 경계도 강화되어 두 개 조가 한 시진씩 번을 서게 되니 각 조마다 하루에 세 시진씩, 그것도 눈에 잔뜩 힘을 주고 긴장하며 번을 서야 했다.

이세명은 어둠침침한 선실의 벽에 기대고 앉아 일렁이는 촛불을 보고 있었다. 이틀 밤을 설친 탓에 몸은 무겁고 머리가 아팠다. 몸이 잠을 요구하고 있었지만 답답한 가슴은 쉽게 잠을 허락하지 않았다.

여섯 등분으로 나눠져 있던 굵은 초는 벌써 두 번째 눈금까지 타 내려오며 이제 곧 미시가 시작됨을 알리려 했다. 한낮임에도 불구하고 창문(본래 포문으로 만들어졌던 구멍)들은 모두 닫혀 있고, 시간을 알려주는 대초 하나가 햇빛을 대신해 선실을 밝혀주고 있었다.

선실 안은 이틀 동안 계속된 자객 소동과 아침까지 계속된 수색 작업으로 인해 눕고 엎드려 잠을 자는 운풍대원으로 가득했다.

치이익.

화약으로 그려진 눈금에 촛불이 닿자 작은 불꽃이 일며 연기와 함께 이상한 소리를 냈다. 그리 크지 않은 소리였지만, 누군가 그 소리를 듣고 일어나 주변 사람들을 흔들어 깨웠다.

잠을 자던 구조가 일어나 조용히 선실을 빠져나가자 잠시 뒤 칠조가 선실로 들어왔다. 칠조원들은 눈을 뜨고 있는 이세명을 향해 말없이 손을 흔들어 인사를 건네고는 구조원들이 빠져나간 자리에 몸을 뉘었다.

이세명은 광대뼈를 타고 귀밑까지 이어진 검상 때문에 부상자로 분류돼 일체의 활동에서 열외되었다.

종리고도는 조금만 위를 베었어도 자기처럼 외눈박이가 됐을 거라 했고, 조신은 조금만 옆으로 베었어도 귀밑 동맥이 잘려 위험했을 거라 말했지만, 벌어진 상처가 붓고 쓰릴 뿐 별로 아프진 않았다. 표양에서 사망자들과 함께 내려진 부상자들에 비하면 큰 상처도 아니었고 어의(御醫)가 있어 응급 처치와 치료도 빨랐다. 자다가 상처난 얼굴을 바닥에 댈까 염려한 어의의 지시로 삼 일 동안 앉아서 자야 하는 게 불편할 뿐이었다.

바닥에 등을 붙이기 무섭게 잠에 빠져드는 칠조원들을 보며 이세명은 천천히 눈을 감고 잠을 청했다. 눈을 감자 지난밤의 일들이 눈앞에 어른거렸다.

핏발이 선 눈동자. 자객. 원망에 찬 눈. 분노의 목소리. 살기 가득한 강룡십삼검. 실종된 성무욱.

심장이 뛰고 식은땀이 흘렀다. 이세명은 눈을 뜨고 촛불을 응시했다. 얼마의 시간이 흘렀을까? 운풍대원들은 눈을 감기 전과 똑같은 자세로 잠을 자고 있고 대초의 크기도 그대로였다. 촌각(寸刻)의 시간. 눈을 감았던 건 촛불로는 재기 힘든 극히 짧은 시간이었다.

이미 몇 번의 시도처럼 어떻게든 잠을 자려고 했지만 도저히 잠을 잘 수가 없었다. 모두들 실종된 성무욱이 폭발에 휘말려 운하로 떨어졌을 거라 짐작했지만 이세명은 성무욱이 그전부터 보이지 않았다는 걸 알고 있었다.

'성 십장님이 자객이었을까?'

아마도 그럴 것이다.

'아니야! 아니야!'

이세명은 마음속의 대답을 부정하며 강하게 고개를 흔들었다. 성무욱이 자객이라는 증거는 어디에도 없었었다. 사람들의 추측대로 폭뢰가 터질 때 운하로 떨어졌을 것이다. 그전에 보이지 않았던 건 멀미 때문일 것이다.

'그래, 그럴 거야.'

이세명은 스스로를 납득시키며 억지로 눈을 감았다.

흑의인의 눈동자, 칼끝에서 느껴지던 분노와 살기, 칼을 타고 전해지던 그 슬픔과 비통함.

가슴이 아프고, 칼에 베인 왼쪽 볼이 화끈거렸다. 이세명은 다시 눈을 뜰 수밖에 없었다.

"후우."

이세명은 길게 숨을 내뱉고는 무의식적으로 호흡을 깊게 하다가 흠

첫거렸다. 여기서 운기를 하는 것은 어렵지 않았지만 혹시나 성무욱의
혼백을 만나게 될까 두려웠다. 죽은 자를 만나는 것은 무섭지 않았지
만, 자신이 성무욱을 해쳤다는 걸 알게 될까 두려웠다.

이세명은 촛불에 의지해 마음을 가라앉혔지만, 여기저기서 들려오
는 낮게 코 고는 소리와 간헐적인 잠꼬대, 작은 부스럭거림들이 오늘따
라 유난히 이세명의 귀를 자극했다.

"세명아."

눈을 감았다 뜨기를 반복하며 식은땀을 흘리던 이세명은 풍종우의
목소리에 구원을 받은 기분이었다. 풍종우는 문가에 서서 작은 소리로,
그러나 선실에서 잠자고 있는 육십여 명이 모두 들을 수 있는 크기로
이세명을 불렀다. 이세명이 급히 몸을 일으키자 주변에 있던 몇 사람
이 잠에서 깨어 이세명을 쳐다봤다.

"종리고도를 깨워서 나와라."

풍종우가 천천히 일어나라는 신호를 보내며 좀 전보다 더 작은 소리
로 말했다.

이세명은 이유를 묻지도 않고 종리고도를 깨워 복도로 나갔다.

"상처는 괜찮으냐?"

"네."

풍종우의 걱정스런 물음에 이세명이 짧게 대답했다.

"흉은 남겠다만, 그만하니 다행이구나."

벌써 여러 번 비슷한 말을 들었지만 모두 진심으로 걱정해 주는 것
을 알기에 매번 고마웠다.

"하암. 무슨 일입니까?"

종리고도는 하품을 하며 핏발 선 외눈에서 눈곱을 떼었다.

“전하를 배알해야 하니 세수들 하고 오게. 아니, 이세명은 세수를 하면 안 되겠군.”

오왕을 만난다는 말에 종리고도의 눈이 커졌다.

“알겠습니다.”

종리고도가 세수를 하고 오는 동안 풍종우가 이세명의 옷매무새를 다듬어줬다.

“성무욱과 친했었지?”

“네…….”

이세명은 잠시 주저하다 대답했다. 어쩐지 풍종우는 모든 걸 알고 있는 것 같았다.

“실종됐다는 건 죽었는지 살았는지 모른다는 거지. 결코 죽었다는 말은 아니야. 힘을 내라.”

“네.”

위로를 하는 것일까? 이세명은 힘없이 대답하며 풍종우를 쳐다봤다. 하고 싶은 말이 따로 있는 듯 복잡한 눈빛이었다.

“죄책감 갖지 말아라. 네가 아니었으면 전하는 물론 더 많은 사람들이 죽고 다쳤을 거다. 너는 전하와 운풍대를 구했어.”

풍종우가 조그맣게 속삭였다. 이세명도 스스로에게 몇 번이나 했던 말이었다. 같은 말이라도 스스로 하는 것과 남에게 듣는 것에 차이가 나는 걸까? 다른 사람의 입을 통해 들으면 쉽게 수긍할 수 있는 걸까? 이세명은 풍종우의 말에 힘을 얻고 있는 자신을 이해할 수 없었다.

십일조장에게 무기를 맡기고 형식적인 몸수색을 거쳐 들어선 오왕의 선실에는 풍승과 양적심이 와 있었다.

급조된 오왕의 침실은 몇 시진 전까지 운풍대가 쓰던 모습 그대로였다. 어디서 구했는지 모를 평범한 침상 하나와 탁자 겸 식탁 하나가 추가된 것 외에는 옆에 있는 다른 선실과도 다르지 않았다.

"전하, 어제 자객을 물리친 장졸들이옵니다."

풍종우가 군례를 올리자 탁자 앞에 앉아 있던 오왕이 벌떡 일어났다.

"오, 이리 와 앉으시오."

"망극하옵니다."

"밥이나 먹자고 부른 거니 너무 부담 갖지 마시오."

왕과 겸상을 한다는 건 대단히 불경한 일이었지만 오왕의 소탈한 성격과 격식을 차리지 않는 사람임을 알기에 풍종우는 선뜻 오왕에게 다가갔다.

"자, 모두 앉읍시다. 거기 두 사람도 이리 와 앉고."

"망극하옵니다."

종리고도는 허리를 살짝 앞으로 숙이고 조심스럽게 탁자로 다가갔다. 예법에 따라 왕과 눈이 마주치지 않도록 하는 것인데, 이를 알 리 없는 이세명은 오왕을 빤히 쳐다보며 발을 옮겼다.

보기 좋은 검은 수염에 가려 턱 선이 보이지 않았지만 반듯한 콧날과 넓은 이마는 멀리서 볼 때의 느낌과 비슷했다. 그러나 가늘지만 강렬한 눈빛은 이제까지 이세명이 알고 있던 다른 한 사람의 왕과는 너무도 달랐다.

"음, 음."

"흐음."

풍종우와 양적심이 소리를 내며 이세명에게 눈짓을 했지만 이세명은 눈치 채지 못했다. 오왕은 주의 깊게 자신을 살피는 이세명을 보고 살짝 미소를 지었다.

"나이가 어린 데다 종군한 지 이제 한 달밖에 안 되어……."

풍종우가 급히 이세명의 불경한 행동을 해명하려 했지만 오왕이 손을 들어 중단시켰다.

"괜찮소."

이세명은 자신에 대해 말하는 걸 알고 풍종우에게 시선을 돌렸지만 풍종우는 설명 대신 고개를 저으며 빈 의자를 가리켰다.

"앉거라."

이세명과 종리고도는 나란히 풍승 옆에 앉았다.

"여기 종리 장수까지는 알겠는데, 풍 장군이 소개 좀 해주시겠소."

오왕은 기억력이 좋아서 한 번 본 사람은 절대 잊는 일이 없었다. 양적심이나 종리고도는 운풍대가 오왕의 호위를 담당하던 때부터 익히 알고 있으니 이세명에 대해 알려달라는 말이었다.

"하남 출신의 이세명 십장입니다. 나이는 어리지만 도법이 뛰어납니다. 어제 자객을 물리치는 데도 뛰어난 활약을 했습니다."

자객 이야기가 나오자 이세명은 침울해졌지만 오왕은 깊은 관심을 보였다.

"얼굴의 상처는 어제 생긴 것인가?"

오왕이 직접 이세명에게 물었다.

"예, 그렇습니다."

이세명은 머리를 조아렸다.

"나이가 몇이냐?"

"열여섯입니다."

이세명의 대답에 모두의 눈이 동그래졌다. 풍종우는 이세명의 나이를 알고 있었지만, 다른 사람들은 이세명을 열여덟 살로 알고 있었던 것이다.

"짐이 그대만했을 때는 뜻을 품고도 마땅히 힘쓸 곳을 찾지 못하고 방황했거늘, 그 나이에 뜻을 세우고 종군하였다니 참으로 기특하구나."

오왕의 칭찬에 이세명은 얼굴이 붉어졌다. 특히 '뜻을 세우고' 라는 말에는 얼굴을 들 수 없었다. 이세명이 고개를 떨구고 있는데 종리고도가 팔꿈치로 옆구리를 찔렀다. 무슨 일인가 하고 종리고도를 보니 입을 오물거려 뭔가를 말하고 있었다.

"마, 망극하옵니다."

이세명은 종리고도의 입 모양을 보고 뒤늦게 고개를 조아렸다.

"하하하!"

이런 이세명을 보고 오왕이 기분 좋게 웃었다.

식사는 방금 잡은 잉어 한 마리가 추가된 것 외에는 운풍대원들이 먹는 것과 크게 다르지 않았다. 이세명은 왕이 먹는 음식이 소박한 것에 놀랐다. 하지만 이는 지난밤에 본선의 요리사가 죽어 운풍대의 왕 숙수가 음식을 만들었기 때문이다.

"자객의 검술이 뛰어났다고 들었는데, 양 부대주가 보기엔 어땠소?"

오왕은 무(武)보다는 문(文)에 재능이 있고 시문(詩文)에도 능했지만 시문보다 병법을 논하기 좋아하고 문보다 무에 관심이 많았다.

"검의 변화가 극에 달해 일수에 십검을 날리니, 부끄럽게도 저 혼자로는 감당키 어려웠습니다."

"검의 연원은 알아보셨소?"

"그것이 아무래도……."

“역시 그들의 짓이오?”

오왕은 마교를 입에 담지 않았지만 이세명조차도 오왕이 말하는 그들이 마교라는 것을 알 수 있었다. 무거운 공기가 식탁에 내려앉으며 짧은 정적이 흘렀다.

“전하, 강호에는 고수가 많아서 여기 있는 종리 부장이나 이 십장만 해도 알려지지 않았지만 저와 비교해 손색없는 실력입니다. 폭탄에 희생된 남진 무사나 금의위 고수들도 모두 그렇습니다. 그들에게 의심이 가긴 하지만, 쉽게 흉수를 단정할 수 없습니다.”

풍종우의 설명에 오왕이 고개를 끄덕였다.

“남진 무사와 의장반의 위사들은 하나같이 고수들이었지. 그들을 생각하면 마음이 무겁소. 종리 부장의 실력이야 전부터 알고 있었지만, 여기 어린 친구의 무공이 그리 뛰어나오?”

“그렇습니다. 어제 자객을 물리칠 수 있었던 것도 모두 이 십장 덕분입니다.”

이세명은 계속되는 칭찬에 몸 둘 바를 몰라 고개만 숙이고 있었다.

“어린 나이에 종군하여 그 의기만으로도 대단하다 했거늘 무공 또한 출중하다니 참으로 대견하구나. 그래, 그대 같은 동량을 길러낸 곳이 어디인가?”

시종 따스한 눈으로 이세명을 대하던 오왕의 얼굴이 살짝 굳어졌다. 천민 태생의 오왕이 명가의 자제들에 대해 자격지심을 가지고 있다는 건 모두 알고 있는 사실이었다. 풍승 같은 명문 출신의 장수들이 푸대접을 받는 이유도 거기 있는지 몰랐다.

“소졸은 하남의 수상팔룡반에서 무공을 익혔습니다.”

이미 몇 번이나 했던 거짓말이다 보니 이세명은 자연스럽게 자신의 출신 문파를 소개했다.

"수상팔룡반?"

오왕이 고개를 갸웃거렸다.

"하남의 이름없는 무관이라 알고 있습니다."

풍종우가 설명했지만 오왕은 여전히 의문스런 표정으로 이세명을 보았다. 이름없는 무관에서 어떻게 고수가 나오느냐는 얼굴이었다.

"본인도 모르는 기연이 있었던 듯하지만, 그만한 노력이 있었겠지요."

풍종우의 부연에 오왕의 굳었던 얼굴에 다시 미소가 감돌았다.

"훌륭하구나. 곁에 두고 싶다만, 나이가 어리니 두루 많은 경험을 하거라. 연후에 내 너를 부르리라."

"망극하옵니다."

이번에는 종리고도가 옆구리를 치기 전에 이세명이 알아서 머리를 조아렸다.

"풍 장군, 오늘은 오랜만에 기분이 좋소."

식사를 하는 동안 오왕의 선실에선 연신 호쾌한 웃음소리가 이어졌다. 오왕이 제장들과 주연을 즐기는 일은 종종 있었지만, 한 상에서 식사를 같이하는 것은 왕으로 추대되고 처음 있는 일이었다.

식후에 오왕은 하사금(下賜金)과 함께 양적심과 종리고도를 천부장으로, 이세명은 백부장으로 승진시켰다. 소주 공략의 논공행상에서 제외됐던 운풍대에 근 일 년만의 승진 인사였다.

오왕을 만나고 나온 이세명은 풍종우와 함께 갑판으로 나왔다. 약간 들뜨고 얼떨떨한 기분이었지만 그리 나쁘지 않았다. 지난밤의 일을 외면하듯 하늘은 구름 한 점 없이 맑고 쾌청했다. 그러나 부서진 선미의 난관은 어제 일이 거짓이 아님을 알려주고 있었다.

"저리로 가자꾸나."

풍종우는 선미 쪽 난간에 고정된 이세명의 시선을 돌려놓기 위해 의도적으로 이세명을 선수부로 이끌었다.

"바람이 좋구나."

차가운 바람이 뒤통수에 부딪쳐 상처를 스치며 지나갔다. 찬바람은 열기를 식혀주고 농이 생기지 않게 막아주는 한편 상처를 벌어지게 만들 거라며 주의를 주던 어의의 말이 떠올랐지만, 지금은 아무 생각도 하고 싶지 않았다. 강에서 자라서일까? 이렇게 배를 타고 바람을 맞고 있는 것만으로 마음이 편해졌다. 지금이라면 눈을 감고 잠을 잘 수도 있을 것 같았다.

"그렇군요."

이세명은 살며시 눈을 감았다. 바람에 따라 나부끼는 머리카락의 흔들림이 좋았다. 폐부 깊숙이 들어가는 상쾌한 공기와 온몸으로 퍼지는 맑은 기운이 느껴졌다. 호흡은 자연스럽게 깊어지고 일순간 온몸의 피로가 풀리는 것 같았다.

짧은 대화를 끝으로 풍종우는 말이 없었다. 성무욱과의 관계에 대해 묻고 싶기도 하고 격려를 해주고도 싶었지만 서두를 꺼내기가 어려웠다. 결국 반 시진가량 바람을 맞고 나서 풍종우가 한 말은 '그만 들어가자'였다.

선실로 돌아온 이세명은 벽에 기대고 앉아 조용히 눈을 감았고, 다음날 아침까지 긴 잠을 잤다. 우려했던 성무욱의 혼백은 나타나지 않았고 꿈도 꾸지 않았다.

축시. 모두 잠든 새벽.

오왕은 침상에서 눈을 뜨고 좌우를 살폈다. 풍승과 풍종우. 두 시진 전에 양적심이 풍종우와 교대했으니 두 시진 후 다시 양적심이 풍승과 교대할 때까지 오왕의 침실 안을 지키고 있는 건 이 두 사람이다. 원래는 침실 안에 아무도 들이지 않았지만, 연이은 자객으로 인해 응천부에 도착할 때까지 침실 안에도 번을 서기로 한 것이다.

"풍 장군."

오왕이 나직하게 풍승을 불렀다.

"예, 전하."

풍승은 재빨리 오왕에게 다가갔다. 풍승이 오왕의 지시를 기다리는 동안 오왕은 천천히 몸을 일으켜 침상에 걸터앉았다.

"그간 풍 장군을 멀리했던 건 내 본의가 아니었소."

풍승은 오왕의 갑작스런 말에 얼른 군례를 취하며 한쪽 무릎을 꿇었다.

"알고 있사옵니다."

권력이 있는 곳에는 그 권력을 잡기 위한 싸움이 있는 것인데 풍승은 요직이라는 운풍대주의 직위에 올랐으면서도 권력 싸움을 너무 몰랐다. 풍승은 권력 싸움이나 하는 장군들과 몇몇 대신들을 한심하게 생각했고, 그 결과 운풍대는 전위 부대로 내몰려 쇠락했다.

풍승은 무능한 자신과 운풍대를 견제하기 위해 금의위를 만든 여러 장군들을 탓할 뿐 한 번도 오왕을 원망해 본 적은 없었다.

"여러 장군들의 탓도 아니오."

풍승은 내심을 들킨 것 같아 부끄러웠다.

"일찍이 부모 형제가 굶어 죽었을 때 나는 세상의 모든 고통이 몽고 놈들 때문이라고 생각했소. 몽고 놈들만 없으면 세상은 낙원이 될 줄 알았지. 부모 형제를 묻으며 오랑캐를 몰아내겠다고 맹세했소."

풍승은 한밤중에 잠자리에서 일어난 오왕이 왜 이런 말을 하는지 알 수 없었다.

"항상 신의를 좇으려 애썼고, 운이 좋아 세력을 얻었소. 오랑캐와 싸우는 자라면 누구와도 손잡기를 주저하지 않았고, 의로운 일이라도 오랑캐와 내통한 자는 가차없이 베었소."

풍승은 오왕이 말하는 '의로운 일이라도 오랑캐와 내통한 자'는 아무래도 장사성일 거라 생각했지만, 앞서 말한 '손을 잡았다'는 자에 대해서는 짐작이 가지 않았다. 백련교를 지칭한다고 생각할 수도 있지만, 오왕은 백련교에 대해 '손을 잡았다'는 표현을 쓰지 않았다.

백련교와 연수한 것은 오왕이 곽자흥 휘하에 있을 당시 곽자흥의 결정에 의한 일이었다. 곽자흥 사후에 권력을 계승한 오왕이 곽자흥의 유지를 받들어 궁지에 몰린 백련교를 돕긴 했지만, 오왕은 세력을 잃은 백련교를 연수나 동맹의 대상으로 보지 않았다. 백련교에서는 오왕을 이전의 곽자흥처럼 백련교도로 여겼지만 오왕에게 백련교는 민심을 얻기 위한 도구에 불과했다.

"그러나 오랑캐와 내통하던 자들의 도움을 받았고, 신의를 지키지 않았으며, 나와 뜻이 다르다 하여 오랑캐와 싸우는 자를 베었소."

'신의를 지키지 않았다는 건 백련교, 뜻을 달리하는 자는 진우량일 것이다. 그러면 오랑캐와 내통하던 자들은……'

풍승은 불현듯 떠오르는 것이 있어 문가에 시립하고 있는 풍종우를 돌아봤다.

풍종우는 고개를 끄덕이며 밖에서 나는 인기척에 주의했다. 지금 밖에서 문을 지키고 있는 건 오조장 여청이었고, 복도에는 오조원 넷이 있었다. 모두 눈을 부라리고 미세한 소리에도 귀를 기울이고 있을 터였다.

풍종우는 오왕의 목소리가 선실 밖에까지 들릴지 가늠해 봤다. 오왕의 목소리는 작았지만 지청술을 펼치면 듣지 못할 바도 아니었다. 풍종우는 발끝에 내공을 모으고 선실 바닥을 비비기 시작했다. 누군가 벽에 귀를 대고 있다면 귀에 거슬리는 울림이 들릴 것이다.

“그들이 오랑캐와 내통하던 자들이란 걸 알았을 때는 이미 내가 가진 것의 대부분이 그들의 것이었고, 내가 이룬 업적의 절반이 그들의 도움을 받은 것이었소. 나는 그들을 이용한다고 생각했지만, 사실은 그들이 날 이용하고 있었던 거요.”

계속되는 말에 풍승의 눈이 크게 휘둥그레졌다.

“나는 풍 장군도 그들과 한패라고 의심했었소. 오랜 벗들과 동지들만을 신뢰했었지. 하지만 그들은 오랜 친구와 동지들 틈에서 나타났소. 그때서야 내 주위의 모든 사람들이 그들에게 직, 간접으로 영향을 받고 있다는 걸 알았지. 친구들은 자기가 조종당하고 있다는 것도 모르고 있었소. 지금도 다들 커가는 욕망이 스스로의 욕심 때문이라며 자책하고 있지. 그들이 언제부터 내 주위에 있었는지는 나도 모르겠소. 빙부(聘父)께서 갑작스레 돌아가신 것도, 어쩌면 내가 왕으로 추대된 것도 전부 그들의 힘인지 모르겠소.”

놀라운 사실을 말하면서도 오왕의 목소리는 잠에서 깨어 풍승을 부를 때처럼 나직했으며 눈빛은 고요했다.

“이 땅이 피로 넘치고, 굶어 죽은 민초들의 시체가 산을 이루어도,

그들은 항상 여유롭고 언제나 배가 부르다오. 그들의 존재는 죄악이오. 나는 세상의 모든 고통이 오랑캐 몽고 놈들에게서 나오는 줄 알았지만 실상은 그들에게서 나오고 있었던 것이오.”

오왕의 목소리가 처음보다 더욱 작아졌다.

“내가 의심을 품자 그들은 스스로 실체를 알려왔소만 나는 그것이 꼬리에 불과하다는 걸 알고 있소. 그래서 나는 계속 그들을 모른 척할 생각이오. 그들이 날 이용하도록 내버려 둘 것이오. 하지만 언제까지고 그들이 원하는 대로 세상이 돌아가게 놔두지는 않겠소.”

오왕의 눈이 차갑게 빛나며 한기를 내뿜었다.

“그들이 내 벗들을 이용한 것처럼 나도 내 벗들을 이용할 것이고, 그들이 내게 다가온 것처럼 나도 그들에게 서서히 접근할 것이오. 그리고 그들의 머리가 밝혀지는 날…….”

순간적으로 오왕의 몸에서 살기가 뻗어 나왔다. 무공을 익힌 풍승조차 얼어붙게 만드는 섬뜩한 살기였다.

“전하…….”

풍승이 살기를 이겨내며 입을 열었을 때 살기는 씻은 듯이 사라졌다.

“풍 장군.”

오왕이 풍승의 어깨를 잡아 일으켰다.

“풍 장군, 나는 언제고 이런 날이 오기를 기다렸소.”

풍승은 자신에게 향하는 오왕의 시선을 마주하고 가늘게 떨었다.

“전하…….”

풍승은 이제야 오왕이 말하는 의도를 알 수 있었다. 오왕은 믿을 수 있는 측근이 필요했던 것이다.

"전하, 소장이 곁에 있사옵니다! 소장을 칼로 삼아 적을 치시옵고 방패로 삼아 적의 창을 막으시옵소서!"

풍승이 격정에 찬 목소리로 군례를 올렸다.

"풍 장군."

오왕이 풍승의 손을 감싸 쥐었다.

"풍 장군, 공을 세워주시오. 누구도 폄하하지 못할 공을 세워주시오."

풍종우는 오왕과 풍승의 목소리가 올라간 것을 염려했지만, 두 사람은 더 이상 목소리를 올리지 않았다.

第十章 봉원격검(逢怨擊劍)

웅천부.

얼마 전까지 **금릉이라** 불리던 이곳을 일컬어

사람들은 육조의 고도(古都)라고 표현했다

봉원격검(逢怨擊劍)

응천부.

얼마 전까지 금릉(金陵)이라 불리던 이곳을 일컬어 사람들은 육조의 고도(古都)라고 표현했다. 말 그대로 여섯 왕조의 도읍이던 곳으로, 거슬러 올라가면 동오(東吳)와 동진(東晉)에서부터 가까이는 송에 이르기까지 천 년을 이어온 역사의 중심지였다.

소주를 출발하고 세 번째 맞는 저녁. 선단은 응천부로 향하는 마지막 물길 진회하(秦淮河)를 타고 있었다.

"대단하군."

조신은 진회하를 따라 펼쳐진 거대한 성벽을 보며 연신 감탄사를 터뜨렸다. 이세명도 입을 다물지 못하고 있었다. 장강에서 진회하에 들어서며 시작된 서쪽 성벽이 벌써 이십 리를 넘고 있었다. 소주성의 전체 둘레가 삼십 리라는 걸 생각하면 엄청난 길이였다.

"하여간 촌놈은 어딜 가도 티를 낸다니까."

문보가 촌놈이라며 놀려도 조신은 웅천부의 외성에서 눈을 떼지 못했다.

"조용히 해라."

종리고도가 속삭이듯 조그맣게 말했다. 평소 같으면 '닥치고 있어'라고 하며 눈을 부라릴 상황이었지만, 선교에 나와 있는 오왕을 의식해선지 주변의 몇 사람만 겨우 들을 수 있는 작은 목소리였다. 대신 눈빛만은 더욱 살벌해서 문보는 찔끔거리며 입을 다물지 않을 수 없었다.

오왕은 풍승과 함께 선교에 나와 선착장 근처의 성문을 보고 있었다. 일 년 전 성을 나설 때는 한창 공사가 진행되고 있었는데 지금은 완공돼 웅장한 모습을 뽐내고 있었다.

"중화문(中華門)이 완성되었군."

"예, 전하. 십삼문(十三門)과 십삼루(十三樓)가 모두 완공된 줄로 압니다."

풍승의 대답에 오왕은 시선을 중화문 앞의 선착장으로 이동했다. 불을 밝힌 선착장에는 수많은 사람들이 나와 있었다.

"많이도 나왔군."

"자객에 대한 소식을 전해 듣고 모두 걱정하고 있을 것입니다."

"그렇겠지, 아직은 내가 필요할 테니까."

선단의 선두는 벌써 선착장에 접안을 하고 다리를 놓고 있었다.

"풍 장군, 이제 떠나면 대도에서나 보겠구려. 각별히 몸조심하시오."

"예, 전하. 신이 대도의 문을 열어놓고 기다리겠습니다."

"꼭 그래 주시오. 그래야 내가 대장군을 시켜 드리지 않겠소. 하하하."

오왕의 웃음소리가 선착장까지 퍼져 나갔다.

오왕이 내리고 문신들과 금의위가 내린 후에야 운풍대는 선착장에 발을 내디뎠다. 뒤로는 아직 열 척이 넘는 배에 삼천이 넘는 오로군 선봉대가 남아 있었지만, 오왕은 준비된 말에 올라 마중 나온 대소신료들과 금의위에 둘러싸여 벌써 선착장을 빠져나가고 있었다.

"금의위 놈들 또 살판났구만."

문보가 멀어져 가는 오왕의 행렬을 아쉬운 눈으로 쳐다봤다.

"왜, 금의위가 되고 싶으냐?"

종리고도의 물음에 문보가 정색을 했다.

"농담으로라도 그런 말은 마십시오."

운풍대가 금의위를 싫어하는 이유는 단순히 그들에게 국왕 호위 임무를 뺏겨서가 아니었다. 상당수 운풍대에 있던 자들이 금의위로 갔으니 애초에는 미워할 일도 없었다.

그러나 그들이 금의위로 옮겨간 후 보여주는 작태는 도저히 그냥 넘어가기 힘든 것들이었다. 대놓고 운풍대를 비하하기 일쑤고, 시비를 걸어 싸움을 하는가 하면, 전장에서는 운풍대를 사지로 몰아넣기도 했다.

"더 어둡기 전에 숙소로 들어가야 한다. 다들 서둘러라."

풍승이 멀거니 오왕이 사라진 쪽을 바라보고 있는 운풍대원들을 다그쳤다.

"쳇, 해 진 지가 언젠데 더 어두워진다는 거야."

"그러게나 말이야."

투덜거리면서도 운풍대원들은 순식간에 대형을 갖췄다.

"선봉대가 아직 안 내렸는데요."

십오조장의 보고에 모두들 뒤를 돌아보니 과연 선봉대의 배에서는 아직 한 사람도 내리지 않고 있었다.

"선봉대는 본대가 도착할 때까지 성외 숙소(城外宿所)에서 대기한다."

성외 숙소는 최대 십만의 병사가 동시에 머물 수 있도록 웅천부 동서에 마련된 야영지였다. 야영지지만 병사들이 편히 쉴 수 있도록 많은 숙소를 지어 몇천 명 정도는 너끈히 수용이 가능했고, 근처에 작은 시전과 마을도 있었다.

"그럼 우리는 성내 숙소로 갑니까?"

"당연히."

종리고도의 질문에 양적심이 고개를 끄덕였다.

"짜증나는군."

"왜 아니겠어."

"젠장, 그놈들 헤어지자마자 다시 만나겠군."

성내 숙소는 과거 운풍대도 상당 기간 사용했던 곳으로, 웅천부에 상주하는 부대가 쓰는 숙소였다. 당연히 성외 숙소에 비해 시설도 훨씬 좋았다. 그럼에도 불구하고 여기저기서 불만 섞인 목소리가 튀어나오는 건 금의위가 성내 숙소를 사용하고 있기 때문이었다.

"그럼, 출발하겠다. 양 부대주가 인솔하시오."

풍승의 명령에 양적심이 앞으로 나와 대열을 이끌었다. 성내 숙소까지는 십 리나 되는 거리였지만 신병들을 제외하고는 다들 익숙한 길이었다.

사중으로 된 중화문을 통과할 때부터 성내를 가로질러 숙소에 도착할 때까지 신병들은 주위를 둘러보는 데 여념이 없었다. 지상의 천당이라는 소주가 전쟁으로 피폐해진 것에 비해 웅천부는 기존의 건물들에 새로 지은 고루거각들이 사방에 즐비했다. 끝이 보이지 않는 길이 사방으로 뻗어 있고 무엇보다도 사람들이 활기에 넘쳐 있었다.

이세명은 도시의 번화함과 풍요로움, 운풍대를 향해 손을 흔들고 지나가는 사람들의 모습에 당황했다. 모든 것이 소주와 너무 달랐다. 한쪽은 너무 어둡고 한쪽은 너무 밝았다. 무엇이 이런 차이를 만드는 걸까? 전쟁의 승패? 이곳 사람들의 행복은 소주 사람들의 고통 위에 만들어진 것인가?

"와우!"

조신은 성내 숙소 앞의 불 밝힌 주점가를 보고 환호했지만 이세명은 불야성을 이루는 웅천부의 밤을 곱지 않은 시선으로 바라보는 자신에게 다시 한 번 당황했다.

"뭘 야려봐!"

"눈깔 뽑아버리기 전에 고개 돌리지!"

운풍대는 숙소 앞을 지키던 금의위들에게 한마디씩 곱지 않은 소리를 하며 숙소로 들어섰다.

'달은 어디나 같구나.'

이세명은 똥 씹은 표정을 하고 있는 금의위 위사들 머리 위로 보이는 달이 언제나 보던 그 달이라는 어울리지 않는 생각을 했다.


형장으로 끌려가는 젊은 부인이 원망 섞인 말로 넋두리를 하고 있었다.

"천지신명이여! 그대는 어찌하여 세상의 청탁을 그렇게도 분간할 줄 모른단 말인가. 어째서 성현이 강도가 되고 강도가 성현으로 둔갑한단 말인가? 땅이여! 그대는 어째서 선악을 분간하지 못한단 말인가. 그러고도 땅이라고 할 수 있는가? 하늘이여! 그대는 어진 자와 어리석은 자를 잘못 알고 있구나. 그러고도 하늘 노릇을 하고 있으니 한심하구나.”

형장에는 망나니들이 칼춤을 추고 젊은 부인은 형장에 나와 있는 형 집행관에게 호소하였다.

“나으리, 마지막 소원이니 한 자 두 치 길이의 흰 천을 기 끝에 매달아주오. 만약 나에게 죄가 없다면 목이 잘릴 때 내 피는 한 방울도 남김없이 모두 흰 천에 흩뿌려져 땅을 더럽히지 않을 것입니다. 또 지금은 여름입니다만, 만약 나에게 죄가 없다면 하늘에서 흰 눈송이가 펄펄 흩날려 내 주검을 덮을 것입니다.”

형 집행관은 두말없이 젊은 부인의 소원대로 해주었다. 그리고 바로 망나니 하나가 흉측한 대도를 휘두르며 젊은 부인에게 다가갔다. 젊은 부인은 세상에 대한 원망으로 눈을 부릅뜨고 장내에 있는 사람들을 쳐다봤다.

젊은 부인의 눈이 이세명을 스쳐 지나가고 망나니가 대도를 치켜 올렸다.

“안 돼!”

제일 앞줄에 앉아 지켜보던 이세명이 벌떡 일어나 소리쳤다.

“또야?”

“아, 정말.”

“이게 몇 번째야!”

“꼭 저런 놈이 있다니까.”

여기저기서 야유가 쏟아지고 젊은 부인과 망나니도 짜증을 내며 얼굴을 일그러뜨렸다. 이세명은 젊은 부인의 눈빛이 변하는 것을 보며 자신의 실수를 깨달았지만 사태를 수습할 길이 없었다.

"아이고, 죄송합니다."

옆에 있던 문보가 얼른 일어나 굽실거렸지만 사람들의 야유는 멈추지 않았다.

"야, 안 되겠다. 나가자."

문보가 앉아 있는 조신의 엉덩이를 툭툭 쳤다.

"에이, 몰라요. 나가든 말든."

"의리없는 놈."

의리없는 놈이라는 소리에 조신이 볼을 씰룩거리며 일어났다.

"죄송합니다, 죄송합니다."

문보가 연신 머리를 숙이며 사람들 틈으로 길을 만들고 조신이 이세명을 잡아끌었다. 이세명은 조신에게 끌려 장내를 빠져나오는 동안에도 사람들이 퍼붓는 야유와 따가운 시선을 느끼고 목을 움츠렸다.

"휴, 쪽팔려 죽는 줄 알았네."

천막을 빠져나온 문보가 땀을 닦는 시늉을 했다.

"젠장, 저건 내가 제일 좋아하는 건데……."

조신은 미련이 남는지 천막 입구에서 고개를 돌릴 줄 몰랐다.

"죄송해요."

이세명은 조신과 문보에게 미안한 마음에 고개를 들 수 없었다. 문보가 응천부 구경을 시켜준다기에 나왔다가 잡극(雜劇)을 보게 된 것인데, 이세명이 결정적인 순간에 분위기를 깨뜨린 것이다. 잡극을 처음 보는 사람이면 한 번쯤 할 수 있는 실수였기에 사람들도 실소하며 넘어갔지만, 이세명은 도가 지나쳤다. 주인공이 곤경에 빠질 때마다 소리를 지르며 일어나니 사람들이 참지 못하는 건 당연한 일이었다.

“이런 걸 보자고 한 내 잘못이지. 뭐, 별수있냐, 다음에 봐야지.”

조신이 체념하며 천막 입구에서 고개를 돌렸다. 조신도 저 두아원(竇娥冤)을 처음 볼 때 이세명과 비슷한 실수를 했었다. 이세명처럼 몇 번이나 소리를 지르다 쫓겨난 건 아니지만 무대로 달려나가 두아(여주인공)를 괴롭히던 악역의 남자를 때려눕혔던 일이 있었다. 그 후로 조신은 강호를 돌아다니다 극단을 만나게 되면 밥을 굶어서라도 잡극을 보곤 했다.

“어디 가서 밥이나 먹자.”

문보가 이세명의 어깨를 토닥였다.

“그래, 밥 먹고 다른 극단을 찾아보자. 사람들한테 들으니 수서문(水西門) 근처에 있는 극단에서 천녀이혼을 하고 있다고 하니 거기나 가보자. 나도 그건 아직 못 봤는데 서상기보다 재미있다고 하더라.”

조신이 씩 웃으며 문보에게 앞서 가라고 길을 내줬다. 밥을 먹으러 가든 잡극을 보러 가든 길을 아는 문보가 앞장을 서야 했다.

“미친놈, 또 잡극을 보자고?”

문보가 진저리를 치며 앞서 나갔다.

“그런데 어디로 가는 거죠? 밥 먹으려면 숙소로 가야 하는 거 아닌가요?”

이세명의 물음에 문보와 조신이 동시에 고개를 돌렸다.

“밥 한 끼 먹자고 거기까지 다시 걸어가?”

문보가 눈을 흘기자 조신이 이세명의 목에 손을 걸었다.

“이세명 백호님, 조장님한테 듣자니 이번에 받은 하사금이 꽤 두둑하다던데 왜 이리 쩨쩨하실까. 승진했는데 승진 턱도 안 내고 그냥 넘어가면 여기 형님들이 섭하지.”

조신이 이세명의 목을 끌어당겨 옆구리에 끼고 슬쩍 조였다.

"캑캑. 알았어요. 가요, 가자구요."

조신은 이세명의 얼굴에 난 상처를 감안해 팔에 힘을 주진 않았고 이세명도 목이 조여지는 시늉만 했다.

"당연히 그러셔야죠, 이 백호님."

조신이 이세명의 목을 놔주며 빙긋 웃었다.

아침나절에 연무장 사용 시간을 놓고 운풍대와 금의위 간에 고성이 오간 것을 빼면 성내 숙소의 하루는 소주에 있을 때와 비슷했다. 다른 점이 있다면 밥을 먹고 하릴없이 빈둥거리는 게 아니라 모두 숙소 밖으로 나가 버린다는 것 정도였다.

이세명은 다른 신병들처럼 잔뜩 들떠서 웅천부 구경이나 다니고 싶지는 않았지만, 어차피 숙소에 있어도 유시까지는 연무장을 사용할 수도 없었기 때문에, 물론 숙소에는 연무장이 아니어도 혼자서 수련할 만한 충분한 공간이 있었지만 조신이 이세명을 가만 놔두지 않았기에 조신과 함께 문보를 따라 나섰던 것이다.

문보가 안내한 음식점은 만미반점(萬味飯店)이라는 곳으로 웅천부에선 제법 이름이 난 곳이었지만, 비싸지 않으면서도 맛이 좋았다. 특히 기름에 튀긴 것처럼 바삭거리는 소금에 절인 오리 고기의 맛이 일품이었다. 어찌나 맛있던지 이세명과 조신은 각자 오리 한 마리씩을 먹고 한 마리를 더 시켜서 둘이 나눠 먹었을 정도였다.

오랜만에 식탐을 발휘해 배불리 먹은 이세명은 잡극을 보러 가겠다는 조신과 헤어져 혼자 숙소로 향했다. 조신은 두아원처럼 속 태우는 잡극이 아니니 같이 가자고 하면서도, 이세명이 사양하자 더 이상 권하지 않았다. 문보는 잡극을 즐기지 않는 눈치였지만 숙소로 돌아가기는 더 싫어서 조신에게 끌려가다시피 앞장 세워져 수서문 쪽에 있다는 극단을 찾는 길잡이 노릇을 해야 했다.

이세명은 포만감을 즐기며 느긋하게 걸었다.

뭐가 좋은지 이세명 또래의 처녀들이 시시덕거리며 지나가고 아이들은 골목 어귀에서 뛰어놀았다. 배가 불러서, 혹은 햇빛이 비치는 낮이어서일까? 어제는 곱게 보이지 않던 도시의 생동감이 오늘은 정겹고 기분 좋게 느껴졌다.

대로를 따라 숙소까지 걷는 길은 즐겁고 유쾌했다. 마치 고향의 강둑길을 걷는 기분으로 일각을 걸어 숙소 부근에 도착했을 때 이세명은 자신의 시선이 대각으로 흔들리지 않는다는 걸 알았다. 시선이 흔들리지 않는다는 것, 다리를 절지 않는다는 게 전혀 이상하지 않았다.

다리를 절지 않게 된 건 언제부터였을까? 풍종우와 조신을 만났을 때는 누구도 다리에 관심을 보이지 않았으니 아마도 기억하기도 싫은, 소행촌을 떠나야 했던 그날 전후인 듯했다.

정말로 다리는 다 나은 것일까? 이세명은 잠시 멈췄다가 천천히 오른발을 내디디며 정신을 집중했다. 오른발을 내디딜 때의 보폭과 발뒤꿈치에 실리는 힘의 크기를 가늠하고, 왼발을 내디딜 때의 보폭과 힘의 크기와 비교했다. 두 발이 땅에 닿는 시간을 재고 다리와 다른 근육들의 움직임을 살폈다.

한 발, 두 발, 세 발, 네 발…….

이세명은 열 번째 발을 내딛다 멈췄다. 어색했다. 오른발이고 왼발이고 할 것 없이 발끝에서 머리끝까지 모든 것이 어색했다. 겨우 열 발짝을 움직이기가 십 리를 걷기보다 힘들었다.

"후……."

이세명은 편하게 발을 내딛고 크게 숨을 내뱉으며 안도했다.

왼발은 아직 완치된 것은 아니었다. 이전에 비해 걸음이 훨씬 부드러워지긴 했지만 땅을 밟을 때 바깥쪽으로 열리는 각도에 미세한 차이가 있었다.

'하지만 그게 어쨌다는 것인가?'

이세명은 자신이 한 짓에 어이가 없었다. 눈으로 분간하기 힘든 미세한 차이를 찾아내서 뭘 어쩌자는 것인가? 완치되지 않은 것에 안도감을 느끼는 이유가 뭘까? 이세명은 곰곰이 생각에 잠겼다.

"이봐, 뭐 하는 거야?"

다소 공격적인 목소리에 이세명은 퍼뜩 상념에서 깨어났다. 그리고 눈앞에 서 있는 자를 보고 소스라치게 놀랐다.

"이봐, 입구를 막고 서 있으면 어쩌자는 거야. 빨리 들어가던가 나가던가 해야 될 거 아냐."

언제 여기까지 온 것일까? 집중하며 걷는 동안 이세명은 성내 숙소의 입구에 도착해 있었고, 입구를 지키던 금의위 위사 둘이 손을 내저으며 비키라 하고 있었다.

"뭐야? 왜 눈을 부라려? 지금 시비 거는 거야?"

금의위 위사의 목소리가 점점 커졌다.

"이, 이……!"

이세명은 언성을 높이고 있는 위사를 향해 천천히 이를 드러냈다. 어떻게 이 얼굴을 잊을 수 있을까. 기억하기도 싫은 그날, 장삼의 시체를 끌고 가며 투덜거리던 바로 그자였다.

"불쌍하다고 건들지 말래서 참고 있는 거니까 재수 좋은 줄 알고 얼른 꺼져."

위사는 들고 있던 창대를 흔들며 은근히 위협했지만 이세명의 귀에
는 위사의 목소리가 아득하게 멀어지며 그날의 목소리와 겹쳐 들렸다.

"죽였으면 곱게 강물에 처넣어 버리지 이런 건 뭐 하러 끌고 오라는 거야."

바로 이 목소리였다.
이세명의 눈에 푸른 불똥이 튀었다.
"뭐, 뭐야! 이 새끼, 진짜 해보자는 거야!"
심상치 않은 기운을 읽은 위사가 창을 꼬나 쥐며 이세명에게 겨눴
다.
"미친놈 아냐!"
옆에 있던 다른 위사도 창두를 이세명에게 돌렸다.
"익!"
이세명이 이를 악물며 칼을 뽑았다. 끓어오르는 분노, 노여움이 칼
을 뽑게 만들고, 칼의 기운이 분노를 증폭시켰다. 그러자 이세명의 눈
앞에 수상반 사람들의 처참한 주검이 오락가락하고 들은 적도 없는 비
명과 고함이 귀에 이명을 만들었다.
"흐흐흐."
이세명의 입에서 음산한 웃음이 흘러나오며 눈에 머물던 푸른 귀화(鬼
火)가 온몸을 휘감고 발산됐다.
"우욱……."
위사들은 이세명의 몸에서 뻗어오는 살기에 움찔거렸다. 아무리 운
풍대와 금의위의 사이가 나쁘다지만, 이건 뭔가 한참 잘못되고 있는 것
같았다.

이세명은 끓어오르는 분노를 주체할 수 없었다. 이제껏 장삼을 생각할 때 이런 감정이 일던 적이 없었다. 장삼이 죽은 직후에는 혼란과 슬픔, 안타까움만을 느꼈었고, 장삼의 혼백이 떠난 이후에는 오히려 평온함을 느껴왔다. 지금도 장삼을 떠올리자 끓어오르던 분노가 사그라지며 정신이 들었다.

"죄, 죄송합니다."

입이 말라 목소리가 갈라져 나왔다. 이세명은 감정을 가라앉히며 칼을 집어넣었다. 위사들은 창을 세우긴 했지만 이세명의 몸을 휘감던 귀기가 여전히 눈가에 어려 있는 것을 보고 마음을 놓지 않았다.

"들어갈 거요?"

위사의 목소리가 잔뜩 긴장돼 있었다.

"네."

이세명은 고개를 끄덕이고 성내 숙소로 들어섰다.

위사들은 이세명이 등을 보이고 저만치 있는 전각을 돌아 시야에서 사라지고 나서야 겨우 긴장을 풀었다.

"대체 저놈은 뭐야?"

"낸들 알겠어. 운풍대 놈들 죽으러 가는 길이라 악에 받쳤다고 하더니, 어지간하면 건드리지 말자고."

"내가 먼저 건드렸나? 저놈이 먼저 시비를 걸었잖아."

"하여간 조심하자고."

"젠장, 천하의 금의위가 이게 무슨 꼴이야."


숙소로 돌아온 이세명은 침상에 걸터앉아 잠시 전에 있었던 일을 생각했다. 우선 수상반의 참사는 금의위에서 일으켰을 거라는 생각이 들었다. 표면상 마교가 관련됐으니 당연한 일이었다. 조금만 생각해도 알 수 있는 일이었는데 어째서 그동안 생각하지 않았던 것일까? 답은 쉽게 나왔다. 무의식적으로 그 일에 대한 생각 자체를 피하고 있었던 것이다.

형을 만나면 모든 문제가 해결될 거라고 생각했지만, 과연 형은 모든 문제를 해결할 수 있을까? 그동안 군에서 겪어본 바로는 수상반 참사 정도의 사건은 운풍대주가 나서도 해결하기 힘들어 보였다. 형을 만난다는 보장도 없었다.

게다가 정신을 나가게 만들던 그 엄청난 분노는 또 뭐란 말인가? 장삼은 한 점의 원도 남기지 않고 떠났는데 어째서 마음속에는 그렇게나 커다란 분노가 자라고 있던 걸까? 정말 장삼은 극락왕생한 것일까? 소명왕은? 성무욱은…….

"후후후……."

죽은 자에게 원망 따위가 있을 리 없었다. 그들의 모든 원을 풀고 극락정토로 갔다고 해도 산 자는 죽을 때까지 원을 풀 수 없었다. 이세명은 스스로가 너무나 한심했다.

"죽은 자의 원을 풀면서 산 자의 원은 풀 수 없다니."

어쩌면 죽은 자는 산 자에게 원을 넘기고 가는지도 몰랐다. 산 자는 죽은 자의 원을 짊어지고 살아가야 하는 건지도 몰랐다. 이세명은 이제야 알았다. 산 자의 분노는 원이 남아 있는 한 사라지지 않는다는 것을. 아닌 척, 모르는 척 외면해도 결국은 피할 수 없다는 것을.

이세명은 조용히 눈을 감았다. 그리고 자신의 내면에 잠들어 있는 원을 들여다봤다. 소명왕이 전해준 안타까움, 장삼의 억울함, 얼굴조차 희미한 부모님에 대한 그리움, 홀로 남은 외로움이 뒤섞여 세상에 대한 거대한 분노를 만들고 있었다. 그것이 때로는 애틋함으로, 때로는 슬픔으로 가장하고 있다가 울분과 함께 터져 나오는 것이다.

눈을 뜨자 이제는 모든 게 분명하게 보였다. 이세명은 숙소 밖으로 나와 칼을 뽑았다.

휙! 휙! 휙!

넓지 않은 숙소 앞마당에 칼 그림자가 빠르게 지나갔다.

"산 자의 원을 푸는 방법은 이것뿐이로구나."

장사에게 배운 도법. 팔룡풍운을 따라 한 조각의 분노가 잘려 나갔다. 그러나 아무리 잘라내도 마음속의 원은 줄어들 뿐 사라지게 할 수는 없었다.

이세명은 칼을 멈추고 숨을 가다듬었다. 청량한 기운이 몸과 마음을 채우고 있지만, 깊은 곳에 남아 있는 일점의 원이 사라지지 않았다는 걸 알고 있었다. 보이지 않고 느껴지지도 않지만, 기회가 되면 한순간에 온몸을 삼키고 튀어나올 준비를 하고 있을 것이다.

이세명은 칼을 도갑에 넣고 금의위 위사들이 번을 서고 있는 성내 숙소의 입구를 향해 걸어갔다.

성내 숙소를 나온 이세명은 입구를 지키는 위사들 옆에 서서 드나드는 사람들을 살피기 시작했다. 이미 이유없이 한차례 충돌했던 것도 있고 해서 번을 서던 위사들은 이세명의 존재에 꽤나 신경을 쓰고 있었지만, 이세명은 그들이 보내는 '뭐 하고 있는 거요?' 라고 묻는 눈빛에 대답하지 않았다.

성내 숙소에는 이천에 이르는 금의위 대부분이 기거하고 있었으나 아직 일과가 끝나지 않은 시간이라 출입하는 사람이 별로 없었다. 입구를 지킨 지 한 시진이 지날 무렵 한 무리의 위사들이 숙소로 들어가며 이세명을 뚫어지게 쳐다봤다.

이전에도 드나드는 사람이면 모두 이세명을 일견하고 지나갔지만, 그때까지 이세명은 자신의 복색이 금의위와 다르다는 것을 인식하지 못하고 있었다. 금의위들은 모두 붉은 옷에 하얀 가죽신을 신고 있었고, 운풍대는 검은 옷에 검은 신을 신고 있었다. 이세명은 자신이 너무 눈에 띈다는 것을 알고 맞은편에 있는 홍복루(洪福樓)로 자리를 옮겼다.

성내 숙소는 내성의 성벽에 붙어 있어 내성의 일부처럼 보였고, 실제로 내성과 성내 숙소 사이에는 드나들 수 있는 문도 있었다. 하지만 그 문은 유사시에만 쓸 수 있도록 내성 안에서 잠겨 있어 성내 숙소에서 내성으로 들어가자면 숙소를 나와 가까이 있는 수덕문(修德門)을 이용해야 했다.

그래서 성내 숙소에서 수덕문에 이르는 덕인로(德仁路:수덕문과 명인문 사이의 길)에는 전부터 운풍대를, 지금은 금의위를 상대로 하는 가게들이 많았다. 이 가게들은 성문 앞 대로를 따라 형성된 시전들과 달리 대부분이 음식점을 겸하는 주루들로, 운풍대가 머물던 시절보다 배는 화려해져서 지난밤 이세명이 불야성을 떠올릴 정도로 번성하고 있었다.

홍복루의 주인은 이세명의 차림새를 보고 탐탁지 않은 눈으로 금의위가 많이 찾는 곳이니 분란을 일으키지 말란 말부터 했다. 나가달라는 소리였지만, 이세명은 알았다 대답하고 홍복루의 이층으로 올라가 수덕문 쪽으로 난 창가에 자리를 잡고 앉았다. 성내 숙소와 수덕문 쪽 덕인로가 한눈에 들어오는, 홍복루에서 제일 전망이 좋은 자리였다.

이세명은 자리를 옮겨달라는 주인의 말을 무시하며 대충 알아서 가

저오라는 주문을 했다.

홍복루의 주인은 아무리 봐도 금의위에 시비를 걸기 위해 들어온 게 분명한 이세명에게 선불이라며 은 두 냥을 요구했다. 어떻게든 이세명을 쫓아낼 생각이었지만, 이세명이 두말없이 은 두 냥을 내놓자 더 이상 뭐라 않고 물러났다. 적당한 음식만 내놓으면 이층의 식탁과 의자 값으로는 충분한 돈을 받은 것이다.

이세명은 홍주 한 병과 몇 가지의 요리를 받아두고 성내 숙소로 드나드는 사람들의 얼굴을 살폈다. 입구를 지키던 위사들이 종종 이세명에게 고개를 돌렸지만 이세명은 여전히 그들의 시선을 무시했다.

유시가 가까워지자 숙소로 모여드는 위사들이 점점 많아지고 있었다.

이세명이 주시하고 있는 수덕문 쪽보다 명인문 쪽에서 오는 위사들이 더 많았다. 이세명은 명인문 쪽에서 오는 위사들의 얼굴을 볼 수 없었지만 명인문 쪽 창가로 자리를 옮기진 않았다. 어차피 정인시의 근무 교대를 위해 모여든 사람들이니 시간이 되면 다시 나올 거라는 생각이었다.

과연 이세명의 생각은 틀리지 않아서 잠시 후 성내 숙소에서 위사들이 나오기 시작했다. 오백에 이르는 위사들이 질서정연하게 입구를 빠져나와 수덕문 쪽으로 이동해 갔다. 이세명은 오백이나 되는 위사들의 얼굴을 하나하나 살폈지만, 기억에 남아 있는 자는 발견하지 못했다.

'내가 잘못 생각하고 있는 걸까?'

이세명은 홍주 한 잔을 따라 마시며 그날의 기억을 되짚어봤다. 기억이 맞다면 입구를 지키는 위사 말고도 이세명이 알고 있는 얼굴은 일곱이나 됐다. 장삼의 시체를 끌고 가던 다른 병사와 행화주막을 지키던 병사 둘, 부상당해 행화주막에서 쉬고 있던 병사 넷. 방금 나간 오백의 위사들 중에 그들이 없다는 건 수상반의 참사가 금의위에 의한 것이 아니거나 그날의 기억이 완전하지 않은 것일 수도 있다는 뜻이었다.

불과 일이 각 사이에 주루의 안팎에 유등이 내걸리고 성내 숙소 입구에도 횃불이 밝혀졌다. 정유시가 되자 입구를 지키던 위사들이 다른 자들로 바뀌었다. 이제 아까 나갔던 오백 명과 교대한 위사들이 돌아올 시간이었다. 이세명은 홍주를 따라 마시며 수덕문 쪽을 주시했다.

드디어 다소 피곤해 보이는 위사들이 모습을 나타냈다. 해는 완전히 떨어졌지만 수덕로는 불야성을 이루고 있어 지나는 사람들의 얼굴을 살피기에 충분히 밝았다.

'역시 그랬군.'

이번에 나타난 위사들 중에는 기억 속에 있는 얼굴이 넷이나 들어 있었다. 이세명은 불같이 일어나는 분노를 삭이며 연거푸 술잔을 비웠다.

'저자들은!'

이세명은 중년의 위사 둘을 발견하고 벌떡 일어났다. 유란하를 범바위로 안내하다 만났던 자들, 기씨의 배에 타고 있던 자들이었다. 그러고 보니 기씨가 했던 말 중에 이들에 대한 이야기가 있었다.

"그놈들 변복한 관군이란 거… 처음부터 어르신한테 관심을 가지고 있었어요. 진작에 오려고 했는데……."

기씨가 했던 말들이 순서대로 떠올랐다. 웅천부에서 유행(遊行) 나온 고관 자제의 일행이라던 자들이 실은 모두 금의위였던 것이다.

'그래, 그렇게 된 거였군.'

예상대로 수상반의 참사는 금의위가 한 짓이 분명했다. 의심할 여지도 없었다. 이제 이세명은 이 일을 어떻게 할 것인가를 결정해야 했다.

당장이라도 칼을 뽑아 닥치는 대로 금의위를 요절내고 싶었지만 그랬다간 몇 사람을, 어쩌면 한 사람도 죽이기 전에 이세명의 목이 달아날 게 분명했다. 또 저들 중 상당수는 그날의 일과 무관할 것이고, 그날 거기에 있었던 자들도 단지 명령에 따랐던 것뿐인지도 몰랐다.

이세명은 분노를 폭발시킬 대상을 찾았다. 틀림없이 누군가 그날의 일을 계획하고 명령했다. 이세명은 언뜻 금의위 도독인 남경필을 떠올렸다. 결국에는 금의위에 마교 토벌을 명령한 오왕에게까지 그 책임이 미치겠지만, 이세명은 금의위로 대상을 한정시켰다. 분명 금의위에는 어째서 장삼과 수상반 사람들이 마교도라는 누명을 써야 했는지 설명할 수 있는 사람이 있을 터였다.

"저, 손님. 이제 곧 금의위 사람들이 몰려올 텐데요. 정말 이대로 계시렵니까?"

홍복루의 주인은 이전보다 훨씬 누그러진 태도로, 그러나 전보다 더 걱정스런 표정으로 물었다. 돈이야 받았지만, 아무래도 싸움이 나는 게 좋을 리 없었다. 결국은 그리 나빠 보이지 않는 운풍대의 젊은이가 몰매를 맞는 것으로 끝날 공산이 큰 싸움이었다.

"지금이라도 나가주신다면 받았던 돈은 돌려 드리겠습니다."

성내 숙소로 들어갔던 금의위 위사들은 점호를 마쳤는지 들어갈 때보다 한결 밝은 얼굴로 성내 숙소를 나오고 있었다. 그들 중 일부는 홍복루로 들어오는 것이 보였다. 아래층이 시끄러워지기 시작했다.

"아이고, 손님. 이젠 나도 모르겠습니다."

주인이 돌아설 때 이세명이 자리를 박차고 일어섰다.

“엇! 잘 생각⋯⋯.”

주인은 받았던 두 냥을 돌려주려고 허리에 차고 있던 전낭을 열었다. 하지만 자기 입으로 돌려주겠다고 했지만 막상 돌려주려니 아깝다는 생각이 들었다.

“저⋯⋯.”

‘음식값과 술값은 제하고 드리면 안 될까요’ 하고 말하려는 순간 이세명이 주인을 지나쳐 갔다. 거의 뛰듯이 계단을 내려가는 이세명의 뒷모습을 보며 주인은 속으로 쾌재를 외쳤다.

이세명은 급하게 홍복루를 나와 명인문 쪽을 살폈다. 주변이 온통 금의위 천지였지만 명인문 쪽으로 멀어지고 있는 두 사람이 눈에 들어왔다. 이세명은 수많은 금의위의 시선을 뒤로하고 명인문 쪽으로 향하는 두 사람을 뒤쫓기 시작했다.

두 사람을 어쩌겠다는 생각은 없었다. 다만 저들은 다른 위사들보다 나이가 많았고 수상반 참사가 있기 전에 마을에 들어왔다는 점에서 다른 위사들과 달랐다.

기씨의 배를 타고 소행촌에 왔던 사람들은 모두 다섯. 그들 중에서도 저들의 나이가 가장 많아 보였다. 어쩌면 저들이야말로 수상반 참사에 대해 설명할 수 있는 사람들인지도 모른다는 느낌이 들었다.

이세명은 삼 장 정도의 거리를 두고 두 사람의 뒤를 밟았다. 같은 방향으로 걷는 사람들 뒤에 숨기도 하고 노점을 구경하는 척하면서 들키지 않도록 조심했다. 두 사람은 덕인로와 명인문 앞 대로를 지나 어느 골목 앞에서 헤어졌다. 이세명은 두 사람 중 좀 더 나이 들어 보이는 사람을 따라 골목으로 접어들었다.

골목에는 온갖 약재들을 파는 점포들이 밀집해 약 내음이 진동하고 있었다. 중년의 위사는 천천히 약종가를 거닐며 몇 곳의 상점에 들러 약재를 샀다. 중년의 위사가 서너 첩의 약재를 모으는 동안 이세명은 위사를 놓치지 않도록 주의하며 좀 더 거리를 벌렸다. 느리게 걷는 위사의 이목을 피하기 위한 것이었지만, 이것이 실수였다.

오가는 행인들이 겹치며 순간적으로 위사의 모습이 보이지 않더니 그대로 사라져 버린 것이다. 시야에서 놓친 시간은 촌각에 불과했음에도 눈에 잘 띄는 금의위의 붉은 옷은 어디에도 보이지 않았다. 이세명은 급히 중년 위사가 서 있던 약재상으로 달려가 주위를 살폈다.

다행히 중년의 위사는 멀지 않은 다른 약재상에서 발견됐다. 위사는 허리를 숙이고 무언가 이름 모를 약재를 고르고 있었다. 이세명은 위사와의 거리를 다시 삼 장으로 줄였다.

위사는 약종가를 빠져나와 걸음을 조금 빨리해 저택가로 접어들었다. 높고 긴 담장이나 띄엄띄엄 보이는 커다란 대문들로 보아 세도가들의 장원이 모여 있는 곳이었다. 다른 골목과 달리 널찍하고 깨끗한 길에 인적이 드물어 위사를 뒤쫓기가 쉽지 않았다. 이세명은 최대한 발소리를 죽이며 걸었고, 다행히 위사는 미행당하고 있다는 사실을 모르는 것 같았다.

얼마를 걸었을까.

이세명은 긴 저택가를 빠져나가는 위사를 보며 이렇게 무작정 뒤만 쫓아서는 안 되겠다는 생각이 들었다.

'어떻게 할까? 인적이 드문 곳에서 자객 흉내라도 낼까? 아니면 집까지 쫓아가서…….'

묻는다고 순순히 대답하지는 않을 테니 수상반 참사에 대해 듣자면 목에 칼을 들이대야 할 것 같았다. 이세명은 자신이 그런 일을 할 수 있을지 생각해 보고 고개를 끄덕였다. 충분히 할 수 있었다. 앞서 가는 위사가 수상반 참사의 원흉이라면 단칼에 죽일 수도 있을 것 같았다.

이세명은 자신의 무공에 자신감을 갖지 못하고 있었기 때문에 위사의 집까지 쫓아가 암습을 하기로 마음먹었다.

'앗!'

위사를 쫓아 저택가를 빠져나오던 이세명은 위사의 모습이 보이지 않아 당황했다. 앞길은 작은 구릉으로 올라가는 길이었고 좌우로는 지나온 저택의 담장이 이어지고 있었다. 구릉으로 올라갔다면 눈에 띄지 않을 리 없었다. 이세명은 중년 위사가 걷던 왼쪽 장원의 담장을 살폈다.

'역시.'

저만치 쪽문이 보였다. 커다란 장원에서 흔히 볼 수 있는 하인들이 출입하는 후문 같았다. 쪽문은 방금 누가 들어갔음을 알려주기라도 하듯 반쯤 열려 있었고, 사라진 금의위 위사의 뒷모습이 보였다.

이세명은 주저없이 장원으로 들어갔다. 최소한 위사가 어느 건물로 들어가는지 알아야 칼을 들이댈 수 있었다.

장원은 크기에 비해 살고 있는 사람은 적은 것 같았다. 규모로 보자면 기거하는 하인도 꽤나 있을 듯했지만, 두 채의 건물을 지나는 동안 사람의 그림자는 보이지 않았다. 건물마다 불이 켜져 있으면서 사람이 보이지 않는 것에 대해 마땅히 의심해야 할 일이었으나 이세명의 정신은 온통 앞서 가는 중년 위사에게 쏠려 있었다.

중년의 위사는 장원 중앙에 있는 삼층 전각 앞에서 멈춰 섰다. 이세명은 가까운 건물에 몸을 숨기고 위사가 전각 안으로 들어갈 것을 기다렸지만 의외로 전각 안에서 누군가 나오고 있었다.

'저자다!'

기씨의 배에 타고 있던 젊은 공자. 이세명은 전각에서 나온 자를 보고 그가 수상반 참화의 흉수임을 직감했다. 그리고 동시에 자신이 함정에 빠졌다는 것도 알아차렸다. 그자는 이세명이 있는 곳을 빤히 쳐다보며 입가에 미소를 머금고 있었다.

"이봐, 이제 그만 나오지."

중년 위사가 이세명에게로 몸을 돌리며 외치자 사방에서 사람들이 튀어나왔다. 심지어 이세명이 몸을 기대고 있는 건물에서도 사람이 나왔다. 나타난 자들은 제각각의 옷을 입고 있었지만 신발은 한결같이 하얀 가죽신이어서 이들이 모두 금의위임을 말해 주고 있었다.

"여기까지 쫓아 들어오다니 정말 어이가 없군."

뒤에서 들려온 소리에 고개를 돌려보니 처음에 뒤쫓던 위사 중 하나가 서 있었다.

"너처럼 미행을 못하는 놈은 처음 봤다."

그렇게 어수룩했단 말인가! 이세명은 자신의 미행이 진작에 들통났다는 것에 화가 났다. 사소한 분노였지만, 이렇게 시작된 분노는 곧바로 전혀 다른 분노로 이어졌다.

'틀림없다! 저자가 이들의 상관이다. 수상반을 파괴하고 삼 아저씨를 죽인 자다.'

이세명은 천천히 걸어나가며 전각에서 나온 자를 응시했다. 가슴이 뛰고 숨이 멎을 것 같았다.

"정말 운풍대잖아. 대체 운풍대에선 어떻게 교육을 시키는 거야. 이거야 원, 너무 형편없잖아."

천무군은 도망갈 생각도 않고 스스로 걸어나오는 이세명을 보며 어이가 없었다. 안천일이 미리 알려오지 않았다고 해도 장원에 들어서자마자 발각될 것 같은 자였다.

"그래, 풍승이 시켜서 왔나? 아니면 풍종우가? 혹시 너도 풍가가 아니냐?"

이세명은 천무군의 물음에 대꾸하지 않고 천무군이 있는 전각으로 다가갔다. 천무군의 입가에 걸린 반쪽 미소가 불빛을 받아 비웃는 것처럼 일그러져 보였고, 한 발 한 발 전각에 가까워질 때마다 배 아래쪽 깊숙한 곳에서 무언가가 부글거리며 호흡을 방해했다.

"여기가 어딘 줄은 알고 온 거냐?"

천무군은 대답을 기대하지 않으면서도 질문을 계속했고, 그의 움직이는 입술과 목소리가 이세명을 자극했다.

'저자가 모두 죽였다! 저자가 모두 죽였다!'

자신의 목소리가 머리 속을 울리며 천무군이 수상반 사람들을 죽이는 모습이 떠올랐다. 기억에도 없는 일들이 실제로 본 것처럼 눈앞에 펼쳐졌다. 천무군이 장삼의 목을 짓밟고 얼굴에 침을 뱉었다. 호흡이 더욱 거칠어지고 뜨거운 것이 솟구쳐 올라왔다.

"으응? 뭐야?"

천무군은 이세명의 눈에서 이글거리는 푸른빛을 보고 반사적으로 권(拳)을 말아 쥐었다. 소포관도 심상치 않은 기운을 느끼고 박도를 뽑아 들었다. 주위에 있던 모든 위사들이 분분히 무기를 빼 들었다.

이세명이 걸음을 멈췄다. 순간적으로 호흡이 끊기고 심장 박동이 멈췄다. 그리고,

팟!

무언가 끊기는 소리와 함께 머리 속이 하얘졌고 심장이 폭발하듯 뛰

며 열기가 온몸으로 퍼져 나갔다.

"히이익!"

소름이 끼치는 기합과 함께 이세명의 손발이 움직였다. 이 장을 날며 환도가 뽑혀 나왔지만 아무도 이세명의 발도를 보지 못했다. 처음부터 들고 있던 것처럼 이세명의 손에 환도가 쥐어져 있었다.

"헉!"

천무군은 폭사되는 살기에 경악하며 상체를 비틀었다. 눈이 발도를 쫓지 못했다고 해도 사람의 몸이 저렇게 빠를 수 있을까? 살기가 앞서지 않았다면 도저히 막을 수 없는 공격이었다.

"막아라!"

소포관은 눈앞을 스쳐 가는 이세명의 그림자에 놀라 소리쳤다.

쉬익!

이세명의 칼이 이도를 날렸다. 뻗은 칼을 반쯤 회수해서 다시 찌르는 수법이었다.

"이잇!"

천무군이 몸을 비튼 상태로 옆으로 쓰러졌다. 칼에 맞지 않는 유일한 방법이었다. 천무군의 몸을 따라 이세명의 환도가 방향을 바꿔 뚝 떨어져 내렸다. 일 장 반을 날아와 삼도를 날리고도 이세명은 아직도 공중에 떠 있었다.

이세명이 펼치는 믿을 수 없는 신위에 천무군은 기합도 지르지 못하고 바닥을 굴러 벌떡 일어났다. 뒤늦게 소포관과 주변에 있던 위사들이 달려들었다.

챙챙챙챙챙챙!

이세명은 한 번에 서너 개의 창검을 상대하면서도 전혀 밀리지 않았다. 오히려 위사들을 밀쳐 내며 천무군을 쫓으려 했다.

"으아악!"

이세명이 비명 같은 소리를 지르며 팔방으로 도를 휘둘렀다.

땡땡땡!

두 개의 검이 잘려 나가며 순간적으로 공간이 생겼다. 이세명은 질린 얼굴로 부러진 검을 들고 있는 위사들에게 도를 내려쳤다.

'안 돼!'

사람을 죽이게 된다는 경고성이 머리에 울렸지만 손은 멈추지 않았다.

챙!

소포관의 박도가 위사들의 머리 위를 막아섰지만 힘에서 밀려났다. 위험에 처했던 위사들이 도망가고 소포관이 뒤뚱거렸다. 이세명은 먹이를 발견한 독사 같은 눈으로 소포관을 쳐다봤지만, 재차 달려드는 위사들에게 막혀 소포관을 공격하지 못했다.

"소 부장!"

천무군이 소포관을 불러 허리를 가리켰다. 소포관은 천무군이 말하는 것을 알아듣고 허리에 차고 있던 연자추를 끌렀다.

아직까지는 이십여 명의 위사들이 돌아가며 막고 있었지만, 언제 사상자가 나올지 몰랐다.

"사로잡으시오!"

천무군의 명령에 소포관이 인상을 썼다. 애초에 사로잡을 계획으로 불러들이긴 했지만, 이런 상황에서 사로잡기는 어려워 보였다.

서걱!

이세명의 환도가 창대 하나를 잘라내고 있었다.

저 칼은 대체 뭐로 만들었기에? 소포관은 연자추를 돌리며 작은 의문을 품었다.

창대가 잘린 위사를 보호하며 세 명의 위사가 물러나고 도검을 쥔 네 명의 위사가 이세명을 막았다.

휙휙!

소포관은 짧게 잡은 연자추를 돌리며 기회를 엿봤고, 천무군은 이세명의 등 뒤로 돌아가고 있었다.

'틈!'

소포관의 연자추가 위사들 가랑이 사이로 날아들었다. 이세명은 뒤늦게 연자추를 발견하고 옆으로 발을 옮겼지만, 연자추는 줄이 달린 암기였다. 이세명을 따라 움직인 연자추가 이세명의 발목에 감겼다.

이세명은 위사들의 칼을 쳐내고 줄을 자르려 했지만 연자추의 줄이 팽팽하게 당겨지자 균형을 잃었다. 이세명이 움직이자 위사 하나가 연자추의 줄에 걸려 넘어졌다.

그 순간 천무군이 움직였다.

퍽!

사각에서 날아온 천무군의 주먹이 이세명의 옆구리에 작렬했다. 이세명은 순간적으로 서늘한 것이 옆구리를 뚫고 지나가는 느낌을 받았다.

"컥!"

비명과 함께 이세명의 허리가 꺾이며 땅에서 두 발이 살짝 떠올랐다.

털썩.

"우욱!"

땅에 떨어진 이세명은 좀 전에 마셨던 홍주를 토해내며 바둥거렸다.

통증에 온몸이 떨리며 경련이 일었지만 정신만은 기이하게 맑았다. 몸의 고통은 마음속의 분노를 날려 버리는가?

"크, 술 냄새. 이럴 줄 알았다니까. 제정신이 아닌 것 같았어."

천무군이 이세명을 내려다보며 이죽거렸다.

"어때? 정신이 번쩍 들지?"

이세명의 얼굴이 고통으로 일그러지며 힘들게 미소를 지었다.

"그래, 그럼 정신 좀 더 차리게 해주지."

천무군이 발이 사정없이 이세명의 복부를 찼다.

"커……."

이세명은 거품을 물며 정신을 잃었다.


백련정강으로 보이는 환도 하나와 평범한 단검 하나. 단검보다 짧은 단도 하나와 한옥약함, 그리고 약간의 은자(銀子)가 들어 있는 주머니. 천무군은 탁자 위에 놓여진 물건들을 천천히 살피다 단도를 집어 들었다.

"별게 없군요."

소포관은 환도를 살펴보고 실망하는 눈치였다. 위사들의 도검을 무 자르듯 자르는 것을 보고 필시 보도라고 생각했는데, 살펴보니 평범한 환도였다. 백련정강이긴 했지만 이런 칼은 구하려고 하면 금의위에서 얼마든지 구할 수 있는 것이었다. 그가 가지고 있는 박도도 백련정강이었고 옆에 있는 안천일의 칼도 백련정강이었다.

"그렇소. 아무리 살펴봐도 그 칼은 보도라고 할 수는 없겠더군. 신경 쓰이는 건 이거요."

안천일이 은자가 들어 있는 주머니를 집어 올렸다.

“안 부장이 돈에 관심이 있는 줄은 몰랐군.”

천무군이 단도를 들여다보다 핀잔을 주었다.

“돈이야 제법 들어 있지만, 가치로 따지자면 여기 한옥약함만 하겠습니까.”

안천일은 천무군의 핀잔을 가볍게 받아넘겼다. 천무군의 말투가 기분이 나쁘긴 했지만 천무군한테 기분 나쁘다는 표를 내봐야 좋을 일이 없었다.

“이건 하사금낭(下賜金囊)입니다.”

“하사금낭?”

안천일의 설명에 천무군이 전낭을 받아 들었다. 청색 비단에 붉은 수실이 달린 고급스런 주머니였다. 오왕이 병사들에게 하사금을 내리는 일은 종종 있었지만 금낭에 넣어 주는 경우는 극히 드물었다. 왕이 직접 전해주는 하사금에만 금낭을 사용했다.

“신년하례식 때 문무백관들에게나 주는 것을…….”

소포관도 환도를 내려놓고 전낭에 관심을 보였다.

“이런 걸 가지고 다니는 놈도 있나?”

천무군은 내심 어이가 없었다. 자신도 하사금을 받아보긴 했지만, 금의위에 일괄로 내려진 하사금을 분배받았을 뿐이었다. 만약 자신이 금낭을 받았다면 그 안에 든 은자까지 쓰지 않고 소중히 보관했을 것인데, 이 금낭 안에는 손때 묻은 구리 동전까지 들어 있었다. 아무리 봐도 자신보다 어리게 보였는데, 그만한 무공에 왕에게 직접 하사금까지 받았다고 생각하니 은근히 질투도 났다.

“그놈 정체는 알아냈소?”

천무군이 금낭을 쳐다보는 소포관에게 물었다.

“그것이…….”

소포관이 잠시 주저하다가 말을 이었다.

“입고 있는 옷은 운풍현의가 맞는데, 운풍대 출신자들이 알아보지 못했습니다. 아무래도 신병이 아닐까 합니다만…….”

“신병? 운풍대가 인원 보충을 했단 말인가? 얼마나?”

천무군의 눈가에 살짝 주름이 잡혔다. 금의위에서는 모종의 이유로 운풍대의 인원 보충을 막고 있었다. 그가 알기로 최근 이 년간 운풍대에 충원된 인원은 채 열 명이 되지 않았다.

“네, 이번에 오로군으로 편입되면서 오십 명가량의 신병이 배치됐다고 합니다.”

그 정도의 충원이면 하나마나였다. 다만 뛰어난 신병이 운풍대로 배속되도록 놔뒀다는 건 이해가 되지 않았다.

“신병이 불과 한 달 사이에 하사금낭을 받는다는 게 가능한 일이오?”

“글쎄요. 불가능한 일은 아닙니다만…….”

천무군의 질문에 안천일이 말끝을 흐렸다.

“이게 뭔지 아시오?”

천무군이 금낭을 내려놓고 단도를 들어 보였다. 칼자루를 빼면 겨우 손가락 길이밖에 안 되는 짧은 칼이었다.

“암기(暗器) 아닙니까?”

소포관의 반문에 안천일이 동조하는 눈빛을 보이자 천무군이 그럴 줄 알았다는 표정으로 고개를 저었다.

“이건 요가장(蓼家莊)의 신표요. 요가에서도 직계 혈족들만 여기에 이름을 써가지고 다니지.”

천무군이 단도에 음각된 글자를 가리켰다.

"요상(寥橡)?"

안천일이 글자를 확인하고 인상을 썼다. 요가장에 대해 많이 아는 건 아니었지만, 그들이 응천부에서 차지하는 비중은 익히 알고 있었다. 유서 깊은 오장군가의 하나였고, 오왕에게 응천부를 바친 것으로 유명한 가문이었다. 만약 오늘 잡힌 자가 요가의 직계 혈족이라면, 일이 엉뚱한 방향으로 흐를 수도 있었다.

"요가장 사람이 운풍대에 들어간다는 건 앞뒤가 맞지 않는데요."

소포관이 제기한 의문에 천무군이 고개를 끄덕였다.

"그렇지. 한창 잘 나가는 요가에서 다 망해가는 풍가에 사람을 넣는다는 게 말이 안 되지. 설사 그렇다고 해도, 여기에 와서 난동을 부릴 이유도 없고."

'요가에는 그만한 무공도 없지' 라는 말을 줄이며 천무군은 요가의 직계 인물들을 하나씩 떠올려 봤다.

'나이로 봐서는 영(永) 자 돌림인데, 요영상? 그런 놈이 있었나?'

상(橡)이라는 이름으로는 딱히 생각나는 사람이 없었다.

"요씨가 아니라고 해도 요가장의 신표가 나왔으니 일단 조사는 해야 하지 않을까요?"

안천일이 조심스럽게 입을 열었다.

"음……."

간단한 문제가 아니었다. 요가장은 군부는 물론 문관들과 금의위에도 많은 인맥을 형성하고 있었다. 당장에 천무군의 상관인 북진 무사만 해도 요씨였고 탐보반과 감찰반의 상당수가 요가장 출신이었다.

"요가장과 관련된 건 내가 알아볼 테니 소 부장은 그놈이 누군지, 여기 왜 왔는지나 알아봐 주시오."

"지금 알아보고 있으니 운풍대가 맞다면 오래 걸리지 않을 겁니다."

소포관이 자신있게 말하자 천무군이 단도를 갈무리하고 일어났다.

"그럼 내일 아침에 봅시다."


소포관의 말처럼 이세명의 정체가 밝혀지는 데는 오래 걸리지 않았다. 운풍대의 병적을 가져다 보는 것만으로 충분했다. 신병들 중 이십 세 전후의 병사들을 추리고, 그 속에서 출신 문파가 불분명한 자들을 골라내면 되는 일이었다.

"이세명…… 수상팔룡반?"

소포관은 이세명의 병적을 읽다가 이마를 짚었다.

"어디서 본 듯하다 했더니만……."

소포관은 수상반을 조사하면서 장삼 장사 형제는 물론 그곳 인부들의 이름과 행적까지 알아냈고 아직까지 대부분을 기억하고 있었다. 소행촌이란 작은 마을에 다녀온 지 겨우 한 달 남짓. 잊기에는 너무 짧은 시간이었고 마음에 남는 사건이었다.

"이름을 바꾸던가 출신 문파라도 그럴듯하게 지어낼 것이지……."

소포관은 길게 한숨을 내쉬었다. 비록 장삼 형제가 수적이었다고는 해도 존경받는 협사들이었는데, 마교도로 몰아 죽인 것은 백 번을 생각해도 옳지 않은 일이었다. 전장에서야 간혹 무고한 백성들이 피해를 입는다고 하지만, 그곳은 전쟁터도 아니었다. 천무군은 그 사건을 이용해 뭔가 일을 꾸미고 있었고, 자신도 그 덕에 여러 가지 득을 보긴 했지만, 그렇기에 더욱 수상반 사건은 소포관에게 있어 씻을 수 없는 양심의 오점으로 남아 있었다.

"하지만 그때는 무얼 하다가 이제야 나타났단 말인가?"

입군 날짜는 수상반의 일이 있고 나흘 뒤였다. 그렇다면 공교롭게도 금의위가 수상반을 덮치던 날 입군하기 위해 소주로 갔단 말인가? 나흘 만에 소주로 달려가 운풍대에 들어갔고, 후에 수상반의 소식을 들었다? 한 달이 지나 때마침 운풍대가 응천부에 들렀고, 우연히 자신과 안천일을 발견하고 미행을 한다? 조금 억지스런 추측이지만 그럴 수도 있을 것 같았다.

그렇다면 하사금낭과 요가의 신표는 어디서 났을까? 나와 안 부장은 어떻게 알아봤지? 그 무공은? 효수겸 장무개의 적전제자라도 되는 건가? 아무리 효수겸의 제자라도 그렇지, 그 나이에 그런 무공이 가능한 건가?

수많은 의문이 꼬리를 물었지만 명쾌하게 떠오르는 답이 없었다.

"아무래도 만나봐야겠군."

소포관은 운풍대의 병적부를 들고 일어났다. 이세명의 신문은 안천일의 몫이었지만 가만히 앉아서 기다리기엔 마음이 너무 심란했다. 소포관은 이세명이 갇혀 있는 임시 뇌옥으로 향하며 안천일에게 해줄 말을 정리했다. 할 수 있다면 어떻게든 무사히 놔주고 싶었다.


안천일은 정신을 차린 이세명을 신문하고 있었지만 반 시진째 별다른 소득이 없었다. 부상당한 몸으로 사슬에 채워져 벽에 매달려 있으니 꽤 고통스러울 텐데도 이세명은 신음조차 흘리지 않고 있었다.

소포관이 뇌옥에 들어왔을 때도 안천일은 지겨운 질문을 되풀이하는 중이었다.

"이봐, 이름 정도는 말해 줘도 되잖아? 운풍대 소속인 건 맞지?"

안천일의 목소리에 은근한 짜증이 배어 나왔다.

"잘 안 되나보군."

소포관이 다가오자 안천일이 고개를 끄덕였다.

"저 눈 좀 보게. 야차같이 달려들 때도 제정신은 아닌 것 같더니, 지금은 뭐에 홀린 것처럼 완전히 넋이 나갔어. 그래, 자넨 뭐 좀 알아낸 게 있나?"

"조금."

소포관이 이세명의 병적을 펼쳐 보였다.

"이세명이라… 호북의 수상팔룡반? 이런 문파도 있는가?"

안천일은 의외로 이세명의 정체를 파악하지 못했다. 그러고 보면 당시에 마교와 관련된 일로 다들 바빠서 정작 수상반에 대해 조사를 했던 건 소포관과 문태우밖에 없었다. 추관으로 돌아간 문태우를 빼면 수상팔룡반이란 이름에서 수상반을 연상해 내고 이세명이란 이름을 한눈에 알아볼 수 있는 건 소포관뿐인지도 몰랐다.

"아마 세상에 존재하지 않는 문파겠지. 이름도 가짜일 테고."

소포관은 안천일에게 모든 사실을 말하려던 계획을 급히 수정했다. 잘하면 이세명을 살릴 수도 있을 것 같았다.

"그렇겠지. 운풍대라는 곳이 워낙에 비밀스런 자들이 많은 곳이잖은가. 그래서 주군을 모시는 데 부적합하다는 소리가 나왔던 거고."

안천일은 운풍대의 병적부를 뒤적거리며 의미없이 몇 사람의 병적을 눈으로 훑었다.

"개중에 신분이 확실한 자들을 골라 금의위로 뽑았다고 하니, 지금 남아 있는 자들은 정말 모호한 자들뿐이겠지."

소포관은 말을 하며 이세명의 상태를 살폈다. 제정신이라면 매달려 있는 고통에 땀을 흘리고 있어야 했는데 이세명은 전혀 고통스런 모습을 보이고 있지 않았다. 안천일의 말대로 정신이 나간 것 같았다.

"그런 부대를 존속시키는 이유를 모르겠다니까. 부대주로 있는 양적심이나 풍종우 같은 사람은 정말 아깝군. 여기 종리씨나 음씨 같은 자들도 마찬가지고. 이런 자들을 왜 운풍대에 놔두는 건지 모르겠어."

안천일이 병적을 이리저리 펼쳐 보였다.

"풍가와 개인적인 인연이 있는 자들이라고 하더군. 운풍대를 찢어놓은 데에도 우리가 모르는 이유가 있는 것 같고. 그런 부대를 존속시키는 건 풍가를 견제하기 위해서겠지. 운풍대가 없어지면 풍 장군에게 다른 부대를 줘야 할 게 아닌가."

소포관의 대답에 안천일이 병적을 덮었다. 운풍대를 존속시키는 이유는 안천일도 짐작하고 있었다.

"짜증나는군. 장수가 싸움만 잘하면 되는 거지……."

안천일이 눈살을 찌푸렸다. 세상 돌아가는 꼴이 더러운 거야 진작에 알고 있었지만 금의위에 와서 더러운 꼴을 더 많이 보고 더 많이 알게 되는 것 같았다.

"참, 그런데 자네가 여긴 웬일인가?"

안천일의 물음에 소포관이 한쪽 눈을 찡긋했다.

"자네 눈 좀 붙이라고 왔네. 안 하던 호위 일로도 피곤한데, 밤새 소득없는 일에 짜증을 부려봐야 무병장수에 지장만 주지 않겠나."

궁에 번을 서는 일은 위용반이나 호조반의 임무였고, 오왕의 호위는 의장반의 몫이었다. 그런데도 탐보반인 소포관과 안천일이 궁으로 불려간 것은 의장반 고수들이 죽어 오왕의 호위에 구멍이 생겼기 때문이었다.

"그건 그렇지만, 자네도 피곤하긴 매일반 아닌가."

"그래서 이러는 거 아닌가. 우리 돌아가면서 눈 좀 붙이세."

"거 좋은 생각일세."

소포관의 제의에 안천일이 흔쾌히 승낙하고 뇌옥을 나갔다. 두 시진씩 교대하기로 했지만, 소포관이 안천일을 깨울 일은 없을 것 같았다.

안천일이 나가자 소포관은 이세명의 시슬을 느슨하게 풀어 바닥에 앉을 수 있게 했다.

"이보게. 내 말 들리나?"

소포관은 이세명의 무공을 염려해 시슬이 닿지 않는 거리까지 멀찍이 떨어져 말을 걸었다.

"듣고 있을 거라 생각하고 말하겠네. 나는 자네를 알고 있네."

이세명은 쓰러지듯 주저앉아 고개를 떨구고 움직이지 않았다.

"수상반의 이세명이지?"

이세명은 여전히 반응이 없었다.

"복수를 하려고 했나? 어떻게 알고 왔는지 모르겠지만, 그 일은 우리가 한 일이 맞네. 본의는 아니었지만, 나는 처음부터 끝까지 관여하고 모든 일을 지켜봤지."

이세명의 어깨가 들썩였다. 소포관은 이세명의 반응을 지켜보며 말을 계속했다.

"장 대협은 나도 존경하던 분이었네. 나는 그분이 마교와 관련되지 않았다는 사실도 알고 있네. 더러운 음모에 희생된 거지. 믿어줄지 모르겠지만, 알면서도 막지 못한 데 대해 진심으로 사과하네."

이세명의 고개가 천천히 들어 올려졌다.

이세명은 오감을 닫고 있었다. 보이고 들리고 느껴졌지만, 이세명은 모든 자극을 무시하며 내면 깊이 침잠되어 있었다. 어떻게 했는지는 스스로도 모르겠지만, 눈을 뜨는 순간 의식적으로 현실을 무시할 수 있었다. 그렇게 해서 육체적 고통을 느끼지 않게 되었지만, 육체적 고통을 잊기 위한 것이 아니었다. 이세명은 자신의 마음속에 있는 식어버린 분노와 마주하고 있었다. 겨우 한 주먹에 날아가 버린 분노와 그 분노에 먹혀 버린 나약한 자신을 돌아보고 있었다.

그러다 자신의 이름을 부르는 소리에 귀가 열렸다. 그리고 눈이 열렸다. 이세명은 소포관의 눈을 통해 전해오는 그의 마음을 느낄 수 있었다. 무력한 스스로에 대한 책망과 양심의 가책, 자신에 대한 미안한 마음이 담긴 눈빛이었다.

"용서해 주게. 분명 옳지 않은 일임을 알았지만 나는 그 일을 막을 힘이 없었네. 아니, 용기가 없었네."

용기란 힘이 있어야 하는가? 힘이 있으면 용기가 생기는가? 이세명은 눈앞에 있는 자를 알고 있었다. 원수들 중 한 사람. 그런데 어째서 미운 마음이 일지 않는 것일까.

"으……."

몸에 감각이 돌아오며 옆구리가 결리고 쑤셨다.

"하고 싶은 말이 있어도 큰 소리는 내지 말게. 이곳은 임시 뇌옥이라 방음이 좋지 않네."

소포관은 이세명에게 주의를 주고 말을 이어갔다.

"당장이라도 자네를 풀어주고 싶지만, 내 처지가 그렇지 못하네. 놔줘봐야 자네가 다시 칼을 들고 날뛰면 만사가 끝이지. 어떤가? 자네가 조금만 협조해 주면 여기서 내보내 주겠네."

"협조?"

이세명이 입을 열자 소포관이 살짝 웃었다.

소포관이 이세명을 만나고 있을 때, 천무군은 북진 무사 요중개(廖重鎧)를 마주하고 있었다. 두 사람의 공식 직함은 금의위 북진 무사와 금군(禁軍) 십일대의 대주. 금군이 웅천부의 수비와 치안을 맡고 있는 금의위의 예하 부대라고는 하지만 표면적으로는 직접 관계가 없었다.

그러나 금군 십일대는 명목상으로만 금군에 소속된 부대였지 실제적으로는 금의위 소속이나 다름없었다. 부장들과 조장들이 모두 금의위 위사들이었고 하는 일도 다른 금군들과 명백히 달랐다. 일명 탐보반이라고 하는 금의위의 정보 기관이 바로 금군 십일대였다.

금의위의 편제상 남진 무사 휘하에 위룡반과 호조반, 의장반이 있고 북진 무사 아래에 감찰반과 탐보반, 시정반이 있으니 편제상으로 보면 천무군은 분명 요중개의 부하였다. 하지만 탐보반은 북진 무사를 거치지 않고 도독에게 직접 명령을 받고 따로 보고를 하는 경우가 많아서 요중개가 관여할 일이 거의 없었다.

"야심한 시간에 어쩐 일로 요가장까지 오셨소?"

요중개는 노골적으로 싫은 내색을 하지는 않았지만 그다지 반가운 표정이 아니었다.

"업무차 들렀습니다."

천무군이 공손하게 말했다.

"업무?"

탐보반이 하는 일에 밤낮을 가릴 일이 있는 건 아니겠지만, 탐보반 업무에 관련한 사항이라면 어떤 쪽으로든 좋은 일이 드물었다.

"네, 요가장과 관련된 일이라……."

“요가장과?”

요중개가 눈살을 찌푸렸다.

“이것을 좀 봐주시겠습니까.”

천무군이 품속에서 단도를 꺼내 내밀었다. 요중개는 대번에 신표임을 알아보고 말없이 단도를 받아 살폈다.

“요가장의 신표가 맞습니까?”

천무군의 물음에 요중개는 대답 대신 천무군을 뚫어지게 쳐다보며 반문했다.

“어디서 나셨소?”

천무군은 요중개의 시선을 긍정의 대답으로 받아들이고 슬쩍 미소를 지었다. 요가장의 신표가 아니라고 발뺌한다고 해도 방법이 있었지만 순순히 긍정한다면 아무래도 말하기가 더 쉬웠다.

“오늘 탐보반에 침입자가 있었는데, 그의 몸에서 나온 겁니다.”

천무군의 설명에 요중개가 심각한 표정을 지었다.

“탐보반에 침입자가?”

“예. 운풍대 소속으로 보이는 자로, 지금 신원을 파악 중입니다.”

요중개가 고개를 끄덕거렸다.

“그러셨군. 그런데 여긴 왜 오셨소?”

요중개의 질문에 천무군의 얼굴이 딱딱하게 굳어졌다. 요중개의 손에 있던 단도가 어디론가 사라지고 보이지 않았다. 요중개는 원하는 정보를 얻고 단도를 숨겨 버린 것이다.

“증거를 없애려는 겁니까!”

천무군이 벌떡 일어났다. 의자가 넘어지며 소리가 나자 밖에 있던 호위 무사들이 들이닥쳤다.

“어르신, 무슨 일입니까?”

호위 무사들은 당장이라도 칼을 뽑을 기세로 천무군을 노려봤다.

“별일 아니다. 모두 나가 있거라.”

요중개가 손짓을 하자 호위 무사들은 짧게 대답하고 방 밖으로 나갔다. 천무군은 화가 나면서도 한편으로는 어처구니가 없었다.

“이렇게 해서 해결될 일이 아닐 텐데요.”

“뭐가 해결되지 않는다는 건지……?”

요중개는 영문을 모르겠다는 표정을 지었다.

“그걸로 증거를 없앴다고 해도 아직 사람은 남아 있습니다.”

천무군은 뻗치는 화를 누르는지 탁자 한 귀퉁이를 움켜잡고 부르르 떨었다.

“증거? 무슨 소린지 도통 모르겠군. 피곤해 보이는데 그만 가서 쉬는 게 좋지 않겠소?”

요중개가 자리에서 일어났다. 볼일 다 봤으니 나가달라는 뜻이었다.

“좋습니다. 오늘은 이만 가보겠습니다.”

천무군이 씩씩거리며 탁자에서 손을 떼고 돌아섰다.

“멀리 안 나가겠소.”

요중개가 말과 달리 문밖까지 나와서 손을 흔들었다. 요중개는 천무군이 요가장 밖으로 나간 것을 확인하고 하인을 불렀다.

“찾아 계셨습니까.”

“가서 영충을 불러오너라.”

“예.”

하인이 종종걸음으로 사라지자 요중개는 방으로 돌아와 탁자 앞에 앉았다. 탁자에는 천무군이 움켜잡았던 흔적이 희미하게 남아 있었다.

“멍청한 녀석, 흑철목(黑鐵木)을 부수려고 하다니. 지금쯤 화가 단단히 나 있겠지.”

흑철목은 어지간한 도끼로는 흠집도 낼 수도 없다는 단단한 나무였다. 요중개는 비웃고 있었지만, 맨손으로 흑철목 탁자에 자국을 냈다는 건 대단한 일이었다.

“그나저나 둘째의 물건이 어쩌다가…….”

요중개가 소매 속에서 단도를 꺼내 만지작거렸다.


요가장의 이공자(二公子) 요영충은 숙부인 요중개의 손을 통해 돌아온 자신의 신표를 받고 착잡한 표정을 지었다.

“대체 신표를 어떻게 다루는 것이냐!”

요중개가 엄하게 꾸짖었다.

“신표가 무엇이냐? 너의 모든 것을 대신하는 물건이 아니냐! 그것이 어째서 천 대주 같은 자에게 전해졌단 말이냐?”

“죄송합니다. 소질이 불민하여…….”

요영충이 고개를 떨구고 말을 잇지 못했다.

“어찌 된 일인지 말해 보아라.”

요중개의 목소리가 다소 누그러졌다. 일단 신표의 관리에 대해 따끔하게 한마디 할 필요가 있었지만, 애초에 다그치자고 부른 것이 아니었다.

“이것은 제 두 번째 신표로, 연전에 소명왕의 일로 나갔다가 무고한 백성에게 피해를 입혔는지라 후에 문제가 생기면 찾아오라 준 것입니다.”

요중개가 고개를 저었다. 요영충의 성정이 어질고 바른 것이겠지만,

장수가 공무 중에 발생한 피해에 대해 일일이 보상하는 법은 없었다. 자칫 작은 것에 연연하다가 대의를 그르칠 수도 있는 일이었다.

"소상히 말해 보아라."

"그것은……."

요영충은 소명왕의 뒤를 쫓아 소행촌에 들어갔다 장사를 다치게 했던 일을 자세히 설명했다.

이야기를 다 듣고 난 요중개는 가볍게 한숨을 쉬었다.

"그렇다면 그건 천 대주의 잘못이 아니냐?"

"지휘관은 저였습니다."

요중개는 잠시 할 말을 잃었다. 요영충은 책임감이 강해 무슨 일이든 믿고 맡길 수 있었지만, 일의 실패나 잘못을 모두 자신의 책임으로 돌리는 경향이 있었다. 지금은 이런 성품 덕에 오왕의 총애를 받고 금의위의 요직에 있지만, 언젠간 화를 자초할 것만 같았다.

"그런데 어째서 천 대주가 가져온 것이냐?"

"그때의 일로 제가 천 대주의 과한 손속을 문제 삼아 도독에게 금의위에 부적합한 인물이라 상신하였고 금군으로 보내졌는데……."

뒷이야기는 요중개도 아는 내용이었다. 금군으로 보내진 천무군은 뜻밖에도 소주진공에서 장사성의 부장을 전향시키는 공을 세우고 금의위로 복귀했다. 물론 그 배경에는 알려지지 않은 내용이 더 있었지만, 그건 요가장에서도 가주와 요중개만이 아는 사실이었다.

"그 일로 앙심을 품고 있었던 것 같습니다. 최근에 안 사실입니다만, 당시에 제가 신표를 주었던 사람이 마교도로 몰려 죽었다고 합니다."

"무엇이! 그게 사실이냐?"

요중개는 새삼 상황의 심각성을 깨달았다. 마교와 관련된 일이라면 보통 일이 아니었다.

"예. 천 대주가 상부의 승인 없이 시정반을 움직였던 일을 내사하던 중 알아낸 사항입니다. 아직 내사가 종결되지 않았습니다만 여러 정황으로 봐서 조작된 사건인 것 같습니다."

"흐음, 그렇단 말이지."

요중개는 천무군이 신표를 가져온 의도를 파악하지 않고 쫓아낸 걸 후회했다. 신표를 이용해 뭔가 무리한 요구를 할 것 같아 미리 손을 쓴 것인데, 요영충의 얘기를 듣고 나니 다른 의도가 있는 듯했다.

"조작이라는 확실한 증거가 있느냐?"

공(功)이 과(過)보다 크다는 도독의 한마디에 문책없이 지나가긴 했지만, 천무군이 제멋대로 시정반 위사들을 동원했던 사건은 지금까지도 시정반장을 통해 항의가 계속되고 있었다. 그 일이 조작이라고 밝혀지면 자연 과가 공보다 크게 되니 천무군을 몰아세울 수 있었다.

"물증은 없습니다만 다수의 증인을 확보했습니다."

"물증을 확보해라."

"예."

물증을 확보하라고 했지만 요중개는 물증이 없어도 된다고 생각했다. 어차피 천무군이 내세우는 상황의 급박성이니 하는 것들도 물증없는 자백과 증언들뿐이었다. 중요한 건 도독을 납득시키는 일이었다.

"그리고 천 대주가 말하는 탐보반의 침입자에 대해서 알아봐라. 네 말대로라면 신표는 그자와 무관할 가능성이 높다만, 탐보반에서 무슨 수작을 부릴지 알 수 없는 일. 최대한 빨리 신병을 확보하도록 해라. 운풍대라고 했으니 각별히 조심하도록 하고."

"알겠습니다."

요영충이 절도있게 대답하자 요중개가 씁쓸한 미소를 지었다. 요영충이 숙부가 아닌 상관으로 자신을 대하고 있었던 것이 섭섭했다.

"상아⋯⋯."

요중개가 부드럽게 요영충을 불렀다. 상(橡)은 요영충의 아명으로 어려서 부르던 이름이었다.

"예, 숙부님."

요영충은 오 년 만에 들어보는 아명에 조금 쑥스러운 표정을 지었다. 오 년 전 전대 장주였던 할아버지가 죽은 이후로 처음 듣는 아명이었다.

"조용히 훈계 한 번으로 넘기려고 불렀다만, 일이 생각보다 큰 것 같으니 형님께 알리지 않을 수 없게 됐구나."

요영충은 걱정스럽게 말하는 요중개의 말뜻을 알아듣고 고개를 끄덕였다. 요영충의 아버지, 현 요가장의 가주인 요중덕(寥重德)은 공사와 상벌이 분명하고 자식들에게조차 냉철한 자였다.

"괘념치 마십시오."

"그래, 그만 물러가거라."


성내 숙소에서의 생활은 운풍대에 휴가나 다름없었다. 하지만 운풍대는 오로군 본대가 도착할 때까지 대기 상태였기 때문에 진시와 술시, 하루 두 번의 점호를 받아야 했다. 점호 후에는 잠을 자든 술을 먹든 자유였다. 지난밤에도 운풍대의 대부분은 숙소에서 잠을 자지 않고 밖에서 술을 먹다가 날이 새서야 들어왔다.

"조신, 너도 못 찾았나?"

혼자 돌아온 조신을 보고 종리고도가 물었다. 숙소 앞에는 칠조원들이 모두 모여 있었지만 이세명은 보이지 않았다.

"예, 못 찾았습니다. 젠장, 대체 어디로 사라진 거야."

조신은 투덜거리며 다른 조원들과 나란히 섰다. 이제 곧 진시 점호가 시작될 시간이었다. 지난밤 술시 점호에 불참한 자들이 여럿 있었고, 그 대부분이 낮술에 떡이 되어 주점에 쓰러져 있었다.

각 조는 불참자들을 찾아 다시 점호를 마치고서야 진시 점호까지의 자유를 허락받아 밖으로 나갔다. 진시 점호까지 불참자를 찾아다닌 조는 칠조밖에 없었다.

결국 칠조는 이세명을 찾지 못하고 진시 점호에 임했다. 전날 술시 점호와 마찬가지로 몇몇 불참자가 있긴 했지만, 뒤늦게 제 발로 돌아오거나 어딘가에서 업혀 들어왔다.

풍승은 이세명을 찾지 못했다는 보고를 받고 엄중한 표정을 지었다. 두 번의 점호에 불참했고 현재 종적을 찾을 수 없다는 의미는 한 가지였다. 탈영.

전시라면 실종 또는 사망일 수도 있겠지만, 지금은 전시가 아니었다.

"그럴 놈으로 보이진 않았는데……."

보고를 마친 종리고도가 돌아가자 양적심이 고개를 갸웃거렸다. 만약 탈영이라면 이세명은 운풍대 최초의 탈영병이 되는 셈이었다.

"저도 양 부대주와 같은 생각입니다. 무슨 사고가 있지 싶습니다."

풍종우는 도저히 이세명이 탈영했다고 믿을 수 없었다.

"초 부대주 생각은 어떻습니까?"

풍승이 초지일에게 물었다.

"저는 잘 모르겠습니다. 탈영이라고 믿고 싶진 않지만 최근 들어온 신병들의 질이 떨어지는 게 사실이라……."

풍종우는 초지일의 의견에 동의하지 않았지만 나서서 반박하지도 않았다. 상대적으로 이세명과 지낸 시간이 적었던 초지일로서는 당연한 의견이었다.

모두의 의견을 들은 풍승은 잠시 무언가를 골똘히 생각하다가 품속에서 한 장의 서찰을 꺼냈다.

"이걸 좀 봐주시겠습니까."

풍승이 서찰을 풍종우에게 건넸다.

"오늘 새벽녘에 방 문틈에 끼어 있었습니다."

풍승의 설명을 들으며 풍종우가 빠르게 서찰을 읽고 초지일에게 넘겼다.

"운풍대원 한 사람이 금의위 뇌옥에 있다?"

초지일은 소리 내어 서찰을 읽었다.

"무슨 소리요?"

양적심이 초지일의 손에 들린 서찰을 들여다봤다. 발가락으로 쓴 듯 삐뚤삐뚤한 글씨에 초지일이 읽은 게 전부인 짧은 편지였다.

"금의위에 뇌옥이 있습니까?"

양적심의 물음에 풍승이 고개를 끄덕거렸다.

"탐보반에서 따로 옥을 두고 죄인을 심문한다고 합니다."

"따로 뇌옥을 만들다니……."

양적심이 탄식하듯 중얼거렸다. 옥은 형부의 관할이었다. 따로 옥을 만든다는 것은 절차를 무시하고 사람을 잡아다 투옥할 수 있다는 의미였다.

"아직 나라의 틀이 완벽하지 못하기도 하고 금의위의 위세가 그만큼 대단하다는 것이겠지요."

풍종우가 한숨을 쉬며 말했다.

"지금 중요한 건 뇌옥의 유무가 아니라 이 서찰의 내용입니다."

풍승이 양적심에게서 서찰을 받아 갈무리하며 말했다.

"그렇군요. 그 서찰의 내용이 사실이라면 당장 금의위에 따져야 됩니다. 이유야 어쨌든 사람을 잡아갔으면 마땅히 통보를 해야 하는 것이거늘."

양적심의 목소리에 힘이 실려 있었다.

"하지만 서찰이 전달된 경위가 모호하지 않습니까. 만약 그 내용이 사실이라고 해도 금의위 내부인이 아니면 알 수 없는 일인데…… 뭔가 음모가 있는 것 같습니다."

초지일이 조심스럽게 말했다.

"그렇긴 합니다만 성내 숙소에 우리 말고는 금의위밖에 없습니다. 새벽녘에는 거의 금의위밖에 없었죠. 금의위에서 서찰을 가져다 놓은 게 분명합니다. 우리 대원 하나가 없어진 것도 사실이고."

풍종우의 말에 양적심이 다시 나섰다.

"맞습니다. 그 내용이 사실이라면 이유야 어쨌든 운풍대원을 금의위의 뇌옥에 있게 할 수는 없습니다. 죄가 있다면 정당한 절차를 밟아 형부의 옥에 처넣든 군율로 다스려 목을 치든 해야지 않겠습니까?"

양적심의 단호한 목소리에 모두 고개를 끄덕거렸다.

"제 생각도 양 부대주와 같습니다."

풍승이 자리에서 일어났다.

"먼저 세 분은 금의위 뇌옥을 찾아 이 백호가 있는지 확인해 주세요. 뇌옥에 있는 게 사실이라면 제가 금의위 도독을 찾아가 따지겠습니다.”

“존명!”

세 명의 부대주가 일제히 군례를 취했다.

잠시 후 성내 숙소가 소란스러워졌다. 조장들이 소리를 질러 잠든 대원들을 깨웠고, 양적심은 닥치는 대로 금의위를 윽박질러 탐보반의 위치를 알아냈다.


양적심이 알아낸 탐보반의 비밀 청사(廳舍)는 빠른 걸음으로 이각이면 닿을 곳이었지만, 운풍대는 조심스럽게 움직여야 했다. 삼백이 넘는 인원이 응천부의 중심가를 헤집고 다닐 수 없는 일이었고, 탐보반에서 운풍대의 접근을 알아채게 해서도 안 됐다.

운풍대는 각 조를 다섯 개의 분조로 나누고 각기 다른 길을 통해 탐보반의 장원에 집결하는 방법을 택했다.

따로 집합해 있던 칠조가 제일 먼저 성내 숙소를 나왔다. 주위의 이목을 끌지 않게 천천히 움직이라는 지시가 있었지만 풍종우가 장원가(莊園街)에 도착했을 때는 이미 십여 명이 탐보반의 비밀 청사 앞에 집결해 있었다. 풍종우가 가장 빠른 길을 통해 왔으니 분명 반쯤 뛰다시피 했음이 분명했다.

“망할 놈들, 천천히 움직이라는 말을 코로 들었나.”

“그러시는 부대주님도 딱 이각 만에 오셨네요.”

다가오며 한소리 하는 풍종우에게 문보가 이죽거렸다. 가장 빠른 길이라고 해도 이각이면 속보로 왔다는 얘기였다.

“그래도 조장은 명령대로 천천히 오는 모양이군.”

풍종우의 말에 조신이 실실거리며 모퉁이 뒤쪽을 가리켰다.

“조장님은 뒷문을 지키고 있는데요.”

“쯧쯧, 너무 일찍 왔어.”

풍종우가 혀를 내둘렀다. 자신도 서둘러 오기는 했지만 성내 숙소에서는 이제쯤 첫 한두 조가 출발할 시간이었다. 그들이 도착하기까지는 적어도 이각. 그사이 탐보반과 충돌하기라도 하면 칠조만으로는 감당키 어려웠다.

“다른 문은?”

풍종우의 물음에 문보가 대답했다.

“둘러봤는데 문은 두 개뿐이었습니다.”

“옆집으로 월장을 하거나 하진 않겠냐?”

“글쎄요. 옆집은 승상부의 호 총관 집이라…….”

풍종우가 고개를 끄덕였다. 승상부의 호 총관이면 대내의 실세라고 할 수 있는 권력자였다. 탐보반이 어쩌자고 장원가에 비밀 청사를 차렸는지 알 수 없지만, 호 총관 옆집은 아무래도 실수인 것 같았다.

“좀 멀찍이 떨어져 있어야 하는 거 아니냐?”

칠조의 역할은 다른 조가 도착하기 전까지 탐보반을 봉쇄하는 것이었다. 혹시나 운풍대의 움직임을 알리러 오는 자가 있으면 잡아두고 이세명을 다른 곳으로 이동시키지 못하게 막는 임무였다.

“근처에 지체 높으신 분들이 많이 살아서요.”

문보가 머리를 긁적였다. 이해가 가는 대답이었다. 옆에 있는 호 총관 집을 비롯해 장원가의 어느 한 집이라도 함부로 할 수 있는 집이 없었다. 탐보반을 감시한답시고 다른 집 근처에서 얼쩡거렸다가는 후에 무슨 소리를 들을지 알 수 없는 일이었다.

“힘들게 생겼군. 별일없어야 할 텐데…….”

　풍종우의 염려대로 탐보반에서는 운풍대가 온 것을 즉각 알아차렸다. 앞뒤로 문을 틀어막고 있으니 들키지 않을래야 않을 수 없는 일이었다.

"웬 놈들이냐!"

탐보반 위사 하나가 밖으로 나오다 깜짝 놀라 소리쳤다.

"알 것 없다."

문보가 짤막하게 대답하며 인상을 구겼다.

"이놈이 감히 여기가 어딘 줄 알고!"

위사가 고압적인 눈빛으로 문보를 노려봤다. 위사는 열다섯이나 되는 칠조원들을 보고도 전혀 위축되지 않는 모습이었다.

"이 자식이 언제 봤다고 이놈 저놈이야!"

문보가 대뜸 검집을 휘둘렀다. 위사는 갑작스런 공격에 놀라 뒤로 물러나려 했지만 문보의 검이 더 빨랐다.

퍽!

검집이 위사의 옆구리에 박혔다.

"헉!"

위사가 옆구리를 부여잡고 주저앉자 문보가 다시 검집을 휘둘렀다.

빡!

문보의 검집이 위사의 머리를 때렸다.

"이런……."

순식간에 벌어진 상황에 풍종우는 할 말을 잃었다. 충돌을 피해야 하는 상황에서 도리어 일이 크게 벌어지고 만 것이다. 풍종우는 뒤통수를 맞고 비명도 없이 엎어진 위사의 안위를 살폈다. 다행히 숨은 쉬고 있었다.

"설마 죽이기야 했겠습니까."

문보가 계면쩍게 웃었다. 나름대로 힘 조절을 해서 기절만 시킨 것이겠지만, 자칫 후정혈(後頂穴)이나 뇌호혈(腦戶穴)을 때렸다면 즉사하기에 충분한 힘이었다.

"지금 웃음이 나오나?"

풍종우의 질책에도 문보는 입가의 웃음을 지우지 않았다.

"금의위를 때려잡았는데 그럼 눈물이 나오겠습니까?"

풍종우가 고개를 내저었다. 운풍대와 금의위 사이의 감정은 익히 알고 있었지만, 문보의 경우는 좀 심한 것 같았다.

잠시 뒤 장원의 대문이 활짝 열리고 많은 수의 위사들이 고개를 내밀었다. 위사들은 쓰러져 있는 동료와 갑작스런 운풍대의 출현에 당혹해하면서도 눈에 보이게 동요하지는 않았다.

"웬 놈들이냐?"

이번엔 문보가 나서기 전에 풍종우가 먼저 입을 열었다.

"나는 운풍대의 부대주 풍종우다. 볼일이 있어 왔으니 냉큼 가서 너희 상관에게 전해라."

풍종우의 말에 위사 하나가 안으로 달려가고 나머지는 문을 사이에 두고 운풍대와 대치했다.

"생각보다 숫자가 적은 것 같은데요. 그냥 밀어버릴까요?"

문보가 위사들이 들을 수 있게 대놓고 떠들었다. 대부분의 인원이 밖에서 활동하는 탐보반의 특성상 이 시간에 장원을 지키고 있는 건 통상 업무 중인 사십여 명이 전부였다. 문보가 이런 사실을 알고 말한 것은 아니었지만, 탐보반 위사들은 내심 긴장하지 않을 수 없었다.

이미 어제 운풍대원 하나가 칼부림을 했고, 지금 눈앞에 동료가 쓰러져 있으니 당장이라도 운풍대가 들이닥칠 것만 같았다.

"무슨 일이냐?"

칠조원들 뒤로 금의위 복장을 한 사내가 나타났다. 검면이 한 치가 넘는 무거운 장군 검을 비껴 들고 있는 사내, 요영충이었다.

"이건 또 뭐야?"

문보가 갑자기 나타난 요영충의 앞을 막아섰다. 탐보반 위사들과 대치하고 있는 사이 장원가를 통해 다가온 것 같았다. 젊은 나이에 제법 귀티가 나는 것이 문보의 눈에 거슬렸다.

"장군님 오셨습니까."

위사들이 일제히 요영충을 향해 군례를 취했다. 탐보반에는 껄끄러운 감찰반의 수장이었지만 그래도 같은 금의위가 아닌가. 지금 이 순간만큼은 그 누구보다도 반가운 사람이었다.

"장군?"

문보는 장군 소리를 듣고서도 요영충에게 길을 내주지 않았다.

"무슨 일이오?"

요영충이 문보를 비켜 풍종우에게 다가갔다.

"금선장군(錦扇將軍)이십니까?"

풍종우의 물음에 요영충이 고개를 끄덕였다.

"그렇소. 내가 요영충이오. 혹 안풍대장이 아니시오?"

풍종우는 자신을 알아보는 요영충에게 슬쩍 인사를 하며 물러났다.

"어찌 된 일이오?"

요영충이 쓰러져 있는 위사를 보고 물었다.

"사소한 오해가 있어서……."

풍종우가 선뜻 대답하지 못하고 난감한 표정을 지었다.

"사소한 오해라……."

요영충은 쓰러져 있는 위사의 상세를 살폈다. 조사차 몇 번 본 적이 있는 얼굴로 탐보반의 부장 중 하나인 두주란 자였다.

"금의위와 운풍대의 사이가 나쁘다고는 하지만 사람까지 상해서야 되겠습니까. 게다가 운풍대는 출군 대기 상태로 알고 있는데, 아니었습니까?"

나이 어린 장군의 훈계에 풍종우는 할 말을 찾지 못했다. 애꿎은 검대만 만지작거리며 문보를 원망했지만 문보는 풍종우의 시선을 외면하고 딴청을 피우고 있었다.

"또한 부(府) 내에서는 왕명 없이 군사를 움직일 수 없거늘, 어찌하여 군율을 어기셨소? 내 감찰반의 수장으로서 기강을 문란케 하는 일은 묵과할 수 없소."

요영충이 단호한 어조로 말했다.

"쳇, 감찰반이 운풍대에 무슨 권한이 있다고."

문보가 혼잣말로 투덜거리듯 말했지만 모두가 들을 수 있을 정도의 큰 목소리였다. 금의위 감찰반은 금의위의 전횡을 막기 위해 만들어졌으므로, 군 전체의 감찰권을 가지고 있지는 않았다. 사실이 그렇더라도 문보의 언행은 지나친 감이 있었다.

"내게 한 말인가?"

요영충이 매서운 눈으로 문보를 쳐다보자 문보도 지지 않고 요영충을 향해 눈을 부릅떴다. 사이에 낀 풍종우가 문보에게 인상을 썼지만 소용이 없었다.

"안으로 드시랍니다."

다행히 이때 안으로 소식을 전하러 갔던 위사가 나와 이목을 흩뜨려

놓았다. 풍종우는 요영충의 시선이 위사에게 돌려진 틈을 타 문보를
불렀다.

"문 십장, 뒷문에는 조장 말고 다섯 명이 가 있는가?"

"네? 네."

문보의 대답에 풍종우가 가까이 있던 두 사람을 지목했다.

"그러면 그쪽 숫자가 너무 적군. 자네는 여기 두 사람을 데리고 조
장을 지원하게. 아무래도 움직인다면 이쪽보다는 뒷문일 확률이 높
아."

탐보반의 반응으로 봐서 이세명을 다른 곳으로 옮기려고 할 것 같지
는 않았지만, 풍종우가 안으로 들어가면 문보의 행동을 막을 사람이 없
었다.

"네? 조장님이 저보고 정문을 지키라고……."

풍종우가 부대주이긴 해도 명령권은 조장인 종리고도에게 있었다.

"운풍대는 윗사람 알기를 우습게 안다더니, 자기 상관의 명령도 무
시하는가 보지요?"

요영충의 한마디에 문보가 발끈했다. 풍종우가 아무리 부대주라고
해도 운풍대에서 전시 작전 명령의 우선권은 조장에게 있었다. 종리고
도가 정문을 지키라고 한 이상 풍종우의 말에 따를 필요는 없었지만
금의위 앞에서 부대주를 곤란하게 만들고 싶지 않았다.

"알겠습니다. 가자!"

문보가 두 사람을 데리고 돌아서자 풍종우는 백부장인 전칠(全七)에
게 정문을 맡기고 요영충에게 눈인사를 했다.

"그럼 저는 이만 볼일이 있어서……."

풍종우가 말을 끝맺기도 전에 요영충이 고개를 끄덕였다.

“나도 볼일이 있어 왔으니 함께 들어갑시다.”


‘망할!’

천무군은 예정에 없이 나타난 요영충을 보고 속으로 욕을 해댔다. 갑자기 들이닥친 운풍대만 해도 골치가 아픈 판에 꿈속에서도 이가 갈리는 감찰반 반장이라니.

“풍 부대주시라고요. 말씀은 많이 들었습니다. 그래, 무슨 일로 오셨습니까?”

천무군은 요영충을 무시하며 풍종우에게 먼저 말을 건넸다. 천무군을 보는 풍종우의 눈이 이채를 띠었다. 천무군은 풍종우의 시선을 느끼고 버릇처럼 반쪽 미소를 지었다.

“이곳에 내 부하 하나가 있는 걸로 알고 왔습니다.”

풍종우의 단도직입적인 말에 천무군의 얼굴에서 미소가 사라졌다. 풍종우는 분명 ‘알고 왔다’ 고 말했다. 이것은 이세명이 운풍대의 누군가에게 흔적을 남겼을 수도 있고, 누군가의 명령을 받고 온 것일 수도 있다는 말이었다.

“있습니다.”

천무군이 흔쾌히 대답했다.

“뇌옥에 있다고 하던데, 무슨 죄목으로 잡아두신 겁니까?”

풍종우는 목소리를 낮추어 부드럽게 말했지만, 천무군의 눈가에 살짝 주름이 잡혔다.

‘좀 전에는 알고 왔다고 하더니 이번에는 어디선가 듣고 온 것처럼 말하는군.’

뇌옥에 있다는 걸 어떻게 알았을까? 단순한 짐작? 짐작으로 이렇게 확실하게 말할 수 있을까? 탐보반에서 정보가 새는가? 하긴 감찰반에서 심어둔 끄나풀이 어디 하나둘인가. 요씨는 죄다 요가장 놈들이고, 요씨 아닌 놈들도 몇이나 믿을 수 있을지. 천무군은 재빨리 생각을 정리했다. 아무래도 어젯밤 일을 마무리 짓기 위해 요가장에서 운풍대에 정보를 흘렸을 가능성이 높았다. 천무군은 설마 소포관이 운풍대에 정보를 흘렸을 거라고는 생각지도 못했다.

천무군은 풍종우의 질문에 대답하지 않고 요영충에게 고개를 돌렸다.

"요 장군께서는 무슨 일로 오셨습니까?"

"풍 부대주와 같은 이유로 왔소. 듣기로 어제 운풍대원 하나가 이곳으로 붙잡혀 왔다고 하던데."

'역시 그랬군. 어제는 증거를 없애더니 오늘은 증인을 없애겠다?

천무군이 그럴 줄 알았다는 듯 눈을 가늘게 하며 입꼬리를 한쪽으로 말아 올려 비웃는 듯한 표정을 지었다. 풍종우는 이세명이 무슨 일을 저질렀기에 감찰반까지 관심을 기울이는지 짐작이 가지 않았다.

"무슨 죄로 투옥됐는지 알 수 있겠소?"

풍종우가 묻고 싶은 말을 요영충이 대신했다.

"감찰반에서 관심을 가질 만한 일이 아닙니다만, 혹시 요가장과 관련된 일이라도……."

천무군은 은근슬쩍 이세명이 요가장과 관련됐다는 말을 흘리고는 요영충과 풍종우의 반응을 살폈다. 풍종우는 천무군과 요영충의 대화에 관심을 집중하고 있었지만 전혀 내색하지 않았다. 반면 요영충의 눈빛은 서서히 차가워지고 있었다.

"탐보반에 따로 옥사를 만든 이유는 마교도를 일반 죄수들과 분리하고 심문에 효율을 기하기 위함이오. 한데 최근 탐보반은 무고한 양민을 이유없이 체포, 구금하는 일이 많고 가혹한 형을 가해 얻은 거짓 자백으로 공과를 부풀린다는 고발이 있었소."

천무군과 요영충 사이에 경멸의 눈빛이 오고 갔다. 요영충은 권력을 남용해 양민에게 피해를 주는 천무군을 싫어했고, 천무군은 세상 물정도 모르면서 혼자 깨끗한 척하며 사사건건 자신의 일에 제동을 거는 요영충이 가소로웠다.

"현재 옥사는 거의 비어 있는데, 무슨 근거로 그런 말씀을 하시는지 모르겠군요."

"근거는 충분하오. 어제 잡혀온 운풍대원이 마교와 무슨 연관이 있었소?"

천무군은 요영충이 말하는 논지를 파악하고 얼굴을 구겼다.

"그건……."

요영충은 자신의 신표와 관련해 천무군이 조작한 증거를 내놓을 것으로 생각했지만 천무군은 아무런 증거도 제시하지 못했다.

"마교와 관련된 것도 아닌데 어째서 탐보반의 뇌옥에 투옥한 것이오? 그에 대한 탐보 문건이나 사건 경위서는 있소? 병사를 체포하는 것은 군 내(軍內)의 일인데 상부에 보고는 했소?"

요영충의 계속되는 추궁에 천무군은 어제 요가장을 찾아갔던 일을 다시 한 번 후회했다.

"경위서는 여기 있고 보고는 지금 하려던 참이었소."

천무군은 이제 막 먹물이 마른 것 같은 서류를 내밀었다. 풍종우가 왔다는 소식을 듣고 급히 작성한 사건 경위서였다. 요영충은 이세명에 대한 간단한 신상 기록과 사건 경위를 훑어보고 코웃음을 쳤다. 평소

치밀하던 천무군답지 않은 허술한 경위서였다.

"이게 말이 됩니까?"

빈정대는 요영충의 말투에 천무군은 순간 부아가 치밀었다. 이 요영충이라는 자는 매사에 진실이 어쩌고 하는 입에 발린 소리만 하면서 정작 자신이 말하는 진실은 모두 믿지 않는 것이다.

"더도 덜도 없이 거기 써 있는 그대로입니다."

요영충은 천무군의 억울해하는 기색에 잠시 시선을 풍종우에게 돌렸다. 풍종우는 천무군이 내려놓은 경위서를 읽고 고개를 흔들었다.

"믿을 수 없군요. 이 백호는 이런 일을 벌일 사람이 아닙니다."

풍종우가 단호하게 말했다.

"뭐요? 그럼 내가 없는 일을 꾸며내기라도 했다는 거요?"

천무군이 발끈하며 언성을 높였다.

"이 백호가 나이는 어리지만 입군 한 달 만에 백호로 승진한 촉망받는 인재요. 만약 그가 이런 일을 했다면 그만한 이유가 있었겠지요."

풍종우는 시종 담담한 표정이었다.

사건 경위야 어쨌든 이세명이 여기 있는 걸 확인했고, 정식 절차를 거치지 않고 투옥된 것도 확실했다. 요영충 덕분에 안 사실이지만, 난동을 피운 현장범이라고 해도 탐보반에는 이세명을 구속하고 수감할 권한이 없음이 분명했다. 운풍대의 위세로 압력을 가하거나 풍승이 금의위 도독을 만날 필요도 없이 이세명을 빼낼 수도 있을 것 같았다.

"이유는 풍 부대주가 더 잘 알고 있는 게 아니오? 당신 부하가 설마 아무 명령도 없이 여기 와 칼부림을 했겠소?"

한번 올라간 천무군의 목소리가 좀처럼 가라앉지 않았다.

"천 대주, 이번 일은 탐보반의 전횡이 심해지고 있다는 고발을 증명하는 명백한 사건이오."

요영충의 말에 천무군이 콧방귀를 뀌었다.

"그래서 그 고발을 입증하는 증인으로 신병을 인수해 가기라도 하겠다는 말입니까?"

천무군이 자신의 뜻을 짚어내자 요영충이 미미하게 고개를 끄덕였다.

"그렇소."

풍종우는 이제야 감찰반이 개입한 이유를 알았지만, 뭔가 석연치 않은 느낌이 들었다.

"하고 싶은 대로 하시지요. 단, 요 장군이 좋아하시는 절차를 밟아야 할 겁니다."

"무슨 절차가 필요하오?"

통상 증인 조사에는 별다른 절차가 없기에 요영충이 의아한 표정을 지었다.

"나는 경사의 치안을 책임지고 있는 금군의 책무로 칼을 휘두르는 현장범을 잡았습니다. 사정이 여의치 못해 이곳에 하룻밤을 잡아두었으나 이제 절차대로 범인을 형부로 송치하겠습니다. 증인 확보에 관한 절차는 형부로 가서 알아보시지요."

요영충이 고개를 끄덕였다.

"알겠소."

형부에 이관되면 조금 복잡해지기는 하겠지만 신병을 확보하는 일은 어렵지 않았다. 반면 풍종우는 천무군이 금군의 책무 운운하는 소리에 눈살을 찌푸렸다. 일단 탐보반에서 빼내는 것이 목적이었지만, 형부로 이관되어 조사를 받는다면 여전히 금의위의 입김이 작용할 소지가 있었다.

"형부로 이관돼 온당한 절차를 거친다면 저로서도 만족입니다. 다만……."

풍종우가 말을 늘이며 걱정스런 표정을 지었다.

"다만 뭐요?"

천무군이 물었다.

"운풍대는 내일이면 호주로 출발해야 하는지라……."

사실 운풍대는 아직도 며칠은 더 웅천부에 머물러야 했지만 풍종우는 어떻게든 이세명을 빼내보려고 수를 쓰고 있었다.

"내 알 바 아니오."

천무군이 풍종우의 말을 잘랐다.

"그렇다면 형부로 이송하기 전에 부하의 얼굴이라도 좀 봤으면 싶군요."

이세명을 불러다 놓고 사정을 들어보면 뭔가 수가 나올 것 같았다. 슬슬 후속 조들이 도착할 시간도 됐고 하니 여차하면 힘으로 해결하더라도 일단은 이세명이 눈앞에 있어야 했다. 그렇지 않으면 사사로이 옥을 깼다는 덤터기 쓰기 좋은 죄목을 뒤집어써야 했다. 파옥(破獄)은 이유 여하를 막론하고 극형이었다.

"좋도록 하시오."

천무군은 뇌옥으로 안내할까 하다가 사람을 불러 이세명을 꺼내오도록 시켰다.

잠시 후 포승줄에 묶인 이세명이 소포관과 함께 들어왔다.

"이 백호."

풍종우는 평소 부르지 않던 호칭으로 이세명을 부르며 묶인 손을 감싸 쥐었다.

“부대주님.”

이세명은 풍종우의 손길에 괜히 왈칵 눈물을 쏟을 것만 같았다. 이런 처지에 와주는 사람이 있다는 게 너무 기뻤고, 한편으로는 미안했다.

“어디 다친 데는 없고?”

풍종우가 이세명의 등을 다독거리며 물었다.

“용서하십시오, 부대주님. 이게 다 제가 못난 탓에⋯⋯.”

이세명이 자리에 무릎을 꿇었다.

무엇이 사람을 변화시키는 걸까? 약간 초췌한 얼굴 때문일까? 풍종우는 하루 만에 보는 이세명이 전보다 어른스러워졌다고 느꼈다.

천무군은 아침까지도 심문에 응하지 않던 이세명이 풍종우 앞에서 입을 여는 모습에 짜증이 났다. 존경받는 상관과 사랑받는 부하의 관계가 이런 거겠지만, 자신은 그런 걸 믿지도 바라지도 않았다.

“괜찮네. 살다 보면 이런 일 저런 일 있게 마련이지.”

풍종우가 이세명의 어깨를 잡아 일으켰다. 이세명은 옆구리가 결려 인상을 썼다.

“다쳤는가?”

풍종우가 걱정스럽게 물었다.

“별거 아닙니다.”

이세명은 인상을 펴며 억지로 웃었다. 웃음을 따라 볼의 상처가 구부러지는 모습이 더욱 안쓰럽게 보였다.

“대충 얘기를 들었네만, 도저히 믿을 수가 없더군. 어찌 된 일인지 자네 입으로 말해 보게.”

“그것이⋯⋯.”

이세명이 뒤에서 포승줄을 잡고 있는 소포관에게 고개를 돌렸다가 말을 이었다.

"금의위에 회선표를 쓰는 자가 있다고 해서 미행하다가 그만……."

이세명의 대답에 천무군과 소포관의 눈이 마주쳤다.

"회선표? 산동 삼웅보의 회선표 말인가?"

풍종우의 재촉에 이세명이 고개를 끄덕였다.

"네. 제 사부님이 삼웅보의 장로 임가려(林嘉閭)에게 독수를 당해 돌아가셨는지라……."

이세명과 마주 보고 있는 풍종우는 이세명의 눈동자가 흔들리는 것을 보았다. 풍종우는 이세명이 거짓말을 하고 있다는 것을 눈치 챘지만 고개를 끄덕거리며 오히려 이세명의 말을 거들고 나섰다.

"그랬지. 임가려가 비겁하게 산공독을 사용해 자네의 사부를 해쳤지."

이세명은 풍종우의 맞장구에 어쩔 줄 몰라 고개를 숙였다.

"이런 말도 안 되는!"

이세명과 풍종우의 대화를 듣고 있던 천무군이 황당하다는 표정을 지었다. 소포관이 회선표라고 불리는 무기를 사용하고 있기는 했지만 삼웅보의 회선표와는 완전히 다른 무기였다. 게다가 삼웅보는 친원문파라고 해서 백련교의 공격을 받고 멸문된 문파였다.

"금의위에 몽고의 앞잡이가 있는 줄은 몰랐군."

요영충이 매서운 눈으로 소포관을 노려봤다. 소포관은 요영충의 시선에 당황해하며 손을 내저었다.

"아닙니다! 제가 사용하는 회선표는 삼웅보의 회선표와 아무런 연관이 없는 무기입니다. 자, 보십시오."

소포관이 허리에 차고 있던 회선표의 줄을 끌러 요영충에게 보여줬
다.

"이건 연자추의 일종으로 원래 이름도 없던 것인데, 모르는 자들이
보고 회선표라고 불러 와전된 것입니다."

소포관이 삼웅보와의 관계를 적극 부인했다. 요영충은 소포관의 회
선표를 유심히 살펴보고 고개를 끄덕였다.

"그렇군. 삼웅보의 회선표는 창날같이 뾰족한 암기가 아니라 손바닥
만한 원반이라 들었소."

요영충의 말이 끝나기 무섭게 이세명이 다시 바닥에 무릎을 꿇고 엎
드렸다.

"제 불찰입니다. 술을 먹다가 갑자기 '저자가 회선표를 쓰는 자다'
라는 소리를 듣고 그만……. 면목없습니다. 죽여주십시오!"

이세명이 머리를 조아리며 몇 번이고 '죽여주십시오!' 를 반복했다.

"허허, 어쩌다 이런 일이……."

풍종우가 난감한 얼굴로 천무군의 심기를 살폈다. 천무군은 어이없
는 표정으로 이세명을 보고 있었다.

"천 대주님, 이번 일은 오해에서 비롯된 것 같은데, 어떻게 선처해
주시면 안 되겠습니까."

풍종우가 허리를 숙이며 간곡하게 부탁했다. 천무군은 꿇어 엎드린
이세명을 못마땅하게 바라보며 곰곰이 생각에 잠겼다. 소포관을 삼웅
보 사람으로 착각할 수도 있을 것 같기는 했다. 하지만 어째서 아침까
지 그 사실을 말하지 않았던 것일까?

'진작에 말했다면 이런 우스운 꼴은 당하지 않았을 것 아닌가? 그리
고 어제 무지막지한 살기를 날리던 대상은 소포관이 아니라 나였던 것

같은데. 요가장의 신표는? 그건 어디서 난 물건이지?

모든 게 다 이세명의 말대로 사소한 오해에서 비롯된 것이라고 해도 요가장의 신표가 남았다. 이 자리에 있는 요영충도 결국은 그 신표 때문에 여기에 온 것이 아니겠는가.

천무군은 생각을 정리하며 예의 비웃는 듯한 미소를 지었다.

"좋소. 그렇게 합시다."

천무군의 시원시원한 대답에 풍종우는 물론 자리에 있던 모든 사람들이 잠깐 자기 귀를 의심했다. 특히 소포관은 천무군이 그럴 사람이 아니라는 걸 알기에 더욱 그랬다.

"소 부장, 놔주시오. 없던 일로 칩시다."

천무군은 소포관에게 이세명의 포승을 풀도록 지시했다.

"감사합니다. 감사합니다."

풍종우가 거듭 감사를 표했다. 이세명도 포승줄이 풀리자 몸을 일으켜 천무군에게 허리를 숙였다.

"이 일로 금의위와 운풍대 간의 골이 조금이라도 메워졌으면 싶군요."

소포관이 이세명의 소지품을 전해주는 동안 천무군은 운풍대와 금의위의 우의에 관한 말을 계속했다.

요영충은 천무군의 입에 발린 소리를 흘려들으며 천무군이 이세명을 놔준 이유에 대해 생각했지만, 도저히 그 까닭을 알 수 없었다. 이세명의 말을 들어보면 우발적인 사건인 것 같기는 했지만 사건의 중심에는 자신의 신표가 있었다.

"왜 그러나? 뭐 빠진 거라도 있나?"

소지품을 챙기다 잠시 손을 멈춘 이세명을 보고 천무군이 모르는 척

물었다.

“아닙니다.”

이세명은 천연덕스럽게 대답하며 전낭을 마지막으로 모든 물건을 갈무리했다. 장삼이 준 단도를 잃어버리긴 했지만 원래 주인에게 돌아갔다는 소포관의 말을 믿기로 했다.

“대주님!”

밖에서 다급히 천무군을 찾는 소리가 들려왔다.

“무슨 일이냐?”

“지금 운풍대가 몰려와서…….”

“운풍대를 전부 동원한 겁니까?”

천무군의 물음에 풍종우가 어색한 웃음을 보였다.

“어떻게 알았는지 다들 동료를 걱정하는 마음에 몰려왔나 봅니다.”

천무군이 조소 띤 얼굴로 고개를 끄덕였다.

“하긴 운풍대가 좀 남다른 데가 있죠. 무슨 일이 생기기 전에 빨리 가보셔야겠습니다.”

천무군이 어서 나가라는 손짓을 했다.

“그럼 이만.”

풍종우와 이세명이 천무군에게 포권을 하고 돌아섰다. 이세명은 소포관을 스치며 살짝 눈인사를 건넸고 소포관은 보일 듯 말 듯 이세명의 인사에 화답했다.

“일이 원만히 끝나 다행이오.”

요영충이 멀어지는 이세명을 보며 말했다.

“요 장군께서는 더 볼일이 있습니까?”

천무군이 축객령을 내렸지만 요영충은 일어날 생각이 없는 것 같았다.

“지금 나갔다간 운풍대에게 험한 꼴을 당할지도 모르지 않소. 잠시 쉬었다 갑시다.”

천무군이 피식 웃으며 자리에서 일어났다.

“그럼 쉬었다 가십시오. 마침 소주에서 올라온 벽라춘이 좀 있으니 그거라도 시키시던가요. 나는 운풍대 구경이나 하러 가야겠습니다.”


“후우.”

풍승의 방을 나온 이세명이 길게 한숨을 내쉬었다.

거짓말을 하고 싶지는 않았지만, 탐보반에서 했던 것처럼 소포관이 알려준 대로 말하는 수밖에 없었다. 삼웅방에 대한 얘기에 산동 출신인 양적심이 고개를 끄덕였고, 다행히 풍승도 의심을 하는 것 같지는 않았다. 하지만 날카로운 눈으로 쳐다보는 풍종우의 시선이 내내 마음에 걸렸다. 뻔히 거짓말임을 알면서 어째서 아무 말이 없는 것일까? 이세명은 고개를 흔들며 짧은 복도를 빠져나왔다.

“세명아.”

조신의 목소리였다. 신시가 지나고 있는 오후, 갑작스런 출동에서 돌아와 모두 잠든 시간. 지난밤 이세명을 찾아다니느라 잠 한숨 못 잤을 조신이 마지막까지 이세명을 기다리고 있었다.

“조 십장님…….”

이세명이 어색한 미소를 지었다. 고맙다는 말을 하고 싶은데 입이 잘 열리지 않았다.

“꼭 그렇게 십장이라고 불러야겠냐?”

조신이 이세명의 목에 팔을 걸어 슬쩍 조였다.

“아, 죄송해요. 조…….”

“조? 조 뭐야? 이젠 그냥 이름으로 부르려고?”

이세명이 뒷말을 얼버무리자 조신이 팔에 힘을 주어 이세명의 목을 끌어당겼다. 그 바람에 이세명의 허리가 굽혀지며 옆구리에 극통을 느꼈다.

“윽!”

짧은 통증이 온몸을 훑고 지나갔고 불식간에 멈췄던 숨도 바로 이어졌지만 이마에는 벌써 식은땀이 맺혀 있었다.

“왜 그래? 다쳤어?”

조신은 이세명의 짧은 신음이 엄살이 아님을 알고 바로 이세명을 놔줬다.

“괜찮아요.”

이세명은 허리를 펴며 옆구리를 짚었던 손을 펼쳐 내저었다.

“그게 괜찮은 사람 얼굴이냐? 어디 좀 보자.”

조신이 이세명의 손을 치우며 검대를 잡았다.

“괜찮은데…….”

이세명이 슬쩍 몸을 비틀었지만 조신은 벌써 이세명의 옷을 들추고 있었다.

“괜찮긴 뭐가 괜찮아. 봐라.”

조신이 이세명의 옷을 까뒤집고 옆구리를 보여주며 말했다. 이세명은 자신의 몸에 난 시커먼 멍 자국을 보고 눈이 휘둥그레졌다. 움직일 때마다 결리고 찌릿거려 가벼운 상처가 아님은 알고 있었지만, 이 정도일 줄은 예상도 못하고 있었다.

“여기서 이럴 게 아니라 들어가자.”

조신이 이세명을 방으로 이끌었다. 이세명은 자고 있는 사람들이 깨지 않도록 주의하며 방으로 들어갔다.

"옷 벗고 이리 누워라."

이세명은 조신이 시키는 대로 상의를 벗고 자리에 누웠다.

"옆으로 누워."

이세명이 돌아눕자 조신은 다시 한 번 이세명의 상처를 자세히 살폈다.

"누구한테 당한 거냐?"

조신이 물었다.

"금의위에……."

천무군에게 맞은 자리였다. 당시에는 복부에 맞은 발길질이 정신을 잃을 정도로 더 고통스러웠지만, 오히려 자국은 남아 있지 않았다.

"금의위에 이런 권력(拳力)을 가진 자가 있었군. 하긴 운풍대에 나 같은 고수가 있는데 금의위라고 없겠어."

조신이 품속에서 분통처럼 생긴 작은 나무 상자를 꺼내며 말했다.

"어제 돌아다니다 하나 샀지."

은창자후(銀槍刺喉)의 시범을 보이던 거리의 약장수에게서 산 금창약이었다. 거리의 약장수라지만 은창자후는 적어도 철포삼류의 외공을 수련한 자가 아니면 선보일 수 없는 것. 외상에는 으레 외공 수련자들이 비전에 따라 만들었다고 하는 이런 약이 의원에서 파는 것보다 좋았다.

조신이 암녹색의 끈적이는 약을 이세명의 상처에 조심스럽게 발랐다. 약을 바르느라 조신의 손이 살짝살짝 닿을 때마다 이세명은 찌르르한 전율을 느꼈지만 내색하지 않았다.

"뭐 하는 거야?"

언제 일어났는지 오부민이 약을 바르는 조신의 어깨 뒤로 고개를 내밀었다.

"시끄럽게 해서 죄송해요."

약을 바르는 동안 시종 조용히 있긴 했지만 이세명은 오부민이 자신 때문에 잠을 깬 것 같아 미안했다.

"너 때문에 일어난 게 아니니까 신경 쓰지 마라."

오부민이 고개를 저으며 걱정스런 눈으로 이세명의 환부를 바라봤다.

"일어난 김에 이거 좀 도와줘요."

조신이 오부민에게 광목(廣木)을 내밀었다. 광목은 붕대용으로 사용하도록 각 조에 두 필씩 지급된 것이었는데, 칠조는 아직 잘라놓지 않아 처음에 지급받은 대로 둘둘 말린 상태였다.

조신이 단도로 광목을 자르는 소리가 제법 컸지만, 다행히 그 소리에 일어나는 사람은 없었다. 조신은 능숙한 솜씨로 광목을 잘라 상처에 댈 헝겊과 붕대를 만들었다.

"그거 하나로 안 될걸."

조신이 헝겊에 약을 듬뿍 발라 이세명의 환부에 대는 것을 보고 오부민이 말했다.

"네?"

조신의 반문에 오부민이 이세명을 일으켜 앉히고 환부의 반대쪽 옆구리를 가리켰다.

"벽권(霹拳)이라고 하지."

"이건……."

조신의 심각한 표정에 이세명은 목을 비틀어 오부민이 가리키는 옆구리를 내려다봤다.  옆구리에는 붉은색을 띤 희미한 주먹 자국이 나 있었다.

"일종의 벽공장(劈空掌)이야."

조신이 고개를 끄덕였다. 내가진기를 주먹에 실어 내보내는 수법으로, 내기가 몸을 관통해 반대 편에까지 상처를 입힌 흔적이었다. 흔히 복부나 등을 때려 반대 편에 상처를 주는 일은 가능했지만, 양쪽 옆구리는 한 자나 되는 거리였다. 내기를 한 자나 뽑아내려면 적어도 일 갑자의 공력은 있어야 했다.

"상처만 보고 그런 걸 알 수 있나요?"

조신은 상처만 보고 어떻게 사용된 권법을 알아내는지 궁금했다. 내가권에 당한 상처야 다 거기서 거기가 아닌가? 조신도 일 갑자의 공력만 있으면 이런 상처를 만들 수 있을 것 같았고, 다른 내가권을 사용해도 이런 상처가 날 것 같았다.

"그거야……."

오부민은 잠시 말을 잇지 못했다.

"그리고 벽권은 어느 문파의 권법이죠?"

계속된 조신은 질문에 오부민은 약간 당황하는 기색을 보이며 입을 열었다.

"이건 내외공이 겸비된 수법이지. 내가권을 익힌 자들은 이런 무지막지한 상처를 남기지 않아. 나라면 절대 불가능하지."

오부민이 시커먼 멍든 부분을 가리켰다.

"외가권이라면 이런 자국을 낼 수 없고."

오부민은 붉은 주먹 자국을 가리켰다가 말을 계속했다.

"이 두 개의 흔적을 남길 수 있는 권법은 외가권에 내가중수법이 포함된 소림권을 빼면 벽권이 유일하지."

오부민의 설명에 조신이 입술을 삐죽 내밀었다.

"철권도 있어요."

"아차, 그렇군. 철권이야말로 내외겸전이지."

오부민이 자신의 머리를 치며 말하자 조신이 어깨를 으쓱거렸다.

"하여간 속가에 소림권을 이 정도로 익힌 권사가 있다는 말은 듣지 못했고, 금의위에 대홍관 출신자가 있다는 소리도 못 들어봤단 말씀이야."

조신이 고개를 끄덕거렸다.

소림권이 널리 퍼지긴 했지만 속가의 소림권은 본산의 소림권과 달리 외가권 일색이었고, 조신이 알기에도 대홍관 출신자 중 군에 투신한 사람은 자신이 유일했다.

"그나저나 어떻게 이런 걸 맞고 멀쩡할 수 있죠?"

조신의 물음에 오부민은 짐작 가는 바가 있었지만 고개를 갸웃거리며 모르겠다는 표정을 지었다.

"글쎄, 그건 나도 잘 모르겠군."

내기(內氣)가 침범해 한 자나 뻗어 반대 편 옆구리에 상처를 입혔다면 몸속의 장기가 온전할 리 없었다. 필시 열에 칠팔은 즉사할 것이고, 두셋은 고통스러워하다 죽을 것이며, 재수가 좋다면 살 수도 있겠지만 깊은 내상에 몸을 움직이기 어려울 터였다.

"일부러 격산타우(隔山打牛)의 수법으로라도 때린 건가?"

조신의 중얼거림을 들으며 이세명은 새삼 자신의 상처가 예상외로 위중한 것일 수 있음을 깨닫고 상처를 입힌 천무군에 대해 이를 갈았다.

조신은 반대 편 옆구리의 주먹 자국에도 약을 바르고 헝겊을 댄 후 이세명의 몸에 붕대를 둘렀다.

"혹시 모르니까 이거라도 먹어둬."

치료를 마친 이세명에게 오부민이 노란 종이 뭉치를 내밀었다. 이세명은 윗옷을 입다 말고 오부민이 내민 종이 뭉치를 받았다.

"감사합니다."

이세명은 뭔지도 모르면서 일단 인사부터 했다.

"비싼 거니까 다음에 꼭 갚으라고."

오부민이 눈을 찡긋거리며 자리에서 일어났다.

"어디 가시게요?"

조신이 물었다.

"응천부에 사문의 어른이 한 분 계시거든. 오늘 찾아뵙겠다고 한 걸 깜빡했지 뭐야."

오부민의 말에 조신이 관심을 보였다.

"사문이면 청성파의……."

오부민이 고개를 끄덕였다.

"예, 그럼 다녀오세요. 그리고 술시까지는 돌아오시는 거 잊지 마시구요."

"오냐. 내 사문의 원수를 만나 생사결을 벌이더라도 술시까지는 꼭 돌아오마."

조신의 농 섞인 인사에 오부민이 웃으며 대답했다. 이세명은 자신을 빗대 말하는 것 같아 민망했지만, 어젯밤 일에 대한 이세명의 변명은 아직 대주와 부대주들밖에 모르는 사항이었다.

"그게 뭐냐?"

오부민이 나가자 조신이 물었다.

"글쎄요."

이세명은 오부민이 주고 간 종이 뭉치를 풀어보았다. 아홉 겹의 종이를 풀자 안에서 하얀 밀랍(蜜蠟)덩어리가 나왔다.

"약이로구나. 이런 걸 왜 종이에 싸가지고 다니지?"

조신이 종이를 집어 들었다. 종이에는 글씨 같기도 하고 그림 같기도 한 복잡한 문양이 그려져 있었다.

"도가에서는 귀중한 약을 부적에 싸가지고 다닌다더니, 꽤 대단한 약인가 보네."

조신의 설명에 이세명은 조심해서 밀랍을 뜯어냈다. 밀랍을 벗겨내자 작은 구슬 크기의 흑갈색 알약이 나와 코를 자극하는 싸한 향을 내뿜었다.

"음, 이 냄새… 이게 보명환(保命丸)이라는 건가."

조신도 보명환을 본 적은 없었지만 청성파 사람들이 가지고 다니는 비상약이라고 알고 있었다. 내공을 늘려주거나 죽어가던 사람을 살려주는 약은 아니지만, 청성파의 제자가 아니면 돈을 주고 얻으려 해도 쉽게 구할 수 있는 약이 아니었다.

이세명은 오부민이 비싼 약이라고 했던 말을 생각하고 감사해하며 약을 먹었다. 생각해 보면 세상엔 고마운 사람들이 너무 많았다. 장삼, 장사를 비롯한 수상반 사람들과 소행촌 사람들이 모두 고마운 사람들이었고 풍종우와 조신, 오부민을 비롯한 칠조원들과 운풍대원들 모두가 고마운 사람들이었다. 심지어 원수 같은 금의위에도 소포관 같은 사람이 있었다. 천무군만 빼면 지금까지 세상을 살면서 고맙지 않은 것이 없고 고맙지 않은 사람이 없었다.

이세명은 다시 한 번 천무군에 대해 깊은 증오심을 느꼈다.

"왜 인상을 쓰고 그래? 약이 쓰냐? 원래 좋은 약은 입에 쓴 법이다. 인상 쓰지 말고 약발 떨어지기 전에 운기나 해라."

조신의 말에 이세명은 상념에서 깨어나 가부좌를 틀고 앉았고, 조신은 이세명이 운기요상(運氣療傷)하는 동안 호법을 서며 자리를 지켰다.


성내 숙소를 나온 오부민이 향한 곳은 남서쪽 성문 근처에 있는 작은 다관(茶館)이었다. 이름도 없이 그저 차(茶)라는 깃발을 내걸고 겨우 노점상을 면한 정도의 허름한 곳으로, 싸구려 화차를 주전자째 주문하는 사람들뿐이었다.

다관에 들어간 오부민은 대뜸 용정차(龍井茶)를 주문했다. 주인은 무슨 어울리지도 않는 용정인가 싶었는지 어디서 왔냐고 물었고, 오부민은 자기 나이가 서른이라고 말했다. 누가 들으면 무슨 귀신 씨나락 까먹는 소리인가 했겠지만 이건 서로 간에 약속된 흑화였다.

잠시 뒤 주인은 주문받은 용정차를 내왔고, 오부민이 두 잔의 차를 비울 즈음 한 노인이 들어와 오부민 앞에 앉았다.

"죄송합니다. 운풍대에 일이 있어 늦었습니다."

마의를 입은 노인에게 오부민이 인사를 하며 공손히 말했다.

"알고 있으니 괘념치 말고 그간의 보고나 해라."

노인은 흡사 자다가 나온 사람처럼 나른하게 말했다.

"풍가에 마교의 끈이 닿은 것 같습니다."

오부민의 대답에 노인의 검미가 미세하게 꿈틀했다.

"같습니다? 확실한가, 아닌가?"

노인이 정확한 대답을 요구했다.

"죄송합니다. 제가 실언을 했군요. 확실한 증거는 없습니다."

오부민이 고개를 숙였다.

"잊은 건 아니겠지? 사적인 감정을 개입시켜선 안 돼."

노인의 말에 오부민이 고개를 들었다.

"사적인 감정을 개입시키지 않았습니다. 다만 정황상……."

노인이 오부민의 말을 잘랐다.

"정황? 어떤 정황이지?"

오부민이 말을 이었다.

"소주에서부터 오왕의 목숨을 노리던 자객이 있었습니다."

"알고 있다. 덕분에 의장반에 파견됐던 자들이 모두 죽었지. 섬력단도까지 죽어버려 일이 곤란하게 됐어. 수년 동안 공들여 만든 조직이 그렇게 쉽게 무너지다니……. 그래, 거기에 대해 뭔가 알아낸 게 있나?"

오부민이 가볍게 고개를 끄덕였다.

"그 자객은 운풍대에 있던 자로 보입니다."

노인의 검미가 다시 꿈틀했다.

"풍가에서 자객을?"

"네. 운풍대에서 풍가의 식객으로 보이는 자를 만났는데, 마교의 무공을 사용하고 있었습니다. 단순히 넘어가기엔 너무 공교로운 일이라 눈여겨보던 중……."

노인이 고개를 저어 오부민의 말을 막았다.

"하지만 오왕을 구한 건 운풍대라고 들었는데."

"그렇긴 합니다만, 진소기님의 죽음에 다소 의혹이 있습니다. 저도 시체를 보았는데 폭사한 것이 아니었습니다."

이번엔 노인도 수긍하며 고개를 끄덕였다.

"그래, 그 보고도 받았지. 사인은 검상이었어. 혈도를 봉한 흔적도 있다고 하더군. 자객이 그런 짓을 할 여유가 있을 리 없지."

"그렇습니다. 처음부터 의장반을 목표로 하지 않았다면……."

노인이 다시 고개를 저었다.

"풍가와 마교가 손을 잡고 말인가?"

"……."

"마교는 아직도 우리의 정체를 몰라. 어쩌면 지금쯤 눈치를 챘을지도 모르겠지만 자객을 보낼 여력 따위는 남아 있지 않아. 풍가가 마교와 내통하는 기미도 없었고 또 그렇다고 해도 마교가 오왕을 제쳐 두고 우리를 목표로 한다는 게 말이 되나?"

오부민은 할 말이 없었다. 이치상 노인의 말이 옳다는 건 오부민도 알고 있었다.

"하지만 제 짐작이 맞다면……."

노인이 탁자를 가볍게 두드려 소리를 냈다. '왜 그리 말귀를 못 알아들어' 라는 뜻의 책망이 담긴 행동이었다.

"짐작이 맞다면 말인가?"

오부민은 힘없이 고개를 끄덕였다.

"네."

"그 자객은 운하에 떨어져 실종됐다지?"

"네……."

노인이 고개를 저었다.

"풍가를 말살시키는 건 쉬운 일이지만, 증거없이 풍가를 칠 수는 없어. 이유는 잘 알고 있지?"

"대회주님의……."

오부민의 대답에 노인이 다시 고개를 저으며 탁자를 두들겼다.

"그게 아니야. 대회주님이야 이미 속세의 인연을 벗어나신 분. 가문 따위에 연연하셨다면 풍가를 저 지경이 되도록 놔뒀겠나?"

"그렇다면 어째서……."

오부민이 정말 모르겠다는 얼굴로 노인의 말을 기다렸다.

"문제는 효천맹(曉天盟)이야. 풍가 전체는 아니더라도 적어도 풍종우 뒤에는 효천맹이 있는 것 같아."

오부민이 눈을 크게 떴다.

"효천맹이 다시 나타났습니까?"

"그래, 마교를 몰아내느라 꼬리가 밟힌 것도 모르고 있었지. 현재 놈들이 어디까지 알아냈고 어디까지 침투해 들어와 있는지 몰라도 우리가 알아낸 건 풍종우 하나야. 그것도 아직까지는 미심쩍은 수준이고 확실한 증거는 없지. 자네에게 풍종우를 살피라고 한 건 효천맹 때문이었지 풍가와 마교와의 관련성을 캐자는 게 아니었어. 효천맹이 마교와 손잡을 리 없지 않나."

오부민의 안색이 어두워졌다. 이런 얘기는 금시초문이었다. 어째서 처음부터 이런 사실을 알려주지 않은 것일까. 효천맹이 움직였다면 의장반의 몰살이나 진소기의 죽음 등도 모두 설명이 가능했다.

"확실한 게 아니라 알리지 않았네. 한쪽으로 치우쳐서 보면 정확한 정보를 알아낼 수 없는 법이거든. 지금의 자네처럼 말이야. 뭐, 한편으로는 자네 스스로 그런 것까지 알아내 주기를 바랬지만."

오부민의 생각을 읽었는지 노인의 음성이 다시 나른하게 잦아들었다.

"제가 생각이 짧았습니다. 지금부터라도 그쪽으로 알아보겠습니다."

오부민이 깊이 고개를 숙였다. 이제부터라도 새로운 시각으로 풍종우와 운풍대를 살필 각오였다.

"또 그러는군. 시각을 한쪽으로 고정시켜선 안 돼."

"명심하겠습니다."

노인의 졸린 듯 반개한 눈가에 살짝 미소가 번졌다. 잔뜩 듣기 싫은 소리를 하긴 했지만 효천맹의 등장을 모르는 상태에서 풍가와 제삼 세력의 관련을 의심하고 자객의 운풍대 연루와 섬력단도의 죽음에 의문점을 발견한 건 칭찬할 만했다.

"그래, 뭐 필요한 건 없나?"

노인의 물음에 오부민이 작은 쪽지를 내밀었다.

"이자에 대한 정보가 필요합니다. 수일 내로 떠날 듯하니 최대한 빨리 알아봐 주셨으면 합니다."

쪽지를 펼쳐 본 노인이 인상을 찌푸렸다.

"이세명이라, 또 이잔가……."

노인이 중얼거렸다.

"네?"

오부민이 의혹 어린 눈으로 노인을 쳐다봤다.

"천가 애송이와 요가장에서도 이세명이란 자에 대해 알아봐 달라는 요청이 있었지. 둘 다 나름대로 정보력을 가지고 있는데 뭣 때문에 따로 알아봐 달라는지 궁금해하고 있던 차였지."

오부민이 알고 싶은 건 자객으로 의심되는 성무욱과의 관계와 유난히 친해 보이는 풍종우와의 관계 등이었지만, 노인의 얘기를 듣고 보니 새삼 이세명에 대한 의혹이 더 커졌다. 불분명한 출신과 나이에 어울리지 않는 무공, 거기에 어제 있었던 소동의 원인과 탐보반과 감찰반에서 보이는 관심 등 모든 것이 의문이었다.

"시간이 걸리겠군요."

이렇게 여러 곳에서 관심을 보인다면 작은 것 하나까지 사실 확인을
해가며 자세히 알아봐야 하는 법이었다.

"아무래도 그렇겠지. 수일 내로는 어렵겠고 최대한 빨리 알아내서
사람을 보내도록 하겠네."

노인의 말에 오부민이 자리에서 일어나 읍을 했다.

"감사합니다. 그럼 저는 이만 가보겠습니다."

오부민이 다관을 나갔고 홀로 남겨진 노인도 잠시 뒤 사라졌다. 노
을 진 오후 졸고 있는 다관 주인 뒤로 오랜만에 손님을 받은 다관의 탁
자에는 덩그러니 빈잔 하나만이 놓여 있었다.

第十一章 형이불형(兄而不兄)

이세명으로 인해 발생한 운풍대와 금의위의

충돌은 **양측의 양해** 하에 조용히

마무리되는 듯했으나 다음날 조정에서 큰 문제로 다루어졌다

## 형이불형(兄而不兄)

이세명으로 인해 발생한 운풍대와 금의위의 충돌은 양측의 양해 하에 조용히 마무리되는 듯했으나 다음날 조정에서 큰 문제로 다루어졌다. 평소 자신들의 집 근처에 탐보반의 청사가 있는 것을 꺼림칙하게 여기던 대신들이 탐보반을 성토하고 나선 것이다.

대신들은 매일 밤 비명이 들려오고 운풍대와 시비를 벌이는 등으로 백성들이 불안해하고 있다는 고변(告變)을 올리며 탐보반의 청사를 민가에서 멀리 떨어진 곳으로 옮길 것을 상소했다.

대신들이 한 목소리로 탐보반의 이전을 주장하니 금의위 도독 남경필은 운풍대의 무단 출병을 걸고넘어지며 요점을 흐리려 했다. 승상부의 호유용 총관을 필두로 한 대신들은 이런 책략에 넘어가지 않고 오히려 금의위가 위법하게 사람을 잡아 가두었다고 공격했다.

이에 오왕은 탐보반의 이전을 명하고 운풍대의 무단 출병에 관한 해명을 요구했다.

풍승과 천무군이 입궁하여 사건의 진상은 곧 밝혀졌으나 이로 인해 운풍대는 숙소 밖으로의 외출이 금지되었고 이세명은 십부장으로 강등되었다. 백부장으로 승진한 지 이틀 만이었다.


오로군이 응천부 남방 오십 리 지점인 강녕(江寧)에 도착했다는 연락이 온 건 운풍대가 숙소에 갇혀 지낸 지 삼 일째 되는 날 오전이었다. 오로군의 소식과 함께 운풍대에 출병 명령이 내려졌고, 운풍대는 반 시진 만에 짐을 꾸려 성내 숙소를 나왔다.

운풍대는 며칠 전 응천부로 들어왔던 길을 되짚어 중화문 밖의 선착장에서 오로군 선봉대와 합류해 배를 탔다.

"이대로 호주까지 가는 겁니까?"

조신의 물음에 문보가 대답했다.

"호주야 장강을 건너면 바로지. 진북군이 있는 곳은 아마 한참을 올라가야 할걸. 듣기로 회하(淮河) 어디라고 하니 운하를 타고 홍택호를 거쳐 가는 방법도 있겠지만, 아마 육로로 가야 할 거야."

응천부에서 진북군의 주둔지까지는 육로나 수로나 걸리는 시간이 비슷했다. 오히려 육로를 이용할 경우 십 리를 멀다 하고 나타나는 강을 건너고 호수를 우회해야 하는 번거로움이 있었다. 그런데도 문보가 육로라고 단정하는 이유는 간단했다.

강토 수복.

땅을 되찾는다는 의미로 북진하는 모든 병력은 가능한 한 육로를 통해 움직이고 있었던 것이다. 문보의 말대로 배는 응천부가 마주 보이는 장강 건너편 포진(浦鎭)이라는 마을에 운풍대를 내려놓고 다시 응천부로 돌아갔다.

포진은 웅천부와 가까움에도 그리 큰 마을이 아니었다. 웅천부로 가는 대부분의 물산은 장강을 통해 바로 웅천부로 들어갔고, 북쪽에서 내려오는 물산은 강을 따라 십 리쯤 상류에 있는 강포(江浦)를 통해 움직였다. 포진에도 가끔씩 여객과 화물이 있기는 했지만 작은 어촌 마을에 불과했다. 그랬던 것이 최근 들어 웅천부에서 가깝다는 점과 강포보다 하류에 있다는 점이 부각되며 북진하는 병력의 주요 거점으로 사용되고 있었다.

운풍대와 오로군 선봉대는 포진에 내려 바로 숙영지로 향했다. 포구에서 멀지 않은 곳에 잘 정비된 숙영지가 있었다. 강을 등지고 있어 얼핏 배수의 진을 연상시켰지만, 적을 맞아 싸우기 위한 곳이 아니라 북진하는 병력이 편안히 쉬어가도록 만들어진 숙영지였다.

천막을 치고 숙영 준비를 끝낸 운풍대는 점심을 지어 먹고 경계 태세에 들어갔다. 취침 시를 제외하고는 항시 갑주를 걸쳐야 하고, 숙영 중에는 밤낮없이 번을 세워야 하며, 이동 중에는 정찰조까지 보내야 하는 것이 경계 태세였다.

전장도 아니고 목적지인 호주까지는 사백 리나 남아 있었지만 만일의 사태에 대비하고 군율의 엄중을 기하기 위한 조치였다.

조신은 갑주에 투구까지 쓰고 하루 백 리씩 걸어야 한다는 것과 빡빡하게 돌아오는 번(番)에 질색을 했지만, 대부분의 운풍대원들은 당연하게 받아들였다. 일단 출병을 하면 세상 모든 곳이 전쟁터가 될 수 있다는 것을 고참 대원들은 잘 알고 있었던 것이다.

경계 태세 때문인지 숙영지에서의 운풍대는 평소의 왁자지껄하고 흐트러진 모습이 아니었다. 천막 안에서 쉴 때는 잠시 농을 걸고 티격

태격하는 모습을 보이다가도 번을 설 때는 언제 그랬냐는 듯 예리한 눈빛으로 사방을 경계했다.

이런 무거워진 분위기에 잠시 적응하지 못하고 낄낄거리며 떠드는 신병들이 몇 있었지만 조장들과 부대주들에게 욕을 먹고 나서는 모두 조용해졌다.

이세명은 부상이라는 이유로 번에서 제외되었지만 천막 안에만 있기 답답해 조신과 함께 번을 서고 있었다. 낮에는 한 사람씩 번을 서게 되어 있어 여간 심심한 일이 아니었기에 조신은 이세명이 옆에 있어 지루함을 덜 수 있었다.

"어이구, 다리야."

한동안 반듯하게 번을 서던 조신이 창을 바닥에 꽂고 이세명 곁에 쭈그려 앉았다.

"그러다 걸리면 혼날 텐데요."

이세명의 걱정에도 아랑곳하지 않고 조신은 땅에 엉덩이를 붙이더니 이내 다리까지 죽 펴고 편하게 앉았다.

"걱정되냐? 걱정되면 네가 좀 일어서 있어라."

조신은 앉은 것도 모자라 아예 깍지를 끼고 드러누웠다. 반쯤 농담으로 한 말이었지만 이세명은 천천히 일어나 조신의 창을 잡았다.

"미치겠구만."

조신은 황당한 표정을 지으며 일어나 앉았다.

"괜찮으니까 좀 더 쉬세요."

"미친놈아, 이러다 걸리면 아픈 놈한테 대신 일시켰다고 배는 혼나겠다."

조신이 일어나 이세명에게서 창을 뺏어 들었다.

"그런가요……."

이세명은 머쓱한 얼굴로 조금 떨어진 나무에 기대어 섰다. 그리 아프지도 않은데 번을 서는 조신 옆에 앉아 있기도 미안했고, 다시 앉았다간 조신도 따라서 앉을 것 같아 앉을 수가 없었다.

"어째 멀쩡해 보인다? 그새 다 나았냐?"

조신이 물었다.

"덕분에요. 아직 멍 자국은 남아 있지만 움직여도 아프지는 않아요."

조신이 고개를 끄덕였다.

"다행이구나. 그게 다 이 형님이 아낌없이 발라준 약 때문이 아니겠느냐."

이세명이 꾸벅 고개를 숙였다.

"네, 감사드려요."

사실 조신이 발라준 약은 그리 비싸지도 귀하지도 않은 것이었고, 검상이나 창상에는 효과를 볼 수 없는 종류였다. 하지만 외공 수련자가 만든 약답게 타박상에는 뛰어난 효험이 있어서 피부는 물론 근육의 어혈을 풀어주어 이세명의 상처에 많은 도움이 되고 있었다.

"뭐, 부민 형님이 준 보명환도 한몫했겠지만, 내상이야 원래 가벼웠으니까."

상처에 비해 내상이 가벼웠던 건 천만다행이었다.

"그래도 귀한 약을 선뜻 내주셨으니 언젠가 은혜를 갚아야죠."

"이 형님이 준 약은 싼 거라고 말로 때우고 부민 형님이 준 약은 비싼 거라고 술로 갚는 건 아니겠지?"

"참, 형님도……."

이세명이 어색하게 웃었다. 조신이 말끝마다 형님 소리를 해서인지 며칠 전부터 이세명의 입에서도 형님이라는 말이 나오고 있었다. 조신은 당연하게 받아들이면서도 십부장으로 떨어지더니 형님 소리를 한다며 투덜거렸다.

"아, 지겨워. 앞으로 이 짓을 매일 해야 한다니, 생각만 해도 끔찍하지 않냐?"

조신은 반 각을 못 버티고 다시 바닥에 주저앉았다.

"제가 대신 설까요?"

이세명이 기대고 있던 나무에서 등을 떼고 조신에게 다가갔다.

"조장처럼 깐깐하게 굴지 말고 너도 이리 와 앉아라."

조신이 옆 자리를 두드리며 말했다.

"에휴."

이세명은 혀를 차며 주위를 둘러봤다. 등 뒤로 십 장쯤 떨어진 숙영지는 조용했고 좌우로 보이는 초병들은 모두 자리를 지키고 있었다. 앞뒤로 훤히 보이는 위치라 함부로 자리를 이탈하거나 했다간 재깍 걸릴 것 같았다.

"전 그냥 서 있을 게요."

이세명이 못내 불안해하며 대신 서 있겠다고 하자 조신도 더 이상 앉기를 권하지 않았다.

"이제 며칠 안 남았구나?"

"네?"

조신의 뜬금없는 물음에 이세명이 고개를 돌렸다.

"네 형 만날 날 말이다."

"아, 네……."

이세명은 자신없는 모습으로 고개를 끄덕였다.

형이 진북군에 있다는 소식을 들었을 때는 막연히 만날 수 있으리라 기대했고, 운풍대가 호주로 간다고 했을 때는 당연히 만나게 되리라 여겼다. 그러나 형이 진북군에 있다는 건 그저 그러려니 하는 추측일 뿐 확실한 게 아니었다.

'형은 정말 진북군에 있는 것일까?'

이세명은 자신이 없었다. 근거없는 믿음은 시간이 갈수록 흔들리고 만날 수 있다는 기대감은 점점 불안으로 바뀌고 있었다.

'형…….'

이세명은 흐르는 강물에 형의 모습을 투영해 보았다. 햇빛을 받아 일렁이는 형의 얼굴은 이세명보다도 어려 보이는 소년의 모습이었다. 팔 년 전 소행촌을 떠난 형을 이후로 본 적이 없으니 당연한 일이었다.

"조신!"

갑자기 들려온 커다란 목소리에 놀라 이세명은 상념을 떨쳐 내며 얼른 뒤를 돌아봤다.

"조장님."

언제 다가왔는지 종리고도가 눈을 부라리고 있었다.

"윽! 젠장."

조신은 이미 늦었다고 생각했는지 천천히 일어나 머리를 긁적였다.

"헤헤, 언제 오셨습니까?"

종리고도의 외눈이 불을 뿜었지만 조신은 계면쩍은 표정으로 종리고도의 눈빛을 피했다.

"겨우 한 시진 번을 서는 것도 제대로 못하면서 앞으로 군 생활을 어찌하려느냐."

“죄송합니다.”

종리고도의 질책에 조신은 실실거리며 머리를 조아렸지만 그다지 자신의 실책을 뉘우치고 있는 것 같지는 않았다.

“아직 전장이 멀다고는 하나 겨우 사나흘 거리고 도중에 무슨 일이 생길지 모르니 경계를 늦추어선 안 될 것이다.”

“예, 예, 알겠습니다.”

진실되지 못한 조신의 태도에 종리고도가 잡아먹을 듯 조신을 노려 보다 이내 혀를 내둘렀다. 아무리 쓴소리를 한다고 해도 이런 태도를 보이는 놈에게는 먹힐 것 같지가 않았다.

“하, 너는 어째 점점 문보를 닮아가냐.”

“아니, 뭐라구요? 제 어디가 문보 형님을 닮았단 말입니까?”

조신이 펄쩍 뛰며 얼굴을 매만졌다. 책망이나 노여움의 질책보다도 문보를 닮았다는 소리에 반응하는 조신의 태도에 종리고도는 더 이상 할 말이 없었다.

“똑바로 해라, 이 문보 같은 놈아.”

종리고도가 몸을 돌려 숙영지로 돌아갔다. 조신은 종리고도를 따라 가며 어디가 문보와 닮았냐고 따지다가 뒤통수를 얻어맞고 돌아왔다.

“내참, 내 어디가 문보 형님과 닮았다는 거야. 세명아, 네가 보기에 도 그러냐?”

조신은 씩씩거리며 교대병이 올 때까지 몇 번이고 같은 질문을 반복 했다. 종리고도는 조신의 뺀질거리는 행동을 두고 한 말이었겠지만, 조신은 내내 문보의 외모에 대해서만 생각하는 것 같았다. 아닌 게 아 니라 체격도 비슷하니 문보의 얼굴을 가리고 있는 텁수룩한 수염만 밀 어버리면 조신과 비슷할 것도 같긴 했다.

그날 오후 늦게 오로군 본대가 도착했다. 사십 척에 이르는 병선을 타고 나타난 오로군은 반 시진에 걸쳐 차례로 포진의 선착장에 내려 숙영지에 집결했다. 칠 일 만의 합류였다.

운풍대는 칠 일 만에 오로군에 합류했지만, 전과 마찬가지로 오로군과는 별개의 집단처럼 섞여들지 못했다.

오로군은 운풍대와 분명한 거리를 두고 숙영 천막을 치고 운풍대와는 별개로 번을 세웠다. 운풍대는 분명 오로군 소속이었지만 오로군에 편입된 지 겨우 한 달여. 운풍대가 오로군과 함께 숙영하기는 이번이 처음이었던 것이다. 운풍대나 오로군이나 이런 어정쩡한 분위기에 서로 외면하고 있었지만 풍승이나 오로장군은 대수롭지 않게, 혹은 당연하게 여기는 듯 별다른 조치를 취하지 않았다.

운풍대와 오로군의 이런 위화감은 다음날 일찍 시작된 행군에서 더욱 노골적으로 나타났다. 미리 이야기가 됐는지 운풍대는 오로군의 척후대 역할을 하며 앞서 나갔고 오로군은 운풍대의 뒤를 따랐다.

포진을 출발한 첫날 오후 운풍대는 제하라는 작지 않은 강을 만났지만 오로군을 기다리지 않고 대기하고 있던 병선을 타고 먼저 강을 건넜다. 이렇게 해서 첫날 이후 운풍대가 볼 수 있는 오로군은 매 시진마다 오고 가는 통상적인 전령과 보급을 위해 우마차를 끌고 오는 병사들이 전부였다.

첫날 제하를 건넌 후 운풍대는 여러 강과 시내를 피해 서진하다가 팔두령(八斗嶺) 부근에서 곧장 북상, 넷째 날 정오 드디어 진북군이 머물고 있는 회하 강변에 도착했다.

"유랑민들인가?"

조신이 진북군의 주둔지를 보고 처음 내뱉은 말이었다.

강을 향해 세워진 목책과 망루, 먼지를 내며 훈련하는 군사들의 모습에 조금 긴장감이 돌기는 했지만, 어디에도 전쟁의 흔적은 보이지 않았다.

가지런히 모여 있는 이십여 개의 목채(木寨)와 병사들이 일군 것으로 보이는 강 어귀의 텃밭은 군 숙영지라기보다 흔히 보이는 어촌 마을을 연상시켰다. 게다가 갑주를 벗고 낮잠을 자거나 장기를 두고, 심지어 뗏목을 띄워 낚시를 하는 병사들도 보이니 당나라 부대 소리가 나오는 건 당연했다. 아무리 봐도 공식적인 전쟁터치고는 꽤 평화로운 모습이었다.

풍승이 명령서와 수본(手本:하관이 상관을 만날 때 제출하는 서면)을 제출하러 간 사이, 운풍대는 주둔지 한 켠에 짐을 풀었다.

"이세명, 나와라."

조원들과 함께 천막을 치던 이세명은 풍종우의 부름을 받았다.

"형이 있다고 했지?"

풍종우의 물음에 이세명이 짧게 대답했다.

"네."

이곳은 진북군의 주둔지. 형이 있는 곳이란 생각에 이세명은 가슴이 떨렸다.

"가자. 만나게 해주마."

이세명은 풍종우를 따라가며 마음을 진정시키려 했지만 잘되지 않았다. 형을 만날 수 있다는 기대감과 과연 형을 찾을 수 있을까 하는 불안감이 교차하며 이세명의 마음을 흔들었다.

풍종우가 이세명을 데리고 간 곳은 이십여 개의 목채 중 하나로 진북군의 온갖 서류를 관리하는 곳이었다. 풍종우는 목채를 지키던 병사에게 신분을 밝혀 안에 기별을 넣었다. 안에서는 곧 들어오라는 허락이 떨어졌고, 이세명은 풍종우를 따라 목채 안으로 들어갔다.

허름한 목채 안에는 십여 개의 궤짝과 서류들이 수북이 쌓여 있는 서가(書架) 역할을 하는 탁자들 때문에 앉을 곳은커녕 발 디딜 곳도 마땅치 않았다.

"어서 오시오. 자리가 좁아 미안하오."

서류가 쌓인 책상에서 한 사람이 일어났다. 무관이라기보다 문관에 가까운 창백한 얼굴의 중년인이었다.

"처음 뵙겠습니다. 풍종우라고 합니다."

풍종우의 인사에 중년인도 포권으로 답례했다.

"문청수요."

신분을 밝히지 않고 짧게 이름만 말하는 모습이 조금 무례해 보였지만 중년인의 표정이나 말투는 전혀 그렇지 않았다. 중년인으로서는 스스로 내세울 만한 직책이 아니라 말하지 않은 것이었고, 풍종우도 그것을 알고 있었다. 실제로 조금 무례했다 하더라도 중년인은 진북군 마갈(馬碣) 장군의 종사관(從事官)으로 진북군의 군사(軍師)라는 사실을 알고 있으니 기분 나쁠 이유도 없었다.

"그래, 풍 부대주께서 무슨 일로 오시었소?"

중년인의 물음에 풍종우는 뒤에 서 있던 이세명을 가리키며 말했다.

"제 부하인 이세명 십장입니다. 진북군에 형이 있다는데, 이동하기 전에 볼 수 있을까 해서 와봤습니다."

이세명은 운풍대가 다시 이동한다는 말에 의아했지만, 그보다 문청수라는 중년인의 대답에 귀를 기울였다.

"오, 그런 일이. 그렇다면 만나게 해줘야지요."

중년인이 이세명을 보며 크게 고개를 끄덕였다. 이세명은 뛸 듯이 기뻤다. 부정적인 생각이 사라지며 형을 볼 수 있다는 막연한 기대감이 증폭되었다.

"그런데 운풍대가 머무는 기간이……."

풍종우가 대답했다.

"나흘입니다."

중년인이 수염을 쓰다듬으며 조금 난감한 표정을 지었다.

"나흘이라……."

좀 전에는 만나게 해준다더니 어째서 저런 표정을 짓는 것일까? 이세명은 나흘 뒤 떠난다는 사실은 신경 쓰이지 않았지만 중년인의 표정에 불안감을 느꼈다.

"어렵겠습니까?"

풍종우의 물음에 중년인이 미미하게 고개를 끄덕였다.

"그게… 그렇습니다. 병적을 뒤지면 못 찾을 것도 아니지만, 보시다시피 업무가 과중해 만 오천 명이나 되는 병적을 살피기가 쉽지 않군요. 틈틈이 짬을 내면 한 오륙 일 걸릴 것 같은데…… 그렇다고 병적을 내줄 수도 없는 일이고 일일이 막사를 뒤지기도 쉽지 않을 테니……."

중년인의 대답에 이세명은 가슴 답답함을 느꼈다. 틀림없이 형이 있을 것만 같은데 볼 수 없다고 하니 억울한 마음에 한편으로 화가 나기도 하고 슬프기도 했다.

"십조룡 출신으로 한두 달 전에 배치됐다고 하는데, 찾기 어렵겠습니까?"

풍종우의 설명에 중년인이 밝은 표정을 지었다.

"진작에 말씀하시지요."

중년인은 책상 근처의 궤짝을 열고 그 속에서 서류 묶음 하나를 꺼냈다.

"하하, 이거 병적에 이기(移記)해 놓긴 했는데 병적부는 꺼내기가 귀찮아서…… 그러고 보니, 십조룡 전향자 중 칠 할이 여기로 왔다고 하더군요."

중년인은 서류를 뒤적이며 계속 말을 이어갔다.

"형제가 십조룡과 운풍대로 나뉘어 피를 흘리며 싸웠다니, 참으로 가혹한 운명이군."

이세명은 신병이라 십조룡과 싸우지 않았지만 굳이 입을 열어 설명할 필요를 느끼지 못했다.

"어디 보자, 여기 있군. 그런데 이름이?"

"이세영요."

이세명이 얼른 대답했다.

"이세영이라, 이세영… 이세영……."

중년인이 깨알 같은 글씨를 죽 짚어 나가며 이름을 찾았다. 이세명의 눈도 중년인의 손끝을 따라 서류를 훑어 나갔다.

"여기 있군. 이세영."

이세명의 눈이 중년인의 손을 따라 멈췄다. 백지 위에 빽빽한 글씨 중 이세영(李世永)이라는 세 글자가 분명하게 눈에 들어왔다.

"백부장이라… 아, 이 친구 기억이 나는군. 특기가 낚시라는 친구였지. 십이대주와 동향이라 십이대에 배치됐군."

중년인이 서류를 읽어 내려가며 설명했다. 특기가 낚시란 말에 이세명은 형을 찾았다는 확신이 들었다. 소행촌 사람 중에 낚시가 특기 아닌 사람이 어디 있을까마는 형은 유난히 낚시를 잘했던 기억이 났다.

"어디로 가면 만날 수 있겠습니까?"

풍종우가 물었다.

"나가서 오른쪽을 보면 십이(十二)라고 써진 깃발이 보일 거요. 깃발이 세워진 목채로 가면 안내해 줄 사람이 있을 거고."

중년인이 서류 묶음을 정리하며 대답했다.

"감사합니다."

풍종우가 인사하기 전에 이세명이 먼저 인사했다.

"뭘 이런 걸 가지고. 어서 가서 형이나 만나시게."

중년인이 미소로 답례했다.

"도움에 감사드립니다. 그럼 이만 가보겠습니다."

풍종우가 인사를 할 때까지 이세명은 거듭 허리를 숙여 감사를 표했다.


가깝게 들려오는 훈련의 함성 소리를 들으며 이세명은 풍종우를 좇아 종사관 문청수가 알려준 목채로 향했다. 마음 같아서는 한달음에 달려가고 싶었지만, 풍종우는 이세명의 마음을 모르는지 일정한 속도로 걸음을 옮겼다.

십이(十二)라고 씌어진 붉은 깃발이 꽂힌 목채는 한눈에 보기에도 다른 목채들과 많이 달랐다. 일단 주둔지 남쪽에 모여 있는 다른 목채들에서 멀리 떨어져 병사들의 천막 가까이 있었고, 다른 목채의 두 배나 되는 크기에 빙 둘러 낮은 울타리가 쳐 있는 것도 이상했다.

백 장 남짓. 겨우 사백 보 정도밖에 안 되는 거리였지만 이세명에겐 수십 리나 되는 것처럼 멀게 느껴졌다.

붉은 깃발이 가까워질수록 이세명의 마음은 더욱 조급해졌다. 창고로 쓰이는 몇 채의 목채를 지나고, 먼지가 이는 훈련장의 외곽을 통과하는 동안 이세명은 저도 모르게 조금씩 앞서 나가 풍종우와 나란히 걷고 있었다. 풍종우는 이세명을 제지할까 하다가 걸음을 빨리해 이세명과 보조를 맞춰 앞서 나갔다.

그리고 마침내 진북군의 십이대임을 알리는 기창이 세워진 목채에 도착했을 때, 이세명은 혹시나 형일까 하여 번을 서고 있는 두 병사를 살폈다. 한 사람은 삼십 대 후반, 한 사람은 이십 대 중반으로 보이는 병사들이었다.

"어디서 오셨습니까?"

삼십 대로 보이는 초병이 풍종우와 이세명을 막아서며 물었다. 이세명은 두 초병 중 조금 젊은 쪽의 눈빛이 어디선가 본 듯하다고 느꼈지만, 분명 형은 아니었다. 이세명은 형이 없음을 확인하고 시선을 목채 안쪽으로 돌렸다. 십여 보 안쪽의 열려진 목채의 문 뒤로 언뜻 사람의 그림자가 보이는 것 같았다.

"운풍대가 여긴 왜 왔소?"

이십 대의 초병이 냉랭한 목소리를 냈다. 운풍대임을 알아본 이십대의 초병은 곱지 않은 시선으로 이세명과 풍종우를 살폈다.

"운풍대의 부대주 천호 풍종우라고 하네. 대주를 만나러 왔으니 안에 전하게."

풍종우의 대답에 두 초병은 서로 눈길을 주고받았다.

"들어가 보고해라."

젊은 쪽이 상관인 듯 삼십 대의 초병에게 명령을 했다. 계급 차이가 얼마나 나는지 모르겠지만 기껏 초병끼리니 젊은 쪽이 십장이나 될까?

풍종우는 작은 계급 차이로 연장자를 함부로 대하는 젊은 초병의 행동
이 마음에 들지 않았다.

"들여보내시랍니다."

목채 안으로 달려갔던 초병이 나와 들여보내라고 소리쳤다.

"퉤, 들어가쇼."

남아 있던 이십 대의 초병이 바닥에 침을 뱉고는 길을 비켰다. 풍종
우는 초병의 불손한 말투에 이맛살을 찌푸렸다. 처음에는 몰라서 그러
려니 했지만, 운풍대의 부대주라는 신분을 밝혔음에도 무례하게 말하
며 침까지 뱉는다는 건 도저히 이해할 수 없는 일이었다. 아무리 직속
상관이 아니라고 해도 일개 초병이 군관을 대하는 태도가 아니었다.

"가시죠."

풍종우가 인상을 쓰며 초병을 노려보고 서 있자 이세명이 풍종우를
재촉했다.

"그래, 들어가자."

풍종우가 안으로 발을 옮겼다. 평소 같으면 그냥 넘어갈 풍종우가
아니었지만, 지금은 이세명의 일로 부탁하러 가는 길이라 참기로 한 것
이다.

"카악, 퉤."

겨우 몇 발자국이나 떼었을까? 풍종우를 놀리기라도 하듯 등 뒤로
가래침 뱉는 소리가 들려왔다. 이세명은 온통 형을 만날 생각뿐이라
그 소리가 귀에 들어오지 않았지만, 분명 일부러 들으라고 내는 소리였
다.

"아니, 저놈이!"

풍종우의 고개가 매섭게 돌아갔다.

"앗!"

풍종우가 갑자기 멈춰 서는 바람에 바짝 뒤따르던 이세명이 풍종우와 부딪쳤다. 아니, 부딪치려는 순간 풍종우가 손을 뻗어 이세명의 몸을 잡아 제쳤다. 이세명은 넘어지지 않기 위해 몸을 빙글 돌렸고 풍종우는 앞으로 한 발을 내뻗었다.

순간적으로 이세명과 풍종우의 위치가 뒤바뀌는가 싶더니 풍종우의 몸이 한 발을 내딛는 자세 그대로 앞으로 쏘아져 나갔다. 이세명은 풍종우의 등이 멀어지는 것을 보면서 대체 무슨 일인가 싶어 눈을 크게 떴다.

짝!

마치 손뼉을 치는 듯한 소리가 울리고 초병의 고개가 왼쪽으로 돌아갔다.

짝!

왼쪽으로 돌아갔던 초병의 목이 오른쪽으로 거세게 젖혀지며 몸까지 비틀거렸다.

이세명을 제치며 몸을 날린 풍종우가 초병의 따귀를 때리기까지는 겨우 눈 한 번 깜빡이는 시간밖에 걸리지 않았다. 풍종우의 손발이 어찌나 빨랐는지 따귀를 맞은 초병조차 무슨 일이 벌어졌는지 모르는 표정이었다.

"아이고, 부대주님!"

목채에서 나오던 삼십 대의 초병이 기겁을 하고 외쳤지만 풍종우의 손은 오히려 더욱 빨라졌다.

짝짝!

양쪽 뺨을 때리는 소리가 하나처럼 들렸다.

"나으리, 고정하십시오!"

뒤늦게 삼십 대의 초병이 달려갔고 그사이 풍종우는 네 대를 더 때렸다.

"나으리, 제발……."

삼십 대의 초병이 풍종우의 앞을 가로막고 머리를 조아렸다. 그제야 풍종우의 손이 멈췄고 풍종우의 손을 따라 이리저리 비틀거리던 초병도 겨우 쓰러졌다.

"감사합니다. 감사합니다."

삼십 대의 초병은 혹여 풍종우가 다시 손을 쓸까 염려하는 눈으로 굽실거렸다.

"예의도 모르는 놈 같으니라고! 이분께 감사드려라."

풍종우가 콧소리를 내며 돌아섰다.

"가자."

풍종우가 이세명을 스쳐 가며 말했다. 이세명은 갑작스런 상황에 당황하며 풍종우를 따라 발을 옮겼다. 풍종우가 무엇 때문에 초병을 때렸는지 묻고 싶었지만 지금은 물을 분위기가 아니었다. 예의를 모르는 놈이라고 하는 말에서 어렴풋이 짐작이 되기도 했지만, 초병이 무슨 잘못을 했는지 이해가 되지 않았다.

"어서 오시오."

목채의 입구에는 하얀 면복을 입은 중년인이 나와 있었다. 아마도 밖이 시끄러워 나온 듯했다.

"내가 십이대의 대주요."

중년인의 소개에 풍종우가 포권을 하며 인사했다.

"운풍대의 부대줍니다."

중년인이 고개를 끄덕였다. 대주와 부대주라고 해도 계급은 같은 천부장이니 함부로 할 수 없었다.

"그래, 무슨 일로 오셨소?"

중년인의 물음에 풍종우는 뒤에 있는 이세명을 가리켰다.

"제 부하 이세명 십장입니다. 여기 십이대에……."

풍종우가 용건을 말하는데 중년인이 갑자기 말을 잘랐다.

"아차! 손님을 문밖에 세워놓는 건 예의가 아니지. 자, 들어오시오."

중년인이 입구에서 비켜서며 안쪽으로 손을 뻗었다. 풍종우는 예의 운운하는 중년인의 말에 뼈가 있음을 알고 인상을 썼지만, 뭐라 대꾸하지 않고 안으로 들어갔고, 이세명이 그 뒤를 따랐다.

목채 안은 밖에서 보는 것보다 더욱 넓은 것 같았다. 입구로 들어가자마자 문이 닫힌 작은 방이 하나 있고, 나머지는 칸막이 하나 없는 넓은 방이었다. 쌉쌀한 냄새가 떠도는 이 큰 방 전체가 주거용으로 사용되는 듯 옷가지와 이불 등이 있고, 누워 있는 사람도 있었다. 대낮에 이불을 깔고 누워 자는 병사라는 게 언뜻 이상해 보였다.

"환자요."

풍종우가 누워 있는 병사를 보고 있는 것을 알고 중년인이 미리 입을 열었다.

"두어 달 전에 역병이 돌았었소. 환자들을 살피던 의원들까지 병에 걸려 죽는 바람에 지금은 어쭙잖은 실력으로 내가 의원을 겸하고 있소. 다행히 역병은 지나갔고, 저기 있는 자들은 다른 병으로 누워 있으니 염려하지 않아도 되오."

중년인은 묻지도 않았는데 나올 수 있는 질문을 막으려는 듯 자세히 설명했다. 얘기를 듣고 나니 목채 안을 떠도는 약향이나 중년인이 갑

옷이 아닌 하얀 면복을 입고 있는 이유를 알 수 있었고, 목채에 울타리가 둘러진 이유도 짐작이 갔다.

"그랬군요."

풍종우가 고개를 끄덕였다. 진북군에 역병이 돌아 결원이 생겼고, 이를 보충하기 위해 십조룡 출신자들을 비롯해 급히 천여 명이 충원되었다는 얘기를 들은 기억이 났다.

"앉으시오."

중년인이 자리를 권했다. 풍종우와 세명이 자리에 앉기를 기다려 중년인이 밖에서 했던 질문을 다시 했다.

"그래, 무슨 일로 오셨소?"

중년인의 물음에 풍종우가 밖에서 하다 중단된 말을 이어갔다.

"여기 제 부하의 형이 진북군에 있다고 하는데, 종사관께 여쭈니 십이대에 있다 하여 찾아왔습니다."

"호, 그래요?"

중년인이 세명에게 관심을 나타냈다.

"이세명이라고 합니다."

세명이 포권하며 인사했다.

"이세명이라… 그렇다면 혹시 형님의 이름이 이세영인가?"

중년인의 입에서 대번에 형의 이름이 나오자 이세명은 뛸 듯이 기뻤다.

"네."

짧게 대답하는 세명의 목소리에 강한 기대감이 실려 있었다.

"허허…… 이거 참."

중년인은 허허롭게 웃으며 한동안 말을 잇지 못했다.

"혹시 무슨 일이라도……."

이세명은 불현듯 불길한 생각이 들었다. 전에 꾸었던 꿈도 그렇고 역병이 지났다는 말도 신경 쓰였다.

"아니, 그런 건 아니고…… 자네, 형님을 만난 지는 오래되었나?"

중년인의 물음에 세명이 급히 대답했다.

"예, 한 팔 년 됐습니다. 열 살이 되기 전에 보고는 이후로 한 번도 보지 못했습니다."

"팔 년이라, 그래서 그랬군."

중년인이 수긍한다는 표정으로 고개를 끄덕거렸다.

"잠시 기다리게."

중년인이 자리에서 일어났다. 세명의 눈이 중년인을 좇아 움직였다.

"여보게. 이 부대주."

중년인이 문가에 서서 사람을 불렀다. 밖에는 초병 두 사람밖에 없으니 아마 그들 중 하나일 확률이 높았다.

"이리 들어오게, 이 부대주."

중년인의 부름을 받고 들어온 사람은 풍종우에게 뺨을 맞은 젊은 병사였다. 운풍대와 금의위를 빼면 일반적으로 각 대의 대주가 천호, 부대주가 백호였다. 부대주씩이나 되는 사람이 무슨 이유로 직접 번을 서고 있었는지 모르겠으나, 부대주라고 하면 틀림없이 백부장이었다.

"부르셨습니까."

이 부대주라는 자는 양 볼이 퉁퉁 붓고 입술도 찢어져 피를 내비치는 모습으로 군례를 올렸다. 군례를 올리며 슬쩍 풍종우를 쳐다보는 그의 눈빛이 이글거렸다.

풍종우는 설마 이 젊은이가 여기 부대주씩이나 되리라곤 생각지도 못했다. 어쩐지 밖에 있던 삼십 대의 초병이 부대주라고 부르더라니, 풍종우는 그것이 자신을 부르는 것인 줄 알았는데 그게 아닌 모양이었다.

"쯧, 안 되겠군. 약이라도 발라야겠어."

중년인이 시뻘겋게 부풀어 오른 뺨을 보고 품속에서 약갑을 꺼내 들었다.

"괜찮습니다."

중년인이 약을 바르려 하자 이 부대주라는 자는 수치스러운 듯 중년인의 손을 거부했다.

"그래, 그럼 약은 나중에 바르고……."

중년인은 약갑을 치우고 세명 쪽으로 몸을 돌렸다. 이때까지도 이세명은 십이대주가 이 부대주라는 자를 시켜 형을 불러오게 할 줄 알았다.

"음, 너무 오랜만이라 서로 몰라봤나 보군. 자네 동생 아닌가."

중년인의 말에 이세명은 깜짝 놀랐고 이 부대주라는 젊은이는 무슨 소린지 영문을 모르겠다는 표정을 지었다.

이세명은 혹시나 잘못 본 게 아닌가 하고 몇 번이나 살폈지만, 이 부대주라는 자는 형이 아니었다.

"무슨 말씀이신지……."

이 부대주라는 자가 중년인을 쳐다봤다.

"자네 동생이라고……?"

이 부대주라는 자의 반응에 중년인이 말끝을 흐렸다.

"네 형이 아니냐?"

풍종우가 물었다. 세명이 고개를 저었다.

“아닌 것 같은데요…….”

이세명의 대답에 이 부대주라는 자가 세명을 보며 말했다.

“제겐 위로 형님 두 분과 아래로 여동생 한 명이 있을 뿐입니다만.”

이 부대주의 말에 의혹 어린 시선들이 세명에게 향했다. 이세명은 당황해 잠시 말을 잇지 못했다. 이 상황이 이해가 되지 않았다.

“이게 어떻게 된 일이냐? 형이 십조룡 출신의 이세영이라고 하지 않았느냐?”

풍종우의 물음에 이세명은 고개를 저었다.

“저도 모르겠습니다. 형이 십조룡에 있다가 부대를 옮겼다고 했습니다. 진북군으로 갔다고 들었는데…….”

이세명은 어디서부터 얘기를 꺼내야 할지 몰랐다.

“내가 십조룡 출신 이세영인데…… 아, 혹시…….”

자신을 이세영이라고 주장하던 이 부대주가 뭔가 생각이 난 듯 뚫어지게 세명을 바라봤다.

“뭔가? 십조룡에 자네 말고 이세영이란 자가 또 있었는가?”

십이대주의 물음에 이 부대주가 고개를 끄덕였다.

“네, 무쌍(無雙)의 리(李)라고…….”

“이무쌍!”

풍종우가 눈을 크게 떴다.

이무쌍이라면 십조룡 최고의 고수 중 하나로, 장사성이 그의 무위를 보고 세상에 둘도 없다고 칭찬해 무쌍이라는 별명을 얻은 인물이었다.

“이무쌍이라고요?”

이세명도 이무쌍에 대해서는 들은 적이 있었다. 소주진공 마지막에 있었던 운풍대와 십조룡의 만수사 전투에서 대주 풍승에게 부상을 입히는 등 운풍대에 큰 피해를 줬다는 인물이었다.

"그래. 내가 십조룡에 들어갔을 때는 벌써 무쌍이라는 별명을 얻어 헷갈리는 일이 없었지만, 이름이 나하고 같다는 얘기를 들었지. 나이도 나하고 비슷할걸. 아마 스물다섯인가 그럴걸? 강소 출신이라고 들었던 것 같은데, 너 강소 출신이지?"

이 부대주의 질문에 이세명은 풍종우의 눈치를 살폈다. 이제까지 운풍대에는 하남 출신이라고 말해 왔기 때문에 대답하기 껄끄러웠지만 형에 대한 소식이 더 중요했다.

"네."

이세명이 고개를 끄덕였다.

"그렇다면 아마 네가 찾는 사람은 내가 아니라 이무쌍이 맞을 거야. 그런데 넌 동생이라면서 왜 운풍대에 있는 거지?"

이 부대주의 말을 듣고 보니 과연 그런 것 같았다. 예전 편지에 왕에게 칭찬을 받아 군관이 되었다는 말이 있었고, 편지를 전해주러 오는 사람들도 무척이나 자랑스러워했던 기억이 났다.

"아!"

이 부대주의 물음에 세명이 탄식하며 머리를 감싸 쥐었다. 이무쌍은 운풍대와의 싸움에서 죽었다는 얘기를 들었기 때문이다.

"이무쌍은 어찌 되었나?"

얘기를 듣고 있던 십이대주가 물었다.

"글쎄요, 부상당해 잡혔다고 들었는데……."

이 부대주의 대답에 세명이 고개를 번쩍 들었다. 그러고 보니 죽었다는 말은 조신에게 전해 들은 것이었고, 투항해서 부대를 옮겼다는 소식은 정방을 통해 들은 것이었다. 조신도 정방도 직접 본 것은 아니었다.

"부대주님."

세명이 간절한 마음으로 풍종우를 바라봤다.

"나도 모른다."

풍종우가 고개를 저었다.

"흥, 운풍대 놈들이 부상병을 어찌했는지 내 다 봤지."

이 부대주가 이를 갈며 풍종우를 노려봤다.

"움직이지도 못하는데 목을 날리더군. 아마 금의위가 끼어들어 말리지 않았다면 부상병을 전부 죽였을걸."

풍종우는 그럴 리 없다고 말하고 싶었지만, 자신이 직접 보지 못한 일을 뭐라 반박할 수 없었다. 또 전쟁터에서 그 같은 일이 없으리란 확신도 없었다.


진북군 십이대의 이세영 부대주를 만나고 나온 이세명은 그 길로 운풍대로 돌아가 풍종우와 함께 풍승을 만났다.

풍승은 이세명의 형이 이무쌍일지도 모른다는 말을 듣고 당시 운풍대와 십조룡의 치열했던 싸움에 대해 자세히 말해 주었다.

운풍대 칠백팔십 명 중 삼백이 명 사망. 백칠십 명 부상. 십조룡 천사백 명 중 칠백여 명 사망, 백여 명 부상. 사망자에 비해 부상자가 적은 것은 부상병이 투항하지 않고 항전했기 때문이라는 설명이었다.

이무쌍은 끝까지 항전하다 사로잡혔으며, 금의위에서 신병을 인수해 갔다고 알려줬다. 이세명은 일단 형이 죽지 않았다는 사실에 안도하면서도 그 뒤로 어떤 소식도 듣지 못했다는 말에 크게 상심했다. 형을 만날 수 있다는 희망은 사라지고 이제는 형의 생사조차 알 수 없게 되어버린 것이다.

풍승은 소식을 알아봐 주겠다고 했지만 이제 곧 떠나야 하는 처지에 웅천부에 있는 금의위의 행사를 어찌 알아볼 것인가? 이세명은 운풍대의 대주에겐 그만한 정보력이 없다는 것을 잘 알고 있었다.

이세명은 이무쌍의 동생이란 사실을 운풍대에서 말하지 말라는 주의를 받고 풍승의 천막을 나왔다.

第十二章 설상지연(雪上之緣)

진북군에 오로군이 합쳐져 삼만에 달하는 병력이

집결한 가운데, 운풍대는 예정된 일정에 따라

도착한 지 오 일째 되는 날 주둔지를 떠났다

설상지연(雪上之緣)

진북군에 오로군이 합쳐져 삼만에 달하는 병력이 집결한 가운데, 운풍대는 예정된 일정에 따라 도착한 지 오 일째 되는 날 주둔지를 떠났다.

운풍대는 강 반대 편에서 진북군을 살피고 있을 몽고 첩자들의 눈을 피해 일몰 후 사용하던 천막을 그대로 두고 몸만 빠져나와 빠르게 이동했다. 강변의 안개를 헤치며 달리기를 세 시진. 운풍대는 백 리를 달려 방부(蚌埠)라는 작은 어촌 마을을 지나 오왕의 고향인 봉양(鳳陽) 근처에서 이십여 척의 소선을 이용해 회하를 건넜다.

회하를 건넌 운풍대는 다시 사십 리를 북상해 조노집(曹老集)에 이르러서야 멈췄다.

"변복(變服)!"

풍승의 목소리가 낮게 울리자 운풍대원들은 운풍대의 상징인 검은 무복을 벗고 준비해 온 옷으로 갈아입기 시작했다. 제각각 희고 푸르고 누런색의 옷으로 갈아입는 부하들을 보면서 풍승도 준비한 옷으로 갈아입었다.

이세명에게 지급된 옷은 소매가 넓은 푸른색의 도의(道衣:도사들이 입는 법의)에 혼원건(混元巾), 백칠(白漆)이 된 조혜(朝鞋)였다. 입는 법을 미리 배워두긴 했지만 어둠 속에서 갈아입기가 쉽지 않았다.

"헤헤, 그러니까 너 진짜 도사 같다."

조신은 평범한 푸른 무명 장삼을 입고 있었는데, 이마에 두르고 있는 푸른 건에 표(鏢)라는 글자가 눈에 띄었다. 칠조원들 대부분은 조신과 비슷한 옷이었고, 풍종우만이 세명과 같은 도사 복장이었다.

"형님도 진짜 표사 같소."

원래 무인들이라 그런지 세명이 보기에 칠조원들의 표사 복장은 꽤 잘 어울렸다. 풍종우의 도사 복장도 전혀 어색하지 않았다. 원래 가지고 다니던 검조차 송문고검이라 정말 도사처럼 보였다. 세명은 풍종우가 검을 등 뒤로 메는 것을 보고 환도를 면포로 싸서 등에 멨다.

"후."

이세명은 주위를 둘러보고 낮게 한숨을 쉬었다. 모두 그럴듯하게 보이는데 자신만 이상한 것 같았다.

가지고 있는 무기들 때문인지 운풍대의 변복은 대부분이 표사나 상단 차림이었고, 일부는 몽고인으로 변장하기도 했다. 몽고인으로의 변장은 머리를 잘라 변발(辮髮)을 해야 했는데, 칠조에서는 아무도 변발을 하려고 하지 않아 조장인 종리고도만 몽고인 복장을 했다.

"쯧쯧, 저게 뭐야."

조신이 종리고도를 보고 혀를 찼다. 귀밑머리를 모아 묶고 가죽 모자에 가죽 조끼를 입은 종리고도의 모습은 영락없는 몽고인이었다. 조신의 목소리를 들었는지 종리고도의 눈이 차갑게 빛났다. 그 눈빛에 조신은 더 이상 떠들지 못하고 입을 다물었다.

"변복을 마친 조는 보고해라!"

양적심의 목소리가 낮게 깔리자 각 조에서 완료를 알리는 대답이 이어졌다.

"준비를 마쳤습니다."

양적심의 보고에 풍승이 고개를 끄덕이고 앞으로 나섰다. 풍승은 착잡한 마음으로 운풍대원들을 바라봤다. 이번 작전이 끝났을 때 과연 이들 중 몇이나 살아 있을까? 풍승은 어슴푸레한 윤곽이나마 모두의 얼굴을 하나씩 각인시켰다.

"운풍현의를 벗고 있어도 운풍대임을 잊지 말도록! 대도에서 만나자!"

풍승의 낮은 외침에 운풍대원들은 침묵하며 군례로 답했다.

"해산!"

양적심의 명령에 운풍대는 사방으로 흩어졌다. 몇 조는 서쪽으로, 몇 조는 동쪽으로, 그리고 어느 조는 타고 왔던 소선을 다시 타고 하류로 내려갔다.

"가자!"

종리고도를 선두로 칠조는 북쪽으로 방향을 잡았다.


날이 밝을 무렵 칠조는 관도상의 한 객잔에 들어갔다. 강북은 육로보다 수로가 발달한 데다 전운까지 감돌다 보니 관도라고 해도 사람의 왕래는 드물었고, 당연히 객잔에도 손님이 없었다. 그러나 마구간에는 여러 필의 말과 수레가 있어 숙박객이 많은 것처럼 보였다.

칠조는 객잔에서 밥을 먹고 종일 쉬다가 해질 무렵 마구간의 말과 수레를 끌고 관도로 나섰다. 말 다섯 필에 수레가 네 대. 이것들은 칠조를 표사로 위장하기 위해 준비된 것들이었다.

종리고도는 대표두가 되어 말을 타고 제일 앞에 섰고, 네 대의 수레에는 알 수 없는 것들이 실려 있었다. 세명은 도사라는 이유로 풍종우와 함께 수레에 걸터앉았고 나머지는 모두 수레를 호위하며 걸었다.

칠조의 행렬에는 섬서표국(陝西鏢局)이란 깃발이 나부꼈다. 섬서표국은 경양부에 있는 표국으로 화산사검 중 일 인인 겸양검(謙讓劍) 모기령(毛奇齡)이 국주로 있는 곳이었다. 운풍대에서 표사 행렬로 위장한 조는 모두 팔 개 조로 그중 네 개 조가 섬서표국의 깃발을 내걸었고, 나머지는 태원표국(太原鏢局)과 요양표국(遼寧鏢局)으로 가장하고 있었다. 이들 세 표국은 모두 화산파(華山派)의 속가제자가 국주로 있는 곳이었다.

칠조는 해가 진 뒤 두 시진을 이동해 제법 규모가 있는 역참(驛站)에 들렀다. 역참은 파발이나 황제의 칙령을 받드는 사신들에게 숙소와 말을 제공하는 곳이었으나, 황제가 발행한 패자(牌子)만 있으면 누구라도 사용할 수 있었다.

종리고도는 역참을 사용할 수 있는 패자를 가지고 있었다. 몽고인 역관은 종리고도가 내민 패자의 진위를 살펴보고 두말없이 숙소를 내줬다.

사사로운 표행에 황제가 패자를 내주는 건 말도 안 되는 일이었지만, 실제로 이런 일은 빈번하게 있었다. 패자는 돈만 있으면 얼마든지 구할 수 있는 물건이 돼버린 지 오래였고, 이름있는 표국들이 장거리 표행에 패자를 발급받아 사용한 것도 어제오늘 일이 아니었다.

물론 패자 하나에 수십 명이나 되는 인원이 공짜로 역참을 이용할 수 있는 건 아니었다. 인원수에 따라 들르는 역참마다 역관에게 적당한 금액을 찔러줘야 했지만, 그렇다고 해도 객잔을 사용하는 것보다는 훨씬 저렴한 가격으로 양질의 잠자리와 음식을 얻을 수 있었다.

종리고도는 능숙한 몽고어를 사용해 역관과 가격 흥정까지 해가며 진짜 표행처럼 칠조를 이끌었다. 세명은 몽고어를 사용하는 종리고도를 보며 종리고도가 정말 몽고인이 아닐까 하는 생각을 했는데, 실제로 종리고도는 몽고인 혼혈이었다. 조신을 통해 이런 사실을 알게 된 세명은 자신이 조원들에 대해 너무 모르고 있다는 걸 깨달았다.

기억력이 좋은 덕분에 이름을 모르는 자는 없었지만, 조신과 풍종우를 빼면 이름 말고는 아는 게 없었다. 조신과 풍종우에 대해서도 남들보다 많이 안다고 할 수 없었다.

생각해 보면 칠조원들 모두 고마운 사람들이었다. 어린 나이에 고생한다며 항상 따뜻한 눈길로 살펴주었고, 탐보반에 잡혔을 때는 제일 먼저 달려와 주었다. 며칠 전에는 기대했던 형을 만나지 못한 것을 알고 모두 진심으로 위로해 주기도 했다. 사람들은 언제나 다가왔지만 세명은 사람들이 접근할 수 없도록 거리를 두고 있었다.

이세명은 그동안 자신의 문제에만 골몰해 주변 사람들에게 무심했던 이기적인 자신을 책망했다. 그리고 사람들과 거리를 두게 된 이유에 대해서 생각했다. 이유는 간단했다. 마음의 거리낌. 숨기는 것이 있으니 어찌 진실되게 사람을 대할 수 있겠는가?

이런 생각을 하는 동안 칠조는 나흘째의 목적지인 역참에 도착했다. 그러나 역참 건물이 불에 타 남아 있지 않아 칠조는 쉴 곳을 찾지 못했다. 원래 역참은 이십오 리마다 설치돼 있어야 하니, 사라진 역참 근처에 새로운 역참을 만들어야 정상이었다. 하지만 근래에 황실 재정이 파탄나면서 멀쩡한 역관도 폐쇄하는 마당에 불타 버린 역관을 다시 지을 리 만무했다.

칠조는 밤길을 재촉해 다음 역참까지 이동했지만, 그곳 역시 폐쇄되어 정상적인 역참으로 사용되지 않고 있었다. 밤이 깊어 더 이상의 행군이 무리라고 판단한 종리고도는 노숙을 결정했다. 노숙 준비가 철저하진 않았지만, 다행히 역참으로 사용되던 건물은 서리와 바람을 막기에 충분해 보였다.

그러나 칠조가 역참에 들어섰을 때 안에는 이미 먼저 온 손님이 있었다. 모닥불을 피워놓고 둘러앉은 이십여 명의 사람들. 남자와 여자, 어른과 아이들로 구성된 정체 불명의 무리였다. 어찌 보면 유민 같아 보이기도 했지만, 유민치고는 의복이 깨끗한 편이었고 피골이 상접한 모습도 아니었다.

"이런, 이거 먼저 온 분들이 계셨군."

종리고도는 짐짓 밝은 표정을 지으며 모닥불로 접근했다. 종리고도는 자신의 웃는 표정이 남들에게 어떻게 보이는지 전혀 모르고 있는 것 같았다. 아니나 다를까, 무리 속에 있던 남자들이 한 자 정도 되는 작은 칼을 들고 일어났다. 그들로서는 흉악한 미소를 지으며 다가오는 외눈의 몽고인이 두려웠을 것이다.

"이거 왜 이래?"

종리고도가 멈칫거리며 양손을 펴 보였다. 무기가 없으니 안심하라는 뜻이었다.

"모두 가만히 있거라."

무리 속에서 가장 나이가 많아 보이는 남자가 일어났다. 이순(耳順:60살)가량 되어 보이는 노인은 칼을 든 사내들을 제지하며 앞으로 나왔다.

"어느 방면에서 오시는 형제들이오?"

노인이 물었다.

"우리는 섬서표국의 표사들이오. 밤이 늦어 쉬어가려는데 빈자리를 좀 나눠주면 아니 되겠소?"

종리고도가 대답하며 빈 건물을 가리켰다. 이쪽저쪽을 합치면 근 오십에 달하는 숫자였지만 객사와 역사로 나누어진 건물에는 백 명이 들어가고도 남을 공간이 있었다.

"섬서표국의 표사님들이셨군요. 그런데 어쩌다 이런 누추한 곳에 오셨습니까?"

노인은 말을 하며 칠조원들의 복색을 살폈다. 겉보기에는 정말 표행 나온 표사들 같았다.

"어쩌다 보니 그리되었소. 원래는 저 아래 상정 역관에 머물 계획이었는데 초행길이라 역참들이 이리된 줄도 모르고 왔지 뭐요."

종리고도의 대답에 노인은 태연한 척하면서 일행에게 경계하라는 신호를 보냈다. 상정역관이 녹림의 공격을 받아 불탄 지는 벌써 수년이나 된 일이었다. 아무리 초행이라 하더라도 길에서 먹고 자는 표사들이 상정역관이 그리된 것을 모른다는 건 말이 되지 않았다.

이곳 수형역관이 폐쇄된 지는 겨우 일 년 남짓. 차라리 종리고도가 이곳 역관이 폐쇄된 걸 몰랐다고 했으면 간단했을 것을, 자세히 설명한다고 상정역관을 들먹거려 오히려 의심을 사게 된 것이다.

풍종우는 노인과 칼 든 사내들 사이에 오고 가는 이상한 기운을 눈치 챘다. 풍종우뿐 아니라 칠조원들은 사내들이 긴장하고 있는 걸 한 눈에 알아볼 수 있었다.

기껏 한 자 정도 되는 단도를 들고 자신들의 배가 넘는 칠조원들을 상대로 무얼 어쩌자는 건지 풍종우는 이해할 수 없었다. 만일 칠조원들에게 덤벼들기라도 한다면 몰살을 면할 수 없을 터였다.

"빈도(貧道)도 이렇게 부탁하오. 날이 차갑고 시간이 늦었으니 쉬어갈 수 있도록 해주시오."

풍종우가 나서자 노인의 표정이 한결 부드러워졌다. 표사의 말이 조금 미심쩍긴 했지만 도사 복장을 한 풍종우는 믿음이 갔다.

"도장께서도 표사십니까?"

노인의 물음에 풍종우가 고개를 저었다.

"빈도는 화산에 사는 일우라 하오만, 이번에 어찌하다 표국의 일을 돕게 되었다오."

풍종우의 두루뭉술한 대답에도 노인은 고개를 끄덕거렸다. 화산이라면 화산파가 아닐까 하고 짐작했고, 섬서표국이면 화산파의 제자가 세운 곳이란 데에도 생각이 미쳤다. 여기까지 생각한 노인은 풍종우의 도의를 살폈고, 희미하지만 매화꽃 문양이 들어간 도의를 보고 역시 하며 머리 속에서 모든 의심을 지웠다.

"그러셨군요. 이곳은 본시 주인이 없는 곳인데 어찌 먼저 왔다고 해서 주인인 양 들어와라 마라 할 수 있겠습니까. 도장께서 원하는 곳에 자리를 펴시면 저희가 비켜 드리겠습니다."

노인이 공손히 읍을 하며 말했다. 노인의 태도 변화에 칼을 뽑았던 사내들도 얼른 칼을 숨기며 풍종우에게 읍을 했고, 자리에 앉아 있던 여자나 아이들도 모두 일어나 허리를 숙였다.

“무량수불.”

풍종우는 진언을 읊조리며 답례했다. 한순간의 긴장이 사라지자 정체 불명의 무리는 친근하게 칠조를 대했다. 이들은 제법 알려진 잡희극단(雜戱劇團:잡극 등을 상연하는 극단)으로 내년에 있을 잡희경연에 나가기 위해 대도로 가는 중이라 했다. 원래 잡희경연은 매년 황제의 생일에 맞춰 열려왔는데, 근래에 잠시 중단되었다가 삼 년 만에 개최된다는 얘기였다.

“그렇더라도 전란 중에 돌아다니기 쉽지 않을 텐데…….”

풍종우의 걱정에 극단 사람들은 별로 그렇지도 않다는 대답이었다.

“산천에는 길이 많으니 병사들이 일일이 다 지키지는 못한답니다. 조심해야 할 것은 그런 길을 노리는 녹림도들이지요.”

칠조원들은 극단 사람들이 만들어둔 따뜻한 음식에 술까지 대접받고 덤으로 그들이 펼치는 약간의 기예까지 감상했다. 때 아닌 환대에 칠조는 편안한 노숙을 보낼 수 있었지만 풍종우는 밤새 잠을 자지 못했다. 극단에서는 종리고도가 주는 돈을 거절하고 대신 풍종우와 세명에게 부적과 축수를 요구했던 것이다.

찬바람을 피해 모여든 사람들이 모두 잠들고 세명은 내부에서 정한 순번에 따라 번을 서고 있었다. 멀리 떨어진 방에서 들려오는 풍종우의 낮은 진언 소리를 들으며 모닥불을 지필 때였다.

“저분은 진짜 도사시군요.”

이세명은 조그맣게 들려온 여자의 목소리에 고개를 돌렸다. 이십 대 중반으로 보이는 여인은 세명이 돌아보자 한쪽 눈을 찡긋거렸다. 세명은 잠시 당황해 이 여인이 왜 이러나 하다가, 여인의 얼굴을 알아보고 깜짝 놀랐다.

“앗, 당신은!”

응천부에서 봤던 ‘두아의 원’ 이란 잡극에 나오던 여인이었다.

“두아⋯⋯.”

“어머, 기억하시나 보네요.”

여인이 살짝 웃자 눈꼬리가 올라가며 하얀 이가 드러났다. 매력적인 웃음이었지만, 순간 이세명은 여인이 자신을 알아본 게 얼마나 큰일인지 생각하고 심각한 표정을 지었다. 만약에라도 운풍대의 행적을 알아보는 자가 있어서는 곤란했다.

“어머, 그런 얼굴 하지 말아요, 다른 사람들한테 말하지 않을 테니까. 그냥 지나칠까 하다가 그래도 내 딴에는 반가워서 아는 척하는 건데⋯⋯.”

여인의 작아지는 목소리에 실망과 근심이 섞이더니 고개를 숙이고 작은 한숨을 내쉬었다.

“죄송해요. 그때는 저도 모르게 그만⋯ 만나서 반가워요.”

이세명이 얼른 굳은 표정을 풀며 머리를 숙였다. 세명의 어수룩한 모습에 여인은 다시 살짝 웃으며 고개를 들었다.

“조심해야겠어요. 이 상처는 꽤 눈에 익는답니다.”

여인이 세명의 볼에 난 칼자국을 어루만졌다. 이세명은 여인의 손길에 당황해 어쩔 줄을 몰라 가만히 있었다. 여인은 세명의 목이 붉게 변하는 것을 보며 살짝 소리 내어 웃었다.

“풋, 미안해요.”

“아니요⋯ 뭘요.”

이세명이 손을 내저었다.

“근데 왜 다시 보러 안 왔죠?”

여인의 물음에 이세명은 잠시 주저하다 대답했다.

"일이 생겨서 성내를 돌아다닐 수 없게 됐어요."

이세명의 대답에 여인은 만족한 미소를 지었다.

"그날 공연은 망쳤지만, 감사하고 있었어요."

"네?"

"내 연기에 그렇게 호응해 준 사람은 처음이었거든요."

이세명은 그날 일을 생각하고 더욱 부끄러워 머리를 긁적였다. 잠깐의 침묵이 흐르고 여인은 화제를 돌렸다.

"저분은 진짜 도사신가 봐요?"

저만치 떨어진 방에서 풍종우가 정성을 다해 부적을 그리는 모습이 보였다. 촛불 하나를 밝혀놓고 주사를 갈아 부적을 쓰고 주문을 외우는 모습이 진짜 도사 같았다.

이세명은 대답없이 고개를 끄덕거렸다.

"그럼 이분들도 진짜 표사?"

"네……."

이세명이 작게 대답했다.

"그럼 댁도 진짜 도사예요?"

이번엔 이세명이 고개를 저었다.

"푸흣, 거짓말을 너무 못한다. 얼굴에 다 써 있잖아요. '나 지금 거짓말 해요' 라고."

여인이 세명의 귀에 대고 작게 속삭였다. 이세명은 부끄럽기도 하고 간지럽기도 해서 움찔하며 고개를 돌렸다.

"이궁, 비밀이 많아서 같이 얘기하기 힘들겠네요."

여인이 코를 찡긋거렸다.

“죄송해요.”

세명이 미안한 얼굴을 하자 여인이 다시 손을 뻗어 세명의 상처를 어루만졌다.

“괜찮아요. 다음에 만나면 얘기해 주세요.”

“네…….”

세명이 기어 들어가는 목소리로 대답했다.

“잘 자요.”

여인이 세명에게 등을 돌렸다. 여인은 자신이 있던 자리로 돌아가 이불을 파고들더니 이내 잠이 든 듯 움직이지 않았다. 이세명은 한참 동안 잠든 여인을 보고 있다가 꿈을 꾼 게 아닌가 하는 생각을 했다.

다음날 아침, 풍종우는 극단의 인원수에 맞춰 부적을 나눠 주고 그들의 앞길이 만사형통하기를 축수했다. 극단 사람들은 밤새 풍종우가 쏟은 정성에 감복하며 풍종우와 세명에게 수십 번 허리를 조아렸다. 이세명은 가짜 부적으로 사기를 치는 것 같아 미안한 마음에 같이 허리를 숙여 일일이 인사했다.

극단 사람들은 칠조와 함께 한 시진가량 관도를 따라 걷다가 배를 타기 위해 작별을 고했다. 하룻밤의 정리를 아쉬워하며 작별을 고하는 극단 사람들 속에서 이세명은 따뜻하게 웃고 있는 여인을 발견하고 얼굴을 붉혔다. 여인이 세명에게 다가와 허리 숙여 인사하며 말했다.

“다음에 꼭 얘기해 주세요.”

이 소리를 가까이 있던 사람들이 듣고 눈을 빛냈다. 극단 사람들이 멀어지자 조신이 다가와 옆구리를 찔렀다.

"너, 밤에 번을 서다 말고 무슨 짓을 한 거야?"

"네? 아무 짓도……."

"아무 짓도 안 했는데 아까 그건 뭔데?"

조신의 추궁에 이세명은 고개를 가로저었다.

"저도 잘 몰라요."

세명의 강한 부정에 조신은 포기하지 않고 끈질기게 물었지만 이세명은 끝까지 고개를 흔들어댔다.

이렇게 시작된 닷새째 날의 여정은 평소보다 조금 여유가 있었다. 어제 역참을 찾아 무리한 행군을 한 덕에 반나절 정도의 시간이 생긴 것이다.

"어이쿠!"

돌부리에 걸려 수레가 덜컹이는 바람에 졸고 있던 풍종우가 깨어났다.

"이런, 내가 또 졸았군."

풍종우는 눈을 부비며 기지개를 켰다. 그러나 딱히 할 일이 있는 것도 아니어서 다시 졸린 눈이 되어버렸다.

"그러게, 대충 하지 그러셨어요."

이세명의 말에 풍종우가 혀 차는 소리를 냈다.

"쯧쯧, 이놈아. 부적을 대충 쓰는 법은 없다. 천지간의 정기를 모아 정성스럽게 쓰지 않으면 그게 무슨 부적이겠느냐."

풍종우의 말에 뒤따라오던 조신이 고개를 끄덕였다.

"맞습니다. 좋은 사람들이니 이왕 써주는 거 효험이 있어야죠."

"하지만 진짜 도사도 아니시면서……."

이세명의 중얼거림에 풍종우가 눈살을 찌푸렸다.

"뭔 소리냐? 도호까지 받은 부대주님이 도사가 아니라니?"

조신의 말에 이세명은 크게 실수한 것을 깨달았다. 풍종우의 일우라는 명호는 그의 도명이었던 것이다. 도사들 중에는 속인들 사이에 섞여 살며 속명 그대로 쓰는 유파가 있었는데, 청성파나 문시파(文始派)가 그런 유파였다.

"너, 설마 부대주님이 도사였다는 것도 몰랐냐?"

조신의 물음에 이세명은 할 말이 없었다. 그나마 남들만큼 알고 있다고 생각했던 풍종우에 대해서조차 아는 게 없었던 것이다. 이세명은 풍종우에게 머리 숙여 말실수를 사과했다.

"괜찮다."

풍종우는 괜찮다고 했지만 이세명은 괜찮지가 않았다.

사람들에 대해 아는 것이 없어 너무 미안했다. 나는 왜 이러는가 하는 자괴감마저 들었다. 그리고 불현듯 비밀이 많아 얘기하기 힘들다던 지난밤 여인의 말이 떠올랐다.

"저는 본래 장강이 흐르는 강소 땅 소행촌이란 곳에서 태어났습니다."

이세명은 모든 걸 말하기로 결심했다. 마음속의 거리낌을 털어버리고 사람들에게 다가가고 싶었다.

밑도 끝도 없이 시작된 세명의 신상 내력은 조실부모하여 어렵게 자란 것과 형과 헤어지고 장삼, 장사를 만나 수상반에 들어간 일. 누명을 쓰고 죽은 장삼과 수상반 사람들에 대한 얘기까지 이어졌다. 백련교와 연관된 것만 빼고는 모두 말했다. 그것까지 말하려고 했지만, 그랬다간 귀신을 부르는 이상한 능력까지 밝혀야 할 것 같아 말을 할 수 없었다.

풍종우는 긴 얘기가 끝나자 세명의 어깨를 다독거렸다.

"말해 주어 고맙구나. 나는 사실 네 정체에 대해 의문을 가지고 있었다. 무공이나 성무욱과의 관계도 그렇고, 탐보반에서 둘러댔던 삼응방 얘기를 들은 후로는 네가 했던 모든 말들을 도무지 믿을 수 없게 되었지. 그래서 네 말의 진위를 파악하려고 진북군에 있다는 네 형을 찾았던 것인데, 그 일로 너에 대해 더욱 알 수 없게 되어버렸어. 이제라도 진실을 알게 되니 그간 네게 품었던 의구심이 걷히는구나. 아직 전부 다 말한 것 같지는 않다만, 나머지는 또 말하고 싶을 때가 있겠지. 그래, 네가 장강수사 장무개 대협의 조카였구나. 그것도 모르고 나는 네가 대도하수채(大渡河水寨)의 탁만도(卓滿島)의 제자인 줄 알았구나."

탁만도는 과거 장강십삼채 중 대도하수채의 채주로, 강룡십삼검에 능통해 수룡왕의 뒤를 이을 자로 알려져 있었다. 이세명은 그가 누구인지도 모르면서 고개를 끄덕거렸다.

"내 과거 장강의 형제들과 친분이 있어 장강수사를 만난 적이 있었는데, 네가 그의 조카라고 하니 새삼 반갑구나."

풍종우가 미소를 지으며 말을 계속했다.

"장강수사나 네 형을 보면 너희 집안에는 아무래도 특별한 피가 흐르는 것 같구나. 너도 부단히 노력해 그들처럼 무명을 날리거라."

풍종우의 덕담에 세명이 머리를 조아렸다.

"네."

이날 이후 이세명은 수레에서 내려 사람들과 함께 걸으며 많은 이야기를 나누었다. 이미 조신이 세명에 대한 이야기를 퍼뜨려 놓았기에 굳이 살아온 얘기를 할 필요는 없었고 조원들의 과거사나 비밀스런 얘기가 아니어도 좋았다. 강호의 풍문이나 군의 동향, 몽고인들과 그들의 폭정, 한 번도 가보지 못한 대도와 장성, 점점 추워지는 날씨와 음담패설에 이르기까지 이세명은 조원들과 어울려 웃고 떠들었다.

웃고 떠드는 가운데에도 칠조는 운하를 건너 관도를 따라 빠르게 북상했다. 칠조는 배를 타고 강을 건너는 등으로 시간을 허비하는 경우에도 하루에 세 개의 역참을 지나쳐 네 번째 역참에서 잠을 잤다. 역참의 거리가 이십오 리니 하루 백 리씩 이동하는 셈이었다. 역참에서 말을 바꾸지 않았다면 말도 견딜 수 없을 정도의 강행군이었지만 칠조원들은 철각의 운풍대원들답게 걸음에 여유가 있었다.


대도를 향해 출발한 지 칠 일째 되는 날, 관도에 눈이 내렸다. 세명이 평생 두 번째 보는 눈이자 처음 보는 대설이었다. 세 시진 넘게 내린 눈으로 인해 칠조의 표행(?)은 하루가 지체되었고, 다음날은 진땅으로 인해 다시 반나절이 지체되었다. 이렇게 해서 대도로 향한 지 구 일, 표행에 나선 지 팔 일째 되는 날 칠조는 황하에 도착했다.

언제나 봐오던 장강과 달리 황하는 탁류가 흐르는 강이었다. 이세명은 물론 황하를 처음 보는 대부분의 칠조원들은 말로만 듣던 황하의 누런 빛깔과 힘찬 흐름에 압도되어 버렸다.

칠조는 황하를 건너기 위해 포구에서 한나절을 기다리며 월동 준비를 했다. 이미 추위에 대비한 옷들을 입고 있었지만 황하 이북은 그야말로 엄동설한이어서 어지간히 단단히 입지 않고는 돌아다니기 힘들거라는 조신의 설명이 있었다.

칠조는 황하를 건너 북상을 하다 하루 만에 다시 배를 타고 운하를 건넜다. 이미 한 번 건넜던 운하를 다시 지난다는 것이 이상했지만, 이것이 처음부터 예정된 칠조의 이동로였다. 이렇게 예정된 길을 따라 움직이며 향후 북벌군이 진격할 때 사용할 길들을 답사하고 몽고군의 배치와 역참의 운영 상태 등을 살피고 있는 것이다.

예상했던 것처럼 북쪽으로 갈수록 관도에는 눈이 쌓여 있고 날은 점점 추워졌다. 어떤 날은 너무 추워 아예 이동을 포기해야 했지만 추운 날만 계속되는 건 아니었다. 거짓말처럼 날이 풀리며 삼사 일은 견딜 만했다가 다시 추워졌다. 종리고도는 이런 날씨에 익숙한 지 날씨를 예측해 표행 일정을 조정했다.

"삼한사온(三寒四溫)이라고 하지. 꼭 그런 건 아니지만, 겨울철 날씨는 대체로 그래. 알기 쉬운 날씨지."

조신이 아는 체를 했다. 어디서 주워들었는지 조신은 아는 것이 많았다. 처음 보는 물건이나 특이한 풍경을 보면 으레 한마디씩 했는데, 조신의 설명은 항상 그럴듯했다.

조신이 한번은 종리고도가 허리에 차고 있는 패자에 양각된 국자(國字:파팍문자. 몽고의 공용 문서에 사용되는 문자)를 읽어내 종리고도를 놀라게 했다. 그 내용은 '영원한 하늘의 힘에 기대어, 칸의 칙령. 받들지 않는 자는 처벌될 것이노라!' 였는데, 몽고어에 능통한 종리고도조차도 모르고 있던 사실이었다.


추위 때문에 움직임이 느려지긴 했지만, 칠조의 북상은 꾸준히 계속됐다. 그 흔한 화적 떼를 만나는 일도 없어 칠조는 예정보다 하루빨리 대도에 도착했다.

회하를 건넌 지 정확히 이십사 일째 되는, 원단(元旦)을 하루 앞둔 섣달그믐날 저녁이었다.

“돌아왔구나…….”

굳게 닫힌 대도의 성문을 바라보는 종리고도의 목소리에 짙은 회한이 담겨 있었다. 그로서는 이십 년 만에 돌아온 고향이었지만, 결코 기분 좋은 귀향은 아니었다.

第十三章 대도파란(大都波瀾) 上

원단(元旦) 아침.

하늘은 눈이라도 퍼부으려는지

구름이 잔뜩 끼어 있었다

대도파란(大都波瀾) 上

원단(元旦) 아침.

하늘은 눈이라도 퍼부으려는지 구름이 잔뜩 끼어 있었다. 성문 밖 객잔에서 밤을 보낸 칠조는 아침도 거르고 서둘러 출발했다. 이미 도착해 자리를 잡아놨을 풍승과 접촉하기 위해서는 시간이 빠듯했다. 만약 제시간에 접촉하지 못한다면 다시 하루를 기다려야 했다.

객잔에서의 서두름과 달리 칠조는 이제 막 열린 대도성의 남문인 여정문(麗正門)으로 천천히 수레를 끌었다. 날이 맑았다면 성문을 통해 멀리 내성과 그 안의 화려한 누각 지붕들이 보였겠지만 지금은 흐린 날씨 탓에 어슴푸레한 윤곽밖에 보이지 않았다.

칠조원들은 수문병들이 다가와 인검을 실시하는 동안 시큰둥한 태도로 일관했다. 긴 표행에 지친 표사들의 얼굴. 지금 칠조원들의 모습이 딱 그랬다. 속으로야 약간씩 긴장을 하고 있겠지만 표가 나는 사람은 없었다.

이세명은 자연스럽게 행동하려 했지만 처음 보는 몽고군에 시선이 끌렸다. 이미 무수히 많은 역참을 거쳐 오며 여러 몽고인 역관을 만나 봤지만, 몽고 병사를 보기는 처음이었다. 수많은 악행을 저질러온 마귀 같은 자들이라고 들었건만, 직접 대하고 보니 운풍대나 다른 평범한 사람들과 다른 점이 보이지 않았다.

그래도 저들은 악명 높은 몽고의 병사들. 이세명은 나름대로 만일의 경우에 대비하며 수문병을 살폈다. 수문병은 종리고도와 몇 마디 얘기를 나누고는 형식적인 인검을 실시했다. 한 명은 일행을 죽 훑어보며 의심 가는 사항을 물었고, 나머지는 제일 뒤에 있는 수레의 짐을 확인했다. 원칙대로라면 표사 전원의 신분을 확인하고 모든 수레의 짐을 뒤져 봐야 했지만, 요즘 그렇게 원칙을 지키는 자는 없었다. 지금 하는 정도의 검문도 이곳 책임자가 꽤 깐깐한 자였기에 실시하는 것이었다.

여정문을 통과한 칠조는 눈앞에 펼쳐진 커다란 호수 태액지(太液池)를 끼고 움직였다. 원단 아침이어서인지 거리는 한산한 편이었다. 그래서일까, 화려한 건물들과 구획화된 반듯한 도로에도 불구하고 응천부보다 활기가 떨어지는 느낌이었다.

종리고도는 대도의 지리를 잘 아는 듯 막힘없이 칠조를 이끌었다. 몇 개의 갈림길을 지나 북쪽으로 걷기를 일각. 전면에 사해표국(四海局)이란 간판이 나타났다. 사해표국은 대도에 있는 표국들 중 다섯 손가락 안에 드는 중견 표국으로 국주가 무당파의 속가제자로 알려져 있는 곳이었다.

종리고도가 사해표국의 문을 두드리고 표물이 도착했음을 알리자 사해표국에서 사람이 나왔다. 표물의 인수와 관계된 일은 대체로 표국

총관의 업무였는데, 어쩐 일인지 국주가 직접 나와 표물을 수취했다. 중요한 표물이라면 그럴 수도 있는 일이었지만, 원단 아침이라는 점을 감안하면 역시 이례적인 일이었다.

"어서 오시오. 내가 국주 안사석이오."

안사석(安舍碩)은 무당파의 속가제자로는 드물게 양의검(兩儀劍)을 익혔다는 검의 대가였다.

"섬서표국의 쿠케우케르입니다."

종리고도가 몽고식 이름으로 자신을 소개했다. 한어로 푸른 쇠[靑牛]라는 뜻의 이름이었는데, 종리고도의 본명이라고 했다.

"먼 길 오느라 수고하셨소."

안사석은 표물을 안으로 들이도록 지시했다. 칠조는 물표와 장부를 대조하고 수레를 풀어 물건의 수량을 확인하는 복잡한 절차를 거치지 않고, 그동안 싣고 다니던 짐을 모두 사해표국에 넘겼다. 그리고 빈 수레에는 짐이 올려졌다. 역시 물표나 기타의 확인을 거치지 않고 바로 물건이 실리는 동안 안사석이 풍종우에게 다가왔다.

"오랜만입니다."

안사석이 풍종우를 알아보고 인사했다.

"그렇구려."

풍종우가 짧게 대답했다. 서로 몇 번인가 만난 적이 있는 사이였다. 크게 친분이 있지는 않아도 이처럼 썰렁한 사이는 아니었건만, 지금은 반갑게 인사할 처지가 아니었다.

"어째 썩 잘 어울립니다."

안사석의 말꼬리가 묘하게 뒤틀려 있었다. 화산파와 무당파의 사이가 좋지 않다 보니 화산파의 옷을 입은 것도 못마땅한 모양이었다. 풍종우가 쓴웃음을 지었다.

"무당파의 옷이 없었소."

풍종우의 대답을 끝으로 더 이상의 대화가 오가지 않았다. 원래는 서로 모른 척 지나쳤어야 정상이었다. 마침 새로운 표물이 수레에 모두 실리자 풍종우는 안사석에게 작별을 고하고 사해표국을 나왔다.

"이게 뭡니까?"

문보는 새로 실려진 물건들에 대해 물었다.

"나도 모른다."

종리고도가 고개를 저었다.

"이제 어디로 갑니까?"

문보가 다시 물었다.

"글쎄……."

종리고도가 맡은 건 대도까지의 길 안내뿐이었다. 이후의 임무나 여정에 대해서는 종리고도도 모르고 있었다. 다른 조의 조장들도 모두 그랬다. 자신들이 맡은 임무만 알고 그 외에는 아는 것이 없었다.

"화의문(華義門)이 여기서 먼가?"

풍종우가 물었다.

"멀지 않습니다."

종리고도가 대답했다.

"그리로 가세."

다시 종리고도가 앞장을 서고 칠조원들이 뒤를 따랐다. 칠조는 외성의 성벽을 따라 움직였다. 대도는 응천부보다 작은 느낌이었지만, 외성 규모가 육십 리에 달하니 결코 작다고 할 순 없었다. 칠조는 외성의 벽을 따라 걷다가 서쪽 화의문(華義門)을 통해 대도성을 빠져나왔다.

화의문의 수문병들은 무기를 휴대하고 있는 칠조를 보고도 인검을
실시하지 않았다. 표사들이라는 건 봐서 알 수 있기도 했고, 밖으로 나
가는 사람들은 검문하지 않는 듯했다.

"저기 있군."

화의문을 나오니 낯익은 인물이 칠조를 기다리고 있었다. 오조의 조
장 여청이었다. 상단으로 위장한 오조는 풍승과 함께 운하를 통해 이
동했기 때문에 벌써 십여 일 전에 대도에 도착한 상태였다.

여청은 소리없이 칠조에 합류해 길 안내를 시작했다.

칠조는 성안에서 흘러나오는 수로변을 따라 걷다가 남쪽의 소로를
타고 소나무 숲으로 들어갔다. 간신히 수레 한 대가 통과할 수 있을 정
도의 좁은 길이었다. 눈 덮인 소나무들 사이로 난 구불구불한 소로를
걷는 느낌이 세명에게 이색적인 감흥을 일으켰지만 입을 열어 관심을
표하진 않았다.

"다 왔습니다."

여청이 발을 멈췄다. 소로의 끝에는 아담한 장원이 자리하고 있었
다.

"운풍장(雲風莊)?"

누군가 대문에 걸린 편액을 소리 내 읽었다.

"어서 오십시오."

문밖에 나와 있던 풍승이 반갑게 풍종우를 맞았다.

"대주를 뵙습니다!"

종리고도가 군례를 취하자 풍승이 고개를 끄덕였다.

"고생들 했네. 들어가 쉬게."

풍승은 근 한 달 만에 만나는 부하들의 무탈한 모습에 기뻤지만, 애

써 덤덤하게 부하들을 대했다.

"대주께서도 그간 노고가 많았습니다."

풍종우가 풍승의 손을 맞잡았다.

"저야, 숙부님이 도와주서서… 마침 형님이 온다는 소식에 숙부님이 와 계십니다. 들어가시죠."

풍종우가 풍승과 나란히 안으로 들어갔다. 이세명은 풍종우 형제가 만나 손을 맞잡는 것을 보고 너무 부러웠다.

"뭐 해? 들어가자."

조신이 문을 막고 있는 세명의 등을 밀었다.

"네."

장원의 안쪽에는 이층 전각 하나에 단층 건물 다섯 개가 있었다. 장원이라기엔 규모가 너무 작았지만 손바닥만한 연못에 눈 덮인 화원, 평지와 별 차이가 없는 가산(假山)까지 있었다. 갖출 건 다 갖추고 있는 셈이었다.

"짐은 저쪽 광에 넣고 말은 저쪽 마구간에 넣으시오."

여청의 지시에 종리고도가 외눈을 치켜떴다.

"우리 애들이 아침밥을 못 먹어서 그러니 오조에서 좀 처리해 주쇼."

여청이 피식 웃었다.

"그러고 싶어도 애들이 없소. 밥 먹고 싶으면 빨리 짐부터 내려놔야 할 거요."

여청이 손을 흔들고 자리를 떠났다.

"젠장."

종리고도가 휙 몸을 돌렸다.

"뭣들 하나? 빨리 짐 내려놓고 말 풀어서 마구간에 넣어야 할 거 아냐!"

종리고도의 신경질적인 목소리에 칠조원들은 재빨리 움직였다. 이세명은 수레에서 짐을 내렸는데, 수레마다 실린 자물쇠 달린 상자들은 보기보다 무겁지 않아서 혼자서도 옮길 만했다. 짐 정리는 순식간에 끝났다. 고작 상자 이십여 개니 옮기고 말 것도 없었다.

"밥은 어디서 먹는 거야?"

문보가 투덜거렸다.

"모두 이리들 와라. 밥 먹자."

문보의 투덜거림을 들은 걸까? 풍승과 함께 이층 전각으로 들어갔던 풍종우가 칠조원들을 불렀다.

전각의 일층에는 수십 명이 앉을 수 있도록 탁자와 의자가 배열돼 있고, 풍승과 풍종우, 나이를 짐작하기 어려운 노인이 앉아 있었다. 깡마른 체형에 백발 백염(白髥)이 성성한 노인의 얼굴은 어딘가 풍승이나 풍종우와 닮아 보였다.

"노야, 그간 강녕하셨습니까."

종리고도가 노인을 보고 공손히 인사했다. 종리고도의 뒤를 이어 칠조에서 가장 나이 많은 전칠과 상소부(常小溥)가 나란히 인사를 했다. 칠조의 백부장 세 사람이 모두 인사를 하니 나머지 조원들은 어찌해야 할지 몰라 어정쩡한 자세로 주춤거렸다. 분위기로 봐서 인사를 하긴 해야겠는데, 누군지 모르니 인사하기가 쉽지 않았다.

"우리 집안의 어른이시네."

풍승의 간단한 소개에 문보가 포권을 했다.

"처음 뵙겠습니다. 문보라고 합니다."

노인이 자리에서 일어났다.

"풍덕조(風德照)라고 하네. 그냥 풍노(風老)라고 부르게."

노인이 가볍게 손을 말아 쥐고 답례했다. 문보의 뒤를 이어 칠조원들이 하나씩 인사하는 동안 여청이 바삐 음식을 날라 왔다. 조신과 세명을 끝으로 모두의 인사가 끝날 무렵 다섯 겹으로 층층이 쌓은 쟁반을 들고 한 사람이 들어왔다.

"여어, 칠조 여러분 다시 만나 반갑소."

배가 산만큼 나오고 목살이 두 턱 세 턱을 만들며 출렁이는 인물, 왕 숙수였다. 왕 숙수는 커다란 쟁반에서 음식을 하나씩 내려놓으며 사람 좋은 미소로 칠조를 반겼다.

"오, 왕 숙수!"

조신이 즐거운 탄성을 질렀다. 그동안 여행하면서 제대로 밥다운 밥을 먹어본 지 오래였다. 대체로 아침저녁을 역참에서 따뜻하게 먹었지만, 역참에서 나오는 요리라는 게 죄다 몽고인 입맛에 맞춘 거여서 소면과 소채를 빼면 먹을 게 없었다.

흔해 빠진 만두조차 속에 양고기를 넣어 비린내를 풍기는 곳이 있는가 하면, 밥을 짓지 않는 곳도 종종 있었다. 이런 일은 북쪽으로 올수록 심해져서 황하를 건넌 이후에는 하루 종일 밥 구경을 못한 적도 있었다.

"왕 숙수, 눈물나게 반갑소."

"문보, 그런 거짓말은 눈물이나 흘리면서 하게."

"왕 숙수, 그간 살이 좀 빠진 것 같소."

"그러는 부대주께서는 조금 더 늙은 것 같습니다그려."

모두가 반갑다는 인사를 했다. 왕 숙수는 여청이 내온 몇 가지 소채 사이에 김이 모락모락 나는 포자(包子:찐만두)와 교자(餃子:물만두)를 내려놓으며 일일이 인사를 주고받았다.

"칠조가 다 모였군. 종리 형도 어서 앉으시오."

왕 숙수가 멀거니 서 있는 종리고도에게 자리를 권했다.

"여기까지 올 줄은 몰랐소."

종리고도가 의외라는 표정을 지었다.

"종리 형, 나도 엄연히 운풍대요."

왕 숙수가 섭섭하다는 투로 말하고 돌아서는데, 풍종우가 왕 숙수를 불렀다.

"왕 숙수, 오늘은 함께 먹읍시다."

"그래요. 부엌에서 맛있는 거 혼자 먹지 말고 이리 와 앉아요."

풍승이 말했다.

"제가 어찌 감히 대주님과 같이……."

왕 숙수가 손을 내젓는데, 노인이 말을 끊었다.

"왕 숙수도 운풍대의 일원이 아니오. 나는 운풍대가 아닌데도 이리 앉아 있는데, 그대가 함께하지 않는다면 내가 너무 민망하지 않겠는가."

노인이 왕 숙수가 했던 말을 인용했다.

"노야……."

왕 숙수가 말을 잇지 못했다.

"왕 숙수, 이리 와 함께 드십시다. 원단이라 함께하자고 차린 게 아니오."

풍승이 손을 내밀어 왕 숙수에게 자리를 권했다.

"맞아요. 이리 오세요."

조신이 일어나 왕 숙수를 자리로 끌어당겼다.

"그래, 같이 먹자구."

"맞아, 맞아, 왕 숙수도 엄연히 운풍대잖아."

모두가 한마디씩 거들어 동석을 권했다.

"이러면… 안 되는데……."

왕 숙수는 마지못해 조신의 손에 끌려오는 표정을 했지만 조신은 잡아당기는 손에 거의 힘을 주고 있지 않았다. 왕 숙수가 자리에 앉자 풍종우가 입을 열었다.

"이제 모두 모였으니 대주께서 한말씀 하시죠."

칠조원들은 이제 그만 빨리 먹기나 했으면 하는 눈치였지만, 신년을 맞은 자리에 대주의 덕담이 빠질 수는 없었다.

"특별히 할 말은 없습니다. 황제 폐하의 만수무강과 이 자리에 참석하지 못한 다른 대원들의 무사안녕을 기원하며… 음식이 식는군요. 빨리 먹읍시다."

풍승의 말에 모두가 환호했다.

"자, 식사들 하……!"

풍종우의 말이 끝나기도 전에 칠조원들은 만두를 입에 넣고 있었다.

"하여간 이놈이나 저놈이나 버르장머리들이 없어서. 에잉."

추운 날씨에 아침까지 걸러서인지 다들 만둣국(교자)부터 후루룩 마시고 찐만두에 젓가락을 가져갔다. 왕 숙수는 맛있게 먹는 칠조원들에게 닭고기가 없어 미안하다, 연고(年糕:찹쌀떡)가 없어 미안하다, 부추잡채를 못해줘 미안하다며 끝없이 미안하다는 말을 했다.

이세명은 왕 숙수가 열거하는 요리들이 모두 설 음식이라는 것을 알고 오늘이 원단이라는 것을 새삼 깨달았다.

빠득!

만두를 씹던 세명의 이빨에 뭔가가 씹혔다. 소리가 제법 크게 나서 옆에 있던 조신과 오부민이 놀란 눈을 했다. 세명도 깜짝 놀랐다. 밥이라면 모를까 만두에 돌이 들어가는 일은 좀처럼 없는 일인데다 입 안에 느껴지는 감촉으로 봐서 돌도 아니었다. 이세명은 고개를 돌리고 손바닥에 내용물을 뱉어냈다.

말굽 모양의 작은 원보(元寶)였다. 원보는 원래 오십 냥짜리로 평소에 보기 힘든 물건인데, 세명의 입에서 나온 건 한 냥이나 될까 싶은 작은 것이었다.

"아니, 대주님 거에 넣는다고 넣었는데, 그게 왜 거기 들어가 있지? 아무튼 축하하네, 이 십장."

왕 숙수가 박수를 쳤다. 세명이 영문을 몰라 하는데, 종리고도도 박수를 쳤다.

"자네 올해 만사형통하려나 보군. 관인에게 재운(財運)이 있기는 힘들겠고, 아무래도 관운(官運)이 트이려나 보네."

풍승 옆에 있던 노인이 빙긋 웃으며 말했다. 어리둥절해 있는 세명을 위해 종리고도가 짧게 설명했다. 이것은 북쪽 지방의 풍속으로 만두 속에 원보를 넣어 그걸 먹는 사람은 그해에 복이 있다는 것이었다.

그저 미신이겠지만, 어쨌든 복이 있다는 소리에 이세명은 기분이 좋았다. 이세명은 맛있는 식사에 은전까지 한 냥 얻었으니 이것만으로도 대복(大福)이라고 생각했다.


한 해를 시작하는 새해 첫날, 오왕은 응천부 남교(南郊)에 천지(天地)를 모시고 스스로 황제에 즉위하였다. 국호를 명(明), 연호를 홍무(洪武)라 정하니 이때 그의 나이 사십일 세였다. 이날을 기해 진북군과 오로군이 회하를 건너 북상을 시작했고, 편제를 마친 북벌군과 복건을 평정하고 돌아온 정남군도 일제히 출정했다. 무려 삼십 만에 이르는 대병이었다.

이 같은 소식은 급전으로 대도로 전해졌지만, 파발이 도착하기도 전에 이미 대도의 거리에는 홍무제의 격문이 붙어 있었다.

원은 오랑캐인 주제에 천하를 호령하고 있다. 게다가 정치는 문란하고 백성은 굶주림에 나날이 피폐해지고 있으며, 민심은 이미 오래전에 원나라 조정을 떠났다. 이에 나는 지금 병사를 일으켜 몽고 오랑캐를 쫓아내고 백성을 도탄의 어려움에서 구원해 옛 한족의 영광을 되찾고자 한다.

이런 격문이 대도는 물론 하남북(河南北)과 산서(山西), 산동(山東) 각지에 붙었고, 대륙은 크게 술렁거렸다.

대도에서 칠조의 일과는 비교적 간단했다. 아침을 먹고 나면 수레를 끌고 화의문을 통해 성안으로 들어간다. 사해표국에 짐을 맡기고 옷을 갈아입은 후 성안 곳곳으로 흩어져 일자리를 찾는다. 시전을 돌아다니거나 적당한 객잔에 틀어박혀 있어도 되고 뒷골목 인력 시장에 나가 노닥거려도 좋았다. 그렇게 시간을 보내면서 성내의 분위기를 파악하고 주변 사람들과 얼굴을 익혀두는 것이다.

그러다 마땅한 자리가 나오면 그 사실을 보고하고 바로 일을 시작한다. 해질 녘까지 자리를 구하지 못한 사람들은 다시 사해표국에 모여 옷을 갈아입고 화의문 아래쪽의 제화문(齊化門)으로 나온다. 제화문을 나와 남서쪽을 빙 돌아 한 시진 정도를 걸어 장원에 돌아오면, 그날 들었던 소문이나 특이한 사항을 보고한다. 늦은 저녁을 먹고 나면 술시. 그걸로 끝이었다.

칠조가 일자리를 찾아 위장 취업하라는 명령을 받은 지도 어느덧 보름. 한 사람 한 사람 자리를 구해 떠나면서 표행으로 위장이 어려워진 지도 벌써 닷새째였건만 이세명은 오늘도 일자리를 찾지 못했다.

아직까지 자리를 구하지 못한 사람은 세명과 오부민뿐. 그나마 오부민도 오늘은 일자리를 찾았다고 하니 내일부터는 이세명 혼자 대도를 들락거려야 했다.

"어이, 세명이 힘내라고."

오부민이 세명의 어깨를 토닥거렸다.

"예."

이세명은 웃으며 대답했지만 힘이 나질 않았다.

"그럼 나는 이만 가볼게. 오늘부터 일해달라고 해서 말이야."

"예, 그렇게 하세요. 보고는 제가 하겠습니다."

오부민이 손을 흔들고 방을 나갔다.

오부민이 구한 일자리는 무관(武館)의 사범. 이 시간에 할 일이 있을 리 만무했지만 소식을 전해줄 사람이 있는데 귀찮게 이십 리나 되는 장원까지 왔다 갔다 할 이유가 없었다.

이세명은 가볍게 한숨을 내쉬고 옷을 갈아입었다. 두툼한 푸른 솜옷. 문보가 남기고 간 섬서표국의 표사 복장이었다. 화산파의 도사 복장은 너무 눈에 띄어 입기 시작한 옷이었다. 이제 혼자 남았으니 굳이 표사로 위장할 수도 위장할 필요도 없었지만, 이세명은 옷을 갈아입고 사해표국을 나섰다.

터벅터벅 제화문을 걸어나오는데 눈에 띄는 사람이 있었다. 보름 전 여정문에서 봤던 수문병이었다. 이세명은 수문병의 얼굴을 알아보고 잠시 주춤거렸지만, 다행히 수문병은 이세명을 알아보지 못했다.

　그렇다고 해도 대도외성 열한 개의 성문을 돌아가며, 그것도 밤낮을 바꿔 근무하는 수문병을 다시 만날 때까지 일자리를 구하지 못했다고 생각하니 이세명은 자신이 더욱 한심스러워졌다.

　오조는 단 사흘 만에 전원 취업했다며 빈정거리는 오조장 여청과 오늘도 취업하지 못했냐며 눈치를 줄 종리고도의 얼굴이 벌써 눈앞에 선했다.

　"후, 그냥 목수 자리나 알아볼까."

　이세명은 멀리 태액지 수로가 있는 북쪽의 덕성문(德腥門) 쪽을 바라봤다. 대도에는 큰 강이 흐르지 않고 바다에서도 멀리 떨어져 있었지만, 덕성문을 나가면 거대한 호수가 있었다. 적수담(積水潭)이라고 하는 이 호수는 원래 금나라 때 어원(御苑)을 만들기 위해 옥천산에서 천수를 끌어다 만든 금수하(金水河)라는 하천이었다. 그랬던 것을 세조 쿠빌라이가 땅을 파고 창평(昌平)에서 더 많은 물을 끌어와 아예 호수로 만들어 버린 것이다.

　쿠빌라이가 만든 인공 호수 적수담은 통혜하(通惠河)를 지나 통주(通州)와 백하(白河)로 연결되고, 직고(直沽:지금의 천진)를 지나 동해로 흐르며, 남쪽으로 임안(臨安:지금의 항주)까지 이어지는 대운하의 시작점이었다.

　그러다 보니 적수담 주변에는 배를 만들고 수리하는 크고 작은 조선소와 목공소가 여러 곳 있었다.

　"그것도 어렵겠지……."

　세명이 할 줄 아는 거라곤 대패질에 역청 바르기 정도였다. 그것도 작은 배나 만들던 수상반에서 배운 기술이라 이곳에서 먹혀들 것 같지 않았다.

"비켜라!"

제화문을 지나는데 앞에서 말굽 소리와 함께 호통이 들려왔다. 문을 지나던 사람들이 급히 양 옆으로 갈라섰고 세명도 엉겁결에 사람들을 따라 길옆으로 비켜섰다.

"물럿거라!"

사람들이 비켜선 길 중앙으로 쏜살같이 말 한 마리가 지나갔다. 등에 영(令)이라는 작은 깃발을 단 파발마였다.

"오늘 이게 몇 번째야?"

"글쎄, 여섯인가 다섯인가 그럴걸."

"파발이 왜 제화문으로 들어오지?"

"낸들 아나."

수문병들이 한어로 주고받는 대화가 들렸다. 대도의 수문병이 모두 몽고인인 줄 알았는데 그렇지도 않은 모양이었다.

"여기가 이 정도면 여정문 쪽은 열 명도 넘겠군."

"열이 뭐야, 어제 들어온 파발만 스물이 넘을걸."

수문병들의 대화를 뒤로하며 제화문을 나오니, 이번엔 길을 가던 상인들의 쑥덕거림이 들려왔다.

"변괴가 터지긴 터진 모양이네."

"변괴는 무슨, 주원장이 치고 올라온다던데."

"그게 변괴가 아니고 뭔가."

"오랑캐를 몰아내겠다는데 무슨……."

이야기를 나누던 상인들이 세명의 그림자에 놀라 입을 닫았다. 그리고 세명이 몽고인이 아니란 걸 알고는 머쓱하게 웃으며 소곤거리기 시작했다.

"이 사람아, 입 조심해."

"제길, 그러니까 빨리 주원장이 와서 몽고 놈들 내쫓아야지."

이세명은 걸음을 빨리해 상인들을 추월했다. 북벌군은 이제 겨우 회하를 건넜는데, 이곳 사람들은 내일이라도 북벌군이 들이닥칠 것처럼 떠들고 있었다. 이게 다 운풍대가 벌이는 공작 때문이었다. 이세명은 아무도 알려주지 않았지만 하루가 멀다 하고 나붙는 홍무제의 격문을 보면서 하남북 각지로 흩어진 운풍대가 무슨 일을 하고 있는지 짐작할 수 있었다.

아마도 대도에 와서 한 번도 보지 못한, 사흘 만에 전원 취업했다는 오조원들은 대도 어딘가에 숨어서 격문을 붙이고 소문을 퍼뜨리는 작업을 하고 있는 게 분명했다. 그렇다면 칠조의 임무는 뭘까? 이곳저곳으로 위장 취업해야 할 이유가 있을까? 각계의 정보 수집? 겨우 스무 명 남짓으로 그런 게 가능할까? 차라리 각계로 소문을 퍼뜨리는 편이 수월할 것 같았다.

소나무 숲을 통과하니 운풍장에서 어딘가 분주함이 느껴졌다. 시끄럽지는 않았지만 여러 사람이 떠드는 소리도 들렸다. 칠조가 모두 떠나고 풍종우와 풍승, 종리고도와 왕 숙수, 오조장만이 남아 있는 장원에서 여러 사람이 떠드는 소리가 날 이유가 없었다.

운풍장 안으로 들어가니 의문은 자연스럽게 풀렸다. 세명이 입고 있는 것과 같은 푸른색 옷을 입은 사람들이 수레에서 짐을 내리고 있었다.

"여어, 이게 누구야. 이 십장 아닌가?"

한쪽에서 작업을 지켜보고 있던 사람이 세명에게 다가왔다. 십이조의 조장 적만회(赤滿回)였다. 그러고 보니 수레에서 짐을 내리고 있는 사람들은 회하에서 헤어졌던 십이조원들이었다.

"예, 적 조장님, 오랜만이네요."

세명이 얼른 인사하고 풍종우가 기다리고 있을 전각으로 들어갔다. 조장과 부대주를 볼 면목이 없었으나 돌아오면 보고부터 해야 했다.

"돌아왔습니다."

세명이 문밖에서 기척을 내고 안으로 들어갔다. 언제나처럼 전각 안에는 풍승과 풍종우, 종리고도가 기다리고 있었다. 여청의 모습은 보이지 않았는데, 대신 풍 노야가 자리를 하고 있었다. 여청은 왕 숙수를 도와 식사 준비를 하는 모양이었다. 이세명은 여청의 이죽거리는 웃음을 보지 않게 되어 다행이라 여겼다.

"그간 안녕하셨어요."

이세명이 풍 노야에게 인사했다. 풍 노야가 희미하게 이를 드러내며 고개를 끄덕였다.

"오 십장은?"

종리고도가 물었다.

"평칙문(平則門) 근처의 오양무관(熬鍚武館)이란 곳으로 들어갔습니다."

"오양무관이라면 평칙문보다는 숭인문이 더 가깝지."

종리고도가 이세명의 보고를 수정했고, 풍종우가 서책에 그 내용을 옮겨 적었다.

"그래, 너는 오늘도 일자리를 구하지 못한 것이냐?"

풍종우의 질문에 이세명은 입이 열 개라도 할 말이 없었다. 농땡이를 피며 한가롭게 객잔에 앉아 있던 시간은 첫날 조신과 함께했던 하루뿐이었다. 칠십 개가 넘는 객잔과 무관을 돌아다니고 두 곳의 인력 시장에도 계속 얼굴을 비췄지만 결국 보름 동안 자리를 구하지 못했다.

이세명은 누구보다 열심히 돌아다니며 일자리를 구하려 했다고 당당하게 말하고 싶었지만, 고개를 숙일 수밖에 없었다. 남들은 다 하는 걸 혼자 못했으니 변명의 여지가 없었다.

"죄송합니다."

풍종우가 먹물이 마르기를 기다리며 팔짱을 꼈다. 세명을 나무라자고 물은 것이 아니었는데 세명이 부담을 느끼는 것 같아 미안했다.

"괜찮아. 조당 한두 명씩은 일을 구하지 못할 거라고 계산에 넣고 있었어."

이세명은 풍종우의 말에서 여러 사실을 확인할 수 있었다. 일단 '조당'이라고 하면 칠조 외에도 앞으로 여러 조가 대도에서 위장 취업을 할 거란 사실이었다. 운풍대 십오조 중 과연 몇 조나 대도로 오는 것일까?

이조와 칠조의 시차, 칠조와 십이조의 시차를 생각하면 대략 보름 정도의 간격이었다. 이 속도라면 한 달에 두 조가 안전하게 대도에 잠입할 수 있으니, 앞으로 육 개월이면 모두 집결할 수 있었다. 아니, 운풍장에 머물 수 있는 인원이 육십 명 정도니 앞으로 대략 오 개월이면 전부 집결할 수 있다는 가정이었다. 그렇다면 위장 취업을 해야 하는 이유가 단지 운풍장의 수용 능력이 작아서일까? 이세명은 그런 이유도 있을 거라 짐작했다.

"성내에 별다른 사항은 없었고?"

종리고도가 하루 동안 얻은 정보에 대해 물었다.

"오늘은 파발이 서쪽에서도 들어오고 있었고 남쪽에서 들어오는 파발은 어제만 스물이 넘었다고 합니다. 그리고 간밤에 성내에서 흑도방 파끼리 싸움이 있었던 모양입니다. 사상자가 많이 나왔는데, 흑풍당(黑

風黨)이라는 방파가 이겼다고 합니다. 태액지에서 십여 구의 시신이 떠올랐는데, 흑풍당의 짓이라고도 하고 아니라고도 합니다. 어쨌든 그 일로 관부가 시끄러운 모양입니다. 그 밖에는 흥성궁(興聖宮)에서 열리기로 했던 잡희경연이 취소되었다는 것과 근래 들어 백하의 수적들이 결집하고 있다는 말이 있었습니다.”

풍종우는 이세명의 보고를 받아 적으며 속으로 감탄했다. 어떠한 정보도 알려주지 않았건만 이세명은 정확하게 중요한 소식부터 전하고 있었다.

이런 식의 보고가 벌써 며칠째였다. 어떻게 우선 순위를 메기는지 알 수 없지만, 이세명은 분명 뭔가를 알고 있는 것 같았다. 그게 아니라면 신기에 가까운 직관을 가지고 있음이 분명했다.

“서쪽에서 오는 파발이라……."

풍종우가 고개를 갸웃거렸다. 이세명이 앞부분에 언급했으니 꽤 중요한 사항 같았는데, 이 정보에 대해서는 풍종우도 아는 바가 없었다.

“쿠쿠테무르가 움직이는 게지. 그 때문에 맥고(貊高)의 군사를 남쪽으로 돌리지 못하는 게고. 참 좋을 때 움직여 주는군.”

풍 노야가 조그맣게 중얼거렸다. 풍 노야의 말에 풍승이 고개를 끄덕였다.

쿠쿠테무르라면 작년에 실각한 원나라의 군벌이었다. 그가 움직인다면 단연코 북벌군을 향해서가 아니라 대도를 향해서였다. 그도 북벌군이 북상 중이라는 소식을 들었겠지만, 그에겐 조정의 실권을 잡을 좋은 기회로밖에 들리지 않았을 것이다. 운풍대의 임무에는 그를 격동시키는 것이 포함돼 있었다.

풍종우도 상황을 짐작하고 역시나 하는 마음으로 세명을 보았다. 대체 세명이 무슨 근거로 정보를 분석하는지 궁금했다.

"넌 어째 이쪽 일이 잘 맞는 것 같다. 일자리 알아보지 말고 계속 이렇게 정보 수집만 해도 되겠어."

풍종우의 말에 세명이 눈을 동그랗게 떴다.

"네?"

정보 수집만 하라면 못할 것도 없었다. 하지만 일자리를 알아보는 게 아니라면 무슨 핑계로 객잔을 드나들 것이며, 무슨 얘기를 하며 인력 시장을 기웃거릴 것인가?

"녀석, 놀라기는. 걱정하지 마라. 마침 네게 적당한 일거리가 생겼으니, 내일부터는 숙부님을 따라다니거라."

"네."

풍종우의 말에 이세명이 짧게 대답하고 풍 노야를 흘깃 쳐다봤다. 따라다니라는 말은 여러 가지 의미를 포함하고 있다. 이세명의 판단으로는 틀림없는 보표(保鏢) 임무였다.

"잘 부탁하네."

풍 노야가 빙긋 웃었다.


풍종우는 내일부터라고 말했지만, 일은 당장 밤부터 시작됐다. 풍 노야는 칠조와 했던 것처럼 십이조와 상견례를 갖고 식사를 한 후 돌아가겠다며 세명에게 짐을 챙기도록 했다.

짐이라고 해봐야 달랑 옷 몇 가지뿐이었는데, 여기에 두 가지가 추가됐다. 하나는 이번에 십이조가 가져온 상자였고, 다른 하나는 전에 입고 다녔던 화산파의 도의였다.

이세명은 화산파의 도의를 가져오라는 이유를 알 수 없었지만, 어쨌든 챙기라고 하니 옷짐 속에 집어넣었다.

상자는 크기에 비해 상당히 무거워서 옷 보퉁이와 하나로 묶어 끈을 매 등에 짊어져야 했다.

"가세."

풍 노야가 앞장섰다. 풍 노야의 걸음은 노인답지 않게 가벼웠다. 달 구경이라도 나온 듯 뒷짐을 지고 걷는데, 그 속도가 상당해서 이세명은 풍 노야의 그림자를 놓치지 않도록 부지런히 발을 놀려야 했다.

소나무 숲을 벗어나 대로에 이르자 풍 노야의 걸음이 느려졌다. 이세명은 한결 여유롭게 풍 노야의 그림자를 좇았다.

"이 십장은 무공 실력이 굉장하다지?"

풍 노야가 물었다.

"아니오. 그다지……."

자객 소동 이후로 세명의 무공이 뛰어나다고 알려졌지만, 정작 이세명은 그렇게 생각하지 않았다.

"겸양할 필요 없네. 두 조카와 종리 부장까지 칭찬했으니 어지간하겠나."

아무리 주위 사람들이 인정해도 이세명은 스스로의 무공에 자신이 없었다. 미쳐 날뛰었어도 결국 맥없이 금의위에 잡히기까지 하지 않았던가.

"실력은 형편없지만 목숨을 다해 풍 노야를 지키겠습니다."

이세명이 다부지게 말했다.

"아니야 그럴 필요 없어. 나야 살면 얼마나 더 살겠나. 혹시 무슨 일이 닥치거든 내 염려 말고 자네 몸이나 보존하게."

풍 노야가 슬쩍 고개를 저으며 말했다. 이세명은 자신이 미덥지 못해 하는 말 같아 마음속으로 더욱 결의를 다졌다.

'무슨 일이 있어도 지켜 드리겠습니다!'

화의문에 이르니 성문이 굳게 닫혀 있었다. 이미 해시가 넘어 자시로 다 가고 있으니 당연한 일이었다. 이세명은 풍 노야가 근처 어디에 집이 있거나 볼일이 있는 줄 알았지만, 풍 노야는 화의문에 다가가 성문을 두드리기 시작했다.

"누구냐!"

안에서 고압적인 몽고어가 들려왔다.

"은 무관이로군. 날세."

풍 노야는 몽고어에 대해 한어로 대답했다.

이어 성문 가운데 있는 작은 문이 열렸다. 풍 노야의 한마디에 문이 열리는 것을 보며 이세명은 풍 노야의 정체가 궁금해졌다.

"시랑(侍郎)님, 이 시간에 어딜 다녀오십니까. 얼른 들어오십시오."

풍 노야가 빼꼼이 열린 문으로 들어가자 세명이 뒤를 따랐다.

"은 무관이 여기 있는 걸 알고 왔지. 밤에 수고가 많군. 이걸로 술이나 한잔씩들 하게."

풍 노야가 은 무관이라는 자의 손에 작은 주머니를 쥐어주었다. 모두 보는 앞에서 자연스럽게 뇌물을 주는 모습이, 이런 일이 자주 있는 것 같았다.

"우리 송인(宋人)들이야 시랑님 덕분에 사는 거죠."

"요즘 밤거리가 뒤숭숭하니 조심해서 가세요."

수문병들이 찢어져라 입을 벌리며 허리를 숙였다.

"그럼 수고들 하게."

풍 노야가 조금 서둘러 걷기 시작했다. 그러나 겉보기만 서두를 뿐

뒷짐을 지고도 물 흐르듯 걷던 걸음과는 천지 차이였고, 오히려 성 밖에서 천천히 걷던 걸음보다도 느린 것 같았다.

운풍장을 출발한 지 얼추 한 시진. 이세명은 풍 노야를 따라 성의 동쪽으로 향하고 있었다. 빠른 걸음이었다면 벌써 동쪽의 숭인문에 도착했을 시간이었지만 풍 노야는 이제 겨우 태액지를 돌아 내성(內城)의 남쪽 성벽을 벗어나고 있었다.

"조심하십시오."

이세명은 갑자가 밀려드는 싸한 기운에 급히 풍 노야를 멈춰 세웠다.

"무슨 일인가?"

풍 노야가 물었다. 이세명은 어찌 설명해야 할지 몰라 잠시 주저했다. 전방 건물들의 그림자가 겹치는 곳에 누군가 있었다. 보이지는 않지만 이세명은 어둠 속에서 적어도 네 사람의 시선을 느꼈다. 살갗을 에이는 느낌. 살기라 해도 무방한 기운이었다.

"누군가 있습니다."

이세명의 대답에 풍 노야의 얼굴에 희미한 미소가 나타났다 사라졌다. 그리고 잔뜩 긴장한 표정을 지으며 돌아섰다.

"거기 누가 있소?"

풍 노야는 두려움을 떨치려는 듯, 아니면 주위를 지나는 순라꾼이라도 듣고 오기를 바라는 듯 크게 소리쳐 물었다.

풍 노야의 목소리를 들었음인지 어둠 속에서 사람들이 걸어나왔다. 모두 넷. 수건으로 얼굴을 가린 긴장한 체구의 사내들이었다.

"웬… 놈들이냐?"

풍 노야의 목소리가 떨려 나왔다. 복면인들은 대답없이 점점 가까이 다가왔다.

"멈춰라!"

이세명이 풍 노야 앞으로 나섰다. 복면인들은 이세명의 한 손이 칼자루에 가 있는 것을 보고 걸음을 멈췄다.

검을 품고 있는 자가 하나, 양손에 손도끼를 든 자가 둘, 그리고 맨손을 늘어뜨리고 있는 자가 하나.

이세명은 복면인들을 살피는 한편 풍 노야에게 도망가라는 손짓을 했지만 풍 노야는 겁에 질린 눈으로 복면인들만 보고 있었다.

"송인부(宋人府)의 시랑 풍덕조 어른이시오?"

검을 품은 복면인이 물었다.

"그렇다. 내가 풍덕조다."

풍 노야가 선뜻 대답했다. 복면인이 자신을 알아보자 다소 안심이 되는 표정이었다. 이세명은 풍 노야의 태도를 이해할 수 없었다. 이 야심한 시간에 얼굴을 가리고 숨어 있던 자들이 아닌가. 게다가 손에는 무기까지 들고 있으니 아무리 봐도 좋은 목적을 가지고 있지는 않을 터. 풍 노야는 그런 것도 알아채지 못할 우매한 사람이 아니었다.

"큭큭큭."

도끼를 든 복면인 중 하나가 소리 죽여 웃었다. 다분히 비웃는 투였지만, 풍 노야는 그마저도 눈치 채지 못한 것 같았다. 오히려 상황 파악 못하고 호통을 치기까지 했다.

"알았으면 썩 비키거라!"

풍 노야의 호통에 복면인들의 눈빛이 차가워졌다. 이세명은 언제라도 칼을 뽑을 수 있게 준비했다.

"오랑캐의 개!"

"썩어 빠진 한간(漢奸) 놈!"

복면인 사이에서 싸늘한 외침이 터지며 빈손으로 서 있던 자의 손에서 은광이 번뜩였다. 동시에 칼과 도끼를 든 자들이 일제히 무기를 들어 올렸다.

이세명은 반사적으로 칼을 뽑아 은광의 궤적을 좇았다.

땅!

비도 하나가 튕겨 나갔지만 그게 끝이 아니었다. 연이어 손도끼 두 개가 날아들었고, 뒤로 다시 비도 하나가 풍 노야를 노리고 있었다. 이세명은 자신에게 날아드는 도끼를 무시하고 풍 노야를 향해 몸을 돌렸다.

퍽! 퍽!

도끼가 이세명의 등짐에 박혀들었다. 이세명은 등에 둔탁한 충격을 느끼며 환도를 뻗었다.

팅!

풍 노야를 노리고 날아들던 비도가 이세명의 환도를 스치며 하늘로 치솟았다.

"이놈이!"

비도를 날린 자가 버럭 소리를 지르며 허리춤에서 비도를 빼 들었다. 도끼를 든 자들도 나머지 도끼를 던지려 했다.

"잠깐!"

검을 품은 복면인이 비도를 빼 든 자를 말렸다. 그가 우두머리인 듯 비도를 든 자가 손을 멈췄다. 덩달아 도끼를 던지려던 자들도 손을 내렸다.

"너는 누구냐?"

검을 품은 복면인이 한 걸음 앞으로 나서며 물었다. 이세명은 대답 없이 복면인을 주시했다.

"솜씨가 제법이군. 보아하니 호위 무사인 것 같은데, 물러나 있는 게 어때? 서로 원수진 일이 있는 것도 아니고, 솔직히 목숨을 걸고 지킬 만한 자도 아니잖은가."

사십 대로 보이는 목소리였다.

이세명은 복면인의 말을 흘려들으며 그의 실력을 가늠해 봤다. 팔짱을 끼고 그 사이에 검을 품은 모습이 제법 그럴싸해 보였지만 몸에서 흘러나오는 기도나 눈빛으로 보자면 대단한 고수는 아닐 것 같았다. 풍종우나 종리고도는 말할 것도 없고 문보나 다른 운풍대의 누구와 비교해도 그리 나아 보이진 않았다.

"어차피 싸워봐야 형씨는 혼자고 우리는 넷이나 되니 승패는 분명하지 않은가. 우리도 한두 명쯤 다치긴 하겠지만, 그래서 형씨가 얻는 게 뭔가?"

검을 든 복면인이 한 걸음 다가왔다.

"형씨라고 좋아서 한간을 편들고 있는 건 아니라고 보네. 돈 때문이겠지. 얼마나 받는지는 모르겠지만, 형씨가 받고 있는 석 달치 품삯의 네 배를 주지. 어때?"

이세명은 자신이 정말 고용된 무사였다면 귀가 솔깃했을 것이라 생각했다.

"이보게. 내 저자가 말한 금액의 두 배를 주겠네. 그러니……."

풍 노야가 불안했는지 이세명의 뒤에 붙어 다급히 말했다. 복면인은 풍 노야의 행동에 코웃음을 쳤다.

"흥. 한간의 말을 어찌 믿겠나. 나는 지금 이 자리에서 주겠네."

복면인이 팔짱을 끼고 있던 손을 풀었다. 그리고 전낭이라도 꺼내려는 듯 한 손을 가슴속에 넣었다.

"이놈!"

풍 노야는 상황이 어렵다고 느꼈는지, 버럭 소리를 지르며 세명의 등짐에 박힌 도끼를 잡아 뽑으려 했다. 그러나 손도끼는 깊이 박혀 빠지지 않았고 이세명의 상체만 뒤로 젖혀졌다.

팟!

순간, 공기 찢어지는 소리와 함께 세명의 코앞으로 섬광이 지나갔다. 이세명은 한기를 느끼며 다급히 한 걸음 물러났다. 발검과 동시에 이루어진 복면인의 공격은 알았다고 해도 도저히 막을 재간이 없어 보였다. 거리가 가깝기도 했지만, 복면인의 검은 터무니없이 빨랐다. 풍 노야가 아니었다면 영락없이 복면인의 검에 맞았을 상황이었다.

이세명은 환도를 가슴 앞으로 세우고 복면인을 노려봤다. 이런저런 말을 붙여 정신을 분산시키고 방심한 틈을 타 쾌검을 날리는 수법이 너무 비겁해 보였다.

"저런! 안 맞았군."

복면인의 눈가에 안타까움인지 웃음인지 모를 주름이 번졌다. 이세명은 치솟는 분기를 누르며 복면인의 검을 살폈다. 달빛을 받아 반짝거리는 꼬챙이 같은 검. 저것이 과연 검인가 싶을 정도로 얇고 가는 검신이 마치 회초리처럼 낭창거렸다.

"간단히 끝내려고 했는데, 안 되겠군."

복면인이 손을 들어 뒤에 있는 자들에게 신호를 보냈다. 도끼와 비도를 쥔 자들이 좌우로 벌려 섰다. 검을 든 복면인도 엉거주춤한 자세를 잡으며 검을 겨눴다. 보기엔 이상했지만, 조금씩 다가들다 틈을 노려 빠르게 찌르고 베기에는 적당한 자세였다.

풍 노야는 세명의 뒤에 붙어서 잔뜩 움츠리고 있었다. 세명을 방패로 삼아 비도와 도끼를 피하려는 것처럼 보였다. 이세명은 비도와 도끼가 동시에 날아든다고 해도 막을 자신이 있었지만, 등에 짐을 진 상태로 회초리 같은 쾌검까지 상대하기는 버거울 것 같았다.

상황이 어렵다고 판단되자 불안감이 밀려왔다. 이세명은 이를 악물었다. 그리고 먼저 공격을 시작했다. 한 발을 내디디며 벼락처럼 환도를 휘둘렀다. 수비로는 도저히 견딜 수 없을 것 같아 시작한 공격이었는데 그게 주효했다. 비도와 도끼를 던지려던 자들은 검을 든 복면인이 시야를 가려 던질 기회를 잡지 못했다.

검을 겨누고 다가들던 복면인은 세명의 갑작스런 공격에 당황하지 않았다. 세명의 선제공격도 어느 정도 예상한 바였다. 이럴 때는 그가 세명의 검을 상대하는 동안 뒤에 있는 자들이 좌우로 돌아가 세명의 배후를 노리게 되어 있었다.

그러나 그것은 어디까지나 계획일 뿐, 실제는 그렇게 되지 않았다. 복면인은 세명의 환도를 흘려보내려 했지만 세명의 환도는 복면인의 검을 강하게 직타했다.

땡!

복면인의 검이 부러졌다.

부욱!

검을 부러뜨린 이세명의 환도가 그대로 복면인의 가슴을 가르고 지나갔다.

"애송이가……."

복면인은 도저히 믿을 수 없다는 표정으로 비틀거렸다. 패인은 내공이었다. 복면인의 검을 비껴 흘려보내는 수법을, 이세명이 강한 내공으로 밀어붙인 것이다. 복면인은 약관도 안 돼 보이는 세명이 그 정도의 내공을 가지고 있으리라곤 짐작도 하지 못했고, 결과는 처참했다.

복면인이 쓰러졌다.

"이놈!"

복면인이 쓰러지자 비도를 쥔 자가 악을 쓰며 비도를 날렸다. 이세명은 비도를 튕겨내며 뒤로 물러났다. 물러나는 세명을 향해 다시 도끼가 날아들었다. 이세명은 그마저도 쳐내고 다시 뒤로 한 걸음 물러났다.

이세명이 내준 공간으로 비도를 날리던 자가 달려왔다. 이세명은 그를 제압할 수도 있었지만, 가만히 환도를 세우고 그가 쾌검을 쓰던 복면인을 안아 들도록 놔뒀다. 도끼를 던지던 복면인들은 허리춤에서 새로운 도끼를 빼 들며 세명을 경계했다.

"죽일 놈!"

비도를 던지던 복면인이 세명을 잡아먹을 듯 노려봤다. 이세명은 그 증오에 찬 눈을 응시하며 쓴 침을 삼켰다. 원망에 찬 목소리를 들으며 이세명은 치밀어 오르는 뭔가를 느끼고 한마디 해주고 싶었다.

"그대들이 시작한 일이오. 나는 다만 나와 어르신의 목숨을 지키려고 한 것뿐이오."

"흥! 오랑캐의 개가 잔말이 많구나! 이 원수는 황하의 물이 마르지 않는 한 잊지 않겠다! 기억해 둬라! 우리는 백하보 사람이고, 여기 쓰러진 사람은 서문위다!"

쓰러진 자를 안은 복면인이 물러났다. 도끼를 든 자들이 행여나 이세명이 다시 달려들까 경계하며 그 뒤를 따랐다. 그들은 나타날 때와 마찬가지로 어둠 속으로 사라졌다.

이세명은 이해가 되지 않았다. 비겁하게 속임수까지 써가며 먼저 공격해 놓고 어찌 원수 운운한단 말인가. 다른 사람을 죽이는 건 괜찮고 자기들이 다치고 죽는 건 안 된단 말인가?

"백하보(白河堡)라… 최근 나를 노리던 게 저들이었군."

풍 노야의 목소리에 이세명은 상념을 떨쳐 냈다.

"노야, 어디 다치신 곳은 없습니까?"

세명의 물음에 풍 노야가 빙긋 웃으며 고개를 끄덕였다.

"수고했네. 덕분에 무사하네."

이세명은 아무래도 풍 노야의 정체를 알 수 없었다. 풍가의 어른으로 대주의 숙부 되는 사람이고, 운풍대를 도와 중요한 일을 하는 걸로 알고 있었는데, 이 일은 대체 뭐란 말인가. 성문의 수문병들이 굽실거리는 것도 그렇고, 정말로 한간이란 말인가. 시랑(侍郞)이라고 하면 분명 원나라 조정의 관리인데…….

"가세."

풍 노야가 앞장서 나갔다.

"차차 알게 되겠지."

이세명은 고개를 흔들며 칼을 휘돌렸다.

취리릭.

환도에서 평소와 다른 소리가 났다. 칼을 집어넣기 위해 습관적으로 돌린 것인데, 칼에 묻어 있던 피가 떨어져 나가며 소리를 낸 것이다.

이세명은 주위를 둘러봤다. 부러진 검과 땅에 박힌 비도와 도끼, 그리고 점점이 뿌려져 있는 검은 핏자국. 이세명은 손에 쥐고 있는 환도를 봤다. 달빛을 받아 반짝이는 혈조를 따라 피가 묻어 있었다. 이세명은 자신이 사람을 해쳤다는 걸 실감할 수 있었다. 눈에 보이는 분명한 증거와 아직도 손에 남아 있는 그 느낌. 불쾌했다.

"뭐 하나?"

저만치 앞서 가던 풍 노야가 세명을 불렀다.

"갑니다."

이세명은 칼을 집어넣고 풍 노야에게 달려가며 복면인들이 사라진 쪽을 바라봤다.

"괜찮을까……."

순간적으로 손에 힘을 빼긴 했지만 중상임에 틀림없을 터. 어쩌면 죽게 될지도 모를 일이었다.

"어쩔 수 없었어."

이세명은 스스로를 다독이며 풍 노야의 뒤를 좇았다.


성인문(聖仁門).

풍 노야가 걸음을 멈춘 곳은 내성의 동쪽 성문 앞이었다. 이세명은 설마 하며 풍 노야를 바라봤다. 풍 노야는 주춤거리는 세명에게 눈길 한 번 주지 않고 바로 성인문으로 다가갔다.

문을 지키는 병사들이 풍 노야에게 인사하며 길을 비켰다. 이세명은 내심 긴장하지 않을 수 없었다. 문을 지키는 병사들은 외성의 수문병 들과는 확실히 달랐다. 모두 몽고인임에 틀림없었고 한결같이 눈이 부리부리했다.

수문병의 눈길이 세명의 전신을 훑고 지나갔다. 풍 노야는 자연스럽게 문을 통과했지만, 이세명은 그게 되지 않았다. 이세명은 긴장감을 감추려고 고개를 숙어 눈을 마주치지 않게 했다.

"어이."

세명이 문을 지나갈 때 병사 하나가 세명을 불렀다. 뭐라고 몽고어로 지껄이는데, 이세명은 알아들을 수 없었다. 수문병이 눈을 빛내며 세명에게 다가왔다. 이세명은 순간적으로 도파에 손이 갔다.

"가만있게."

풍 노야가 세명의 어깨를 두드렸다. 병사들과 풍 노야가 심각한 표정으로 말을 주고받았다. 이세명은 알아들을 수 없는 말에 답답함을 느끼며 계속 고개를 숙이고 있었다.

병사 하나가 세명의 등 쪽으로 다가들었다. 그리고는 등에 진 상자에서 뭔가를 잡아당겼다. 손도끼 두 자루. 백하보에서 왔다는 복면인들이 남겨놓은 흔적이었다.

풍 노야의 설명에 병사들이 묘한 눈으로 세명을 쳐다봤다. 엄지손가락을 치켜드는 모양이 뭔가 대단하다고 하는 것 같았다. 이세명은 뭐라 말하지 못하고 머리를 굽실거렸다. 몽고인과 말할 때는 무조건 머리를 조아리라는 게 대도에 들어와 처음 배운 것이었다.

무사히 성문을 통과해 몇 개의 문을 지나고 십여 개의 전각과 누각 사이를 돌아드니 넓은 뜰이 나왔다.

"다 왔군."

풍 노야가 뜰을 가로질러 보이는 커다란 이층 건물을 보며 중얼거렸다.

자정원(資政院).

이세명이 대도에 온 지는 불과 보름밖에 지나지 않았지만 자정원에 대해서는 귀가 닳도록 듣고 있었다. 원래의 이름은 휘정원(徽政院)으로 황후의 개인 자금을 조달하던 황후궁의 부속 기관이었으나 현재는 황실 재정 전체를 책임지는 기관이었다. 듣기로 황하가 범람해 생긴 십만

이재민을 구휼해 칭송을 받는가 하면, 중통교초(中統交鈔)를 남발해 물가를 교란시키는 곳이기도 했다. 떠도는 소문에는 군사 통솔 최고 책임자인 추밀원사(樞密院事)와 황제 직속의 어사대장(御史臺將)의 인선까지 관여하는, 그야말로 재(財), 정(政)을 통괄하는 최고의 권력 기구였다.

자정원에 들어온 지 이각. 풍 노야는 몽고인치고는 귀티가 나는 이십 대 후반의 젊은이와 사십 대로 보이는 중년인과 이야기를 나누고 있었다. 풍 노야를 기다리고 있던 두 사람은 세명이 지고 온 상자를 열어보고 만족해하는 것 같았지만 줄곧 심각한 표정을 짓고 있었다.

"사탁스!"

풍 노야와 얘기하던 젊은이가 탁자를 내려치며 외쳤다. 중년인이 사색이 되어 젊은이를 진정시키고 풍 노야는 조용히 입을 다물었다. 이후 대화는 이각 정도 이어지다 끝났다.

근 반 시진 동안 이어진 대화에서 세명이 알아들을 수 있었던 말은 황제를 칭하는 '칸' 과 아름답고 복 있는 황후라는 뜻의 '울제이 쿠투카툰' , 그리고 전쟁을 뜻하는 '사탁스' 뿐이었다.

풍 노야는 앉아 있는 젊은이에게 공손히 읍을 하고 물러났다. 앉아 있던 두 사람은 풍 노야를 배웅하지 않고 고개만 끄덕거렸다.

"가세."

풍 노야의 말에 문가에 서 있던 세명이 문을 열었다. 이세명은 풍 노야를 따라 자정원을 나왔다. 왔던 길을 그대로 되짚어 성인문을 나왔을 때는 벌써 인시. 어딘가에서 종소리가 들려왔다.


풍 노야의 집은 황궁에서 멀지 않은 곳에 있었다. 응천부의 장원가를 연상시키는 고루거각들 틈에 있는 스무 칸 소옥(小屋)이 풍 노야의 집이었다. 별채와 객청이 딸린 스무 칸이나 되는 집을 소옥이라고 할수 있는지 모르겠지만, 주변의 집들에 비하면 분명 작은 집이었다. 가족은 없고 하인도 집안일을 하는 식모 내외가 전부였다.

"조금은 잘 수 있겠군."

해가 뜨려면 아직 두어 시진 여유가 있었지만, 관원들의 등청 시간은 진시 초였으니 풍 노야가 잠을 잘 수 있는 시간은 겨우 한 시진 정도였다.

"자네도 그만 가서 눈 붙이게."

풍 노야가 말했다. 맞은편에 있는 객방 중 하나가 앞으로 세명이 사용할 방이었다. 이세명은 좀 더 가까운 곳에 자리를 마련하려 했지만, 옆방은 서재로 쓰고 있어 침실로 적당하지 않았다.

"저……."

세명이 뭔가 할 말이 있는 듯 풍 노야를 쳐다봤다.

"뭐 물어볼 거라도 있는가?"

"네."

"말해 보게."

이세명은 잠시 주저하다 입을 열었다.

"백하보에 대해 알고 싶습니다."

풍 노야가 고개를 끄덕였다.

"한간 어쩌고 해서 신경이 쓰이는 게로군."

사실이었다. 풍 노야가 한간이라곤 생각지 않았지만, 그들은 한간을 상대로 강도 짓을 하는 협사들이었다.

"신경 쓸 필요 없네. 강북 전체에 한간들을 대상으로 하는 녹림도가 들끓고 있지만, 초기의 몇몇을 빼고는 대부분이 의적의 탈을 쓴 강도들

일세. 그나마도 하북까지는 얼씬도 못하고 하남과 산동에서만 설치고 있지. 백하보도 마찬가지야. 그놈들 백하수채에 세력을 뺏겨 대도에 흘러들었는데……."

풍 노야가 말을 끊었다가 계속했다.

"자네에게 이런 것까지 알려줄 필요는 없네만, 그놈들이야말로 몽고의 앞잡이라고 할 수 있네. 나를 노리는 건 쿠쿠테무르 일파지. 쿠쿠테무르는 지금 실권을 쥐고 있는 황태자파에 밀려난 상태로, 감숙 쪽에서 군세를 규합하고 있지. 백하보는 쿠쿠테무르에 고용된 끄나풀이 분명하네. 죽어 마땅한 놈들이지."

풍 노야의 설명에 이세명은 다소나마 마음의 짐을 덜 수 있었다.

"아함. 궁금한 게 많겠지만, 오늘은 이만 하세."

풍 노야가 하품을 하며 말했다.

"네, 그럼 편히 쉬십시오."

이세명이 인사를 하고 풍 노야의 방을 나왔다. 그러나 이세명은 객방으로 가지 않고 풍 노야의 방 앞에 서서 벽에 등을 기댔다. 객방이 멀지 않다고 해도 이곳까지는 십 보 이상의 거리였다. 만약 무슨 일이 생기면 바로 알아채고 달려올 수 없었다.

날이 밝자 풍 노야는 등청을 서둘렀다. 밤에는 내성의 동쪽 문을 드나들었지만, 공식적으로 관리들이 등청할 때 사용하는 문은 남쪽의 경인문(京仁門)뿐이었다.

풍 노야는 괜찮다고 했지만 이세명은 경인문까지 풍 노야를 경호한 후에 돌아와 잠을 잤다. 그리고 퇴청할 시간에 맞춰 다시 경인문으로 가서 풍 노야를 경호해 왔다. 밤에는 풍 노야의 방 앞에서 번을 섰다. 이세명은 보표 임무에 대해 아는 것이 없었지만, 항시 풍 노야 곁에 머물며 호위에 만전을 기했다.

남는 시간에는 무공을 연마했다. 탐보반 위사들과의 싸움에서도 그랬지만, 백하보 사람들과의 충돌 이후 이세명은 무공의 부족함을 절실히 느꼈다. 이세명은 강룡십삼검의 깊은 곳까지 이해하고 시전할 수 있었지만, 정작 싸움에서 사용하는 건 팔룡풍운 한 가지였다.

팔룡풍운 팔초식이라고 해봐야 휘두르기 한 초식을 여덟 방위로 시전하는 것이니 결국 세명이 사용하는 것은 단 일 초식인 셈이었다.

돌이켜 생각해 보면 강룡십삼검을 적절히 사용만 했더라도 천무군에게 잡히지 않았을 것이고, 백하보 사람들도 해치지 않고 제압할 수 있었을 것 같았다. 그래서 이세명은 강룡십삼검의 수련에 매진했다. 아침 잠을 자고 나서 풍 노야의 퇴청까지 두 시진 동안 이세명은 쉬지 않고 강룡십삼검을 펼쳤다.


풍 노야의 집에 와서 열흘이 지났을 때 오부민이 찾아왔다.

"오랜만이야."

오부민이 세명을 보고 미소 지었다. 이세명은 무공을 수련하던 중이라 얼굴에 땀이 흐르고 있었다.

"죄송합니다. 가까이 있으면서 찾아뵙지도 못하고……."

풍 노야의 집에서 오부민이 있는 오양무관까지는 약 사오 리 정도의 거리였다. 빠른 걸음으로 일각이면 갈 수 있는 곳이었지만, 이세명은 그동안 운풍대와 다른 조원들에 대해서 까맣게 잊고 있었다.

"좋아 보이는군."

오부민이 세명의 몸에서 피어나는 하얀 김을 보며 말했다.

"안으로 드시지요."

세명이 오부민을 객방으로 안내했다. 눈치 빠른 식모가 차와 떡을 내왔다. 객방은 원래가 손님을 맞도록 만들어진 방이라 오부민을 대접하는 데 어려움이 없었다.

"좋은 데 살고 있네."

오부민이 내심 부러운 듯 말했다.

칠조의 대부분은 유흥가의 무사로 취업을 한 상태였다. 오부민처럼 무관에 취업한 자는 없었고, 운이 좋아 보표로 뽑힌 사람도 있었지만, 이 시간에 세명처럼 무공을 수련할 수 있는 사람은 없었다.

유흥가의 무사란 행패 부리는 손님이나 상대하는 한가한 사람으로 보였지만 낮에는 외상 값을 받으러 다니고 기녀들의 기둥서방 노릇까지 해야 하는 바쁜 직업이었다. 거기에 틈틈이 정보 수집을 해서 이틀에 한 번씩 보고해야 했는데, 유흥가에서 흘러나오는 정보량이 만만치 않았다. 그래도 좀 낫다는 무관에 들어간 오부민조차도 수련생들의 무공 지도에 시간을 뺏겨 스스로의 무공을 수련할 시간은 거의 없었다. 그에 비해 세명에겐 정보 수집 임무가 주어지지 않았고 풍 노야가 등청해 있는 낮이나 집에 있는 밤에도 시간이 많은 편이었다.

이런 사실을 모르는 이세명은 그저 풍 노야의 집이나 객방이 좋다는 뜻으로 알아듣고 어깨를 으쓱거렸다.

"어쩐 일로 오셨습니까?"

이세명은 오부민이 그저 놀러 왔다고는 생각하지 않았다.

"알려줄 것도 있고, 연락망도 점검할 겸 해서 왔네."

서로에 대해 뻔히 알고 있는 운풍대는 전체를 호출하는 방법과 전체에 긴급한 신호를 보내는 방법이 정해져 있었다. 하지만 만일의 사태에 대비한 점 조직 형태의 연락망도 유지하고 있었다.

이것은 긴급하지 않은 통상의 연락을 위한 것이며 동시에 정체가 탄로났을 때에 대비한 것이기도 했다. 만약 사로잡히게 되면 아무것도 불지 않고 버티기보다는 적당히 점 조직 형태의 조직으로 알려주라는 것이었다. 그 편이 스스로에게 가해질 고통을 줄이고 운풍대에도 도움이 된다는 설명이었다.

"말씀하십시오."

이세명이 차를 한 모금 마셨다. 땀을 흘린 뒤의 차맛은 차의 종류에 불문하고 그 맛이 일품이었다.

"나흘 뒤 해시, 만월대로 나오라는 연락이다."

오부민이 짧게 전달 사항을 말했다.

"알겠습니다."

이세명은 성내의 거의 모든 주루와 기루 음식점들을 알고 있었지만, 만월대는 들어보지 못했다. 하지만 이세명은 만월대가 어디 있는지, 무슨 일인지 묻지 않았다. 오부민도 무슨 일인지 알지 못하긴 마찬가지일 것이고, 만월대는 스스로 알아서 찾아가야 했다.

"그리고 이건 웅천부에서 온 거다."

오부민이 세명에게 봉투 없는 편지를 건넸다. 이세명은 웅천부에서 왔다는 편지를 받아 들었다. 누가 있어 자신에게 편지를 보냈는지, 어떻게 이곳까지 전달될 수 있는지 의아했다.


세명아, 그동안 잘 지냈느냐.


이세명은 첫 줄의 반도 읽지 못하고 얼어붙었다. 제대로 글을 배우지 못한 자가 쓴 게 틀림없는, 이리저리 삐뚤어지고 먹물이 번진 흔적이 있는 악필. 틀림없는 형의 필체였다.

"이게……."

세명의 손이 떨렸다. 아니, 온몸이 떨렸다. 세명이 의혹 어린 시선으로 오부민을 바라보다 다시 편지로 눈을 돌렸다.


네가 군에 들어왔다는 소식을 듣고 깜짝 놀랐다. 고향에 있어야 할 네가 그 위험한 운풍대 놈들 틈에 있을 줄이야. 삼사 아저씨들과 고향 소식도 알게 되었다. 분한 마음에 당장이라도 달려가 금의위의 천무군이라는 자를 요절내고 싶다만, 아저씨들이 마교의 무리와 만났다는 건 사실이라고 하는구나. 모든 게 무심한 이 형의 탓이겠지. 안전한 곳으로 너를 빼내려 했다만 쉽지 않구나. 이제 북벌군이 올라가고 있다고 하니 부디 그곳에서 몸 건사하다가 만날 수 있길 바란다. 끝으로 너를 찾아준 회와 회주에게 감사하며 천신께 네 안녕을 기원한다.


"천신께 네 안녕을 기원한다……."

이세명은 편지의 마지막 문장을 소리 내 중얼거렸다. 이것은 항상 형이 편지의 마지막에 붙이는 말이었다. 의심할 나위 없는 형의 친필이 맞았다. 세명의 눈가에 뿌옇게 눈물이 어렸다.

"시간이 별로 없군. 답장을 보내려면 서둘러야 할 거야. 한 일각 정도 시간이 있군."

오부민이 안타깝다는 듯, 그러나 냉정하게 말했다.

이세명은 오부민에게 묻고 싶은 게 많았지만 시간이 없다는 말에 일단 접어두고 답장을 쓰기로 했다. 객방에는 필묵이 있었지만 종이가 없었다. 이세명은 풍 노야의 서재로 뛰어가 종이를 가져왔다. 이세명은 무엇부터 말해야 할지 고민스러웠지만, 오부민의 재촉에 급히 먹을 갈아 두서없이 이것저것 적어 나갔다. 그간의 사정을 짧게 요약하고 잘 지내고 있다는 말과 형의 안부를 대충 묻고 나니 편지 한 장이 완성됐다.

"이만 가봐야겠어."

오부민이 채 마르지도 않은 편지를 대충 접어 품에 넣었다. 이세명은 형의 편지가 유난히 지저분했던 이유를 알 수 있을 것 같았다. 아마도 자신처럼 급히 몇 자 적었으리라.

"좀 야속하겠지만 편지를 전하는 사람이 시간을 칼같이 지키는 사람이라서 말이야. 웅천부까지는 먼 길이니 이해해 줘야지."

오부민이 자리에서 일어났다.

"그리고 한 달에 한 번 정도 편지를 주고받을 수 있을 거라니까 너무 아쉬워하진 말라구."

오부민의 말에 이세명은 크게 기뻤다. 당장 볼 수는 없더라도 편지라도 주고받는 게 어딘가 싶었다.

"마지막으로 이 편지는 운풍대의 연락선(連絡線)을 통해 전달되는 게 아니야. 그러니까 운풍대 사람들에게는 비밀로 하라고. 알겠지?"

오부민이 다짐하듯 물었다.

"알겠습니다."

이세명이 고개를 끄덕였다.

"그럼 또 보세."

오부민이 나갔다. 이세명은 오부민을 집 밖까지 배웅하고 돌아와 편지를 꺼내 다시 천천히 읽었다. 그리고 다시 한 번, 또 한 번……

이세명은 한 장의 편지를 수없이 읽고 또 읽었다. 내용은 물론 글자하나하나의 크기와 필체까지 외워 버릴 정도로 반복해서 읽었다.

만약 식모가 풍 노야의 퇴청 시간임을 일깨워 주지 않았다면 이세명은 밤이 오고 가는 줄도 모르고 편지만 붙잡고 있었을 게 분명했다. 그날은 풍 노야의 방을 지키며 온 밤을 형과 편지 내용만 생각했다.

그리고 다음날, 형에 대한 그리움과 편지를 받은 기쁨이 진정되자 이세명은 오부민을 찾아갔다.


오양무관은 대도성에 있는 여덟 개의 무관 중 크기로 치면 일곱 번째, 관원수로 치면 여섯 번째에 해당하는 작은 무관이었지만, 역사로 치면 대도성에서 가장 오래된 무관이었다.

오양무관의 역사는 삼백 년을 거슬러 올라가 대도가 남경(南京)이라고 불리던 요(遼)나라 시절부터 있었다고도 하고, 그전 당나라 때부터 있었다고도 하는데 그 진위는 알 수 없었다.

다만 원세조(元世祖) 쿠빌라이가 유병충에게 명해 대도를 건설할 때에 오양무관이 태액지에 잠기게 되었다는 기록이 남아 있었다. 그 기록으로만 봐도 지금의 대도가 생기기 전 대도가 중도(中都)라 불리던 금(金)나라 때부터 있었던 건 확실했다.

물론 오래됐다고는 것과 전통은 무관한 것이었다. 대대로 관주였던 하씨 가문에 나름대로 괜찮은 용조권이 전해졌다고 하는데, 지금의 위치로 옮겨온 후 맥이 끊어진 상태였다. 백여 년 동안 관주가 여덟 번이나 바뀌었으니 전통이고 뭐고 남아 있을 리 없었다.

그럼에도 불구하고 오양무관이 지금까지 맥을 잇고 있고 나름대로 대도에서 입지를 굳히고 있는 데는 그만한 이유가 있었다.

병사(病死), 독살(毒殺), 객사(客死), 파산(破産) 등의 이런저런 이유로 계속해서 주인이 바뀌긴 했지만, 지난 백여 년간 오양무관의 관주들은 한결같이 고수였다. 대도에서 가장 오래됐다는 오양무관을 인수해 나름대로 뜻을 펴려 했던 자들이니 어찌 고수 아닌 자들이 있겠는가.

당대 오양무관의 관주인 옥태붕 또한 청성속가의 일파인 청명산장(淸明山莊) 출신으로 칠십이파검(七十二波劍)에 능통한 고수였다.

설혹 속가라고 해도 이른바 칠대문파 출신이 무관을 하는 경우는 아주 드물었다. 비록 절기인 칠십이파검법을 전수하지는 않는다고 해도, 단지 관주가 칠대문파 사람이라는 이유만으로 오양무관 앞에 대도제일무관이라는 수식이 붙은 지 벌써 칠 년이었다.

변형시켰다고는 하지만 돈을 주고 무공을 파는 무관에서 청성파의 절기 중 하나인 절영수를 전수하는 데에는 대도에서 청성파의 입지를 확고히 하려는 드러난 의도와 모종의 숨은 의도가 있었다.

옥태붕은 사승 관계를 따져 오부민에게 사질뻘 되는 사람이었고, 오부민은 진작부터 그 사실을 알고 있었다. 그런데도 일자리를 구하느라 애를 먹고, 정한 기한의 마지막 날에서야 오양무관의 사범으로 들어간 데에는 그만한 이유가 있었다.

오양무관에서는 다른 보통의 무관들처럼 검법이나 십팔반무예를 가르치지 않았다. 오직 절영수(絶影手)를 변형시킨 절영권(絶影拳) 하나만 전수하고 있었는데, 오부민은 절영수를 익히지 않았던 것이다.

절영수는 청성의 대표적 무공 중 하나였지만 청성문도라고 해서 모두 익히는 것은 아니었다. 검법을 주로 익히는 청성파 사람들에게 권장은 그저 한두 가지 익히는 정도에 그치는 경우가 많았다. 오부민도 마찬가지여서 권법으로는 태극권과 대라산수(大羅散手)를 익혔고 검법으로 태극검과 청운적하검, 칠십이파검 등을 익혔을 뿐이었다.

이유야 어쨌든 오부민은 절영수를 몰랐고, 오양무관에서는 절영권만 가르쳤다. 오부민은 이 사실을 분명히 말하고 식객으로 머물려 했지만 옥태붕은 그전에 이미 한차례 오부민의 방문을 받았을 때 수련생들에게 사숙뻘 되는 어른이라고 소개한 상태였다. 그리고 오부민이 일자리를 구한다는 것을 알고 사범으로 오라는 말을 해놓고는 수련생들에게도 사범으로 오실 분이라고 말해 버렸던 것이다.

옥태붕의 성급한 판단으로 일이 난감하게 꼬여 버리자 궁여지책으로 들고 나온 것이 삼황포추권(三皇炮錘拳)이었다. 삼황포추권은 옥태붕의 본가인 청명산장의 가전무공으로, 도가 일맥에서 만들어진 무공이었으리라 짐작할 뿐 정확한 연원은 모르는 무공이었다.

다행히 삼황포추는 청명산장에서 기본공으로 사용될 정도로 쉬운 무공이었다. 도가의 무공이라 추정될 만큼 현기(玄機)를 담고 있기는 했지만, 동작이 크고 화려해서 초심자들에게 가르치기에도 적당했다. 그전에 초심자들에게 가르치던 육합권보다 여러모로 나은 점이 많은 무공이었다.

이렇게 해서 오부민은 한나절 동안 속성으로 삼황포추를 배우고 초심자를 대상으로 하는 초급 과정의 사범이 되었던 것이다.

이세명이 오양무관에 들어섰을 때, 오부민은 십대 후반에서 이십 대 초반으로 보이는 청년들을 지도하고 있었다.

"소룡(小龍), 마음이 급하구나. 주먹을 빨리 내지르고 싶거든 먼저 하체부터 안정시켜라."

오부민이 털모자를 쓴 청년에게 말했다.

"제 이름은 소룡이 아니라 바가루오입니다."

털모자를 쓴 청년이 자세를 풀고 오부민을 노려보며 말했다. 귀까지 덮는 털모자에 소매가 좁은 착수포(搾袖袍)를 입은 청년은 유창하게 한

어를 구사했지만, 몽고인인 듯했다.

청년의 말투는 공손했지만 눈빛은 전혀 그렇지 않았다. 오부민은 청년의 언짢아하는 표정에 어이가 없었다. 아무리 돈으로 무술을 팔고 사는 사이라고 해도 가르침을 내리는 사범이 아닌가.

"그래, 바가루오. 내가 실수했다."

성질 같아서는 주먹을 날리고 싶었지만 오부민은 일단 고개를 끄덕였다. 몽고인이니 몽고식으로 부르는 게 당연했다. 하지만 기껏 한자(漢字)로 이름을 지어놓고는 굳이 몽고식으로 부르는 이유를 알 수 없었다.

바가루오라는 청년이 피식 웃으며 다시 권을 말아 쥐었다. 비웃는 듯한 청년의 웃음에 오부민의 손이 부르르 떨렸다. 저 웃음 뒤에는 분명 한족에 대한 경멸이 내포되어 있었다.

"그런데 뭐가 잘못된 거죠?"

바가루오가 지적받은 초식을 다시 해 보였다.

"아까는 좀 이상했는데, 지금 한 건 괜찮군."

오부민이 대충 넘어가자 청년이 다시 자세를 풀고 오부민을 응시했다.

"힘이 너무 상체에 쏠려 하체가 부실한 것 아닙니까?"

청년이 정확하게 잘못된 점을 찾아내 물으니 오부민은 할 말이 없었다.

"너무하시는군요. 제가 한 달에 내는 돈이 얼만지 아십니까? 다섯 냥입니다, 다섯 냥. 여기 있는 모든 사람들이 전부 다섯 냥씩 내고 있죠. 그렇게 비싼 돈을 내고 배우는데 사범님이 이처럼 성의가 없어서야 되겠습니까?"

바가루오가 훈계하듯 말했다. 오부민은 어이가 없었지만 틀린 말이 아닌지라 뭐라 대꾸하지 못하고 선선히 고개를 끄덕였다. 권법을 수련하던 여섯 청년들이 모두 손을 멈추고 오부민과 바가루오의 대화에 집중하고 있었다.

"네 말대로다. 이제부터 제대로 알려주마. 다시 자세를 취해봐라."

바가루오가 똑같은 초식을 다시 시전했다. 한 발을 내디디며 오른손을 뒤로 당겼다 죽 뻗는 동작이었다.

"처음부터 해봐라."

오부민이 청년에게 다가가 말했다. 청년은 약간 짜증 섞인 표정을 짓고는 다시 처음부터 초식을 펼쳤다.

"삼황포추의 요결이 무엇이냐? 일초일식(一招一式)에 일호일흡(一呼一吸)하고 일축일방(一蓄一放)하며 흉부송함(胸部松含)하고 기침단전(氣沈丹田)하는 것이 아니냐. 또한 침견추주(沈肩墜肘)하고 수둔제항(收臀提肛)한다 하였으니 이는 어깨와 팔꿈치에 힘을 빼고 엉덩이를 당겨 항문에 힘을 주라는 말이 아니냐."

오부민이 설명하며 초식을 펼치고 있는 바가루오의 발을 슬쩍 건드렸다. 보기에는 별것 아닌 것 같았지만 앞으로 내딛던 발을 건드렸는지라 바가루오는 중심을 잡지 못하고 양팔을 크게 휘저었다.

"엇!"

바가루오는 결국 땅바닥에 주저앉고 말았다.

"훌륭한 사범의 지도를 받고 자기의 문제점을 알았는데, 스스로 고치지 못하는 이유가 무엇이냐? 꼭 이렇게 몸으로 알려줘야 하는 것이냐? 좋은 제자란 스승이 하나를 가르치면 열을 안다 하였는데, 너는 어째 하나를 가르치고 둘을 알려줘도 하나도 모르는 것이냐?"

오부민의 핀잔에 바가루오의 얼굴이 심하게 일그러졌다. 그리고는 언제 넘어졌나 싶게 벌떡 일어나 오부민을 쏘아봤다. 만약 바가루오가 덤빈다면 오부민은 임무고 뭐고 없이 단숨에 그를 쳐 죽이고 대도를 뜰 생각이었다.

그러나 바가루오는 오부민에게 달려드는 대신 엉덩이를 털고 다시 삼황포추의 자세를 잡았다.

"이렇게 하면 됩니까?"

바가루오가 초식을 펼치며 물었다. 오부민은 바가루오의 눈빛이 여전히 맘에 들지 않았지만 일단 초식을 살피며 그에 맞는 요결을 알려주었다.

"탱슬권당(撑膝圈襠), 축이 되는 무릎은 굽히고 반대쪽 무릎은 펴라. 족지조지(足指抓地), 발가락으로 땅을 움켜쥐듯 움직여라. 상허하실(上虛下實)한다는 것을 잊지 마라."

오부민은 다시 한 번 바가루오의 이동하는 발을 건드렸다.

"엇!"

바가루오는 이번에도 중심을 잃고 흔들렸지만 넘어지지는 않았다.

"좀 나아졌다만 여전히 허술하구나. 이제 보니 너는 하나를 가르치고, 둘을 알려주고, 셋을 집어줘야 겨우 하나를 추스르는구나."

계속되는 오부민의 인신 공격에 바가루오의 얼굴이 붉게 물들었다. 말만 하지 않았지 대놓고 바보라고 하는 것과 다름없었다.

삼황포추가 간단하다고 하는 것은 어느 정도 안목이 있는 사람이나 하는 말이었지, 생판 처음 무공을 접하는 사람들의 눈에는 동작이 크고 화려한 만큼 익히기가 수월치 않은 무공이었다. 또한 정파의 기본공들이 모두 그렇듯 초식 사이에 숨어 있는 현기로움은 정확한 동작으로 펼쳐졌을 때나 발현되는 것이지, 어설피 했다가는 도리어 허점투성이의 엉성한 초식이 될 뿐이었다.

"어디 그럼 사범님이 직접 보여주시죠."

"좋다. 잘 보거라."

오부민이 양팔을 크게 뻗어 기수식을 취하고 곧바로 시범을 보이기 시작했다.

"수족상합(手足相合:손발이 서로 어울린다), 주슬상합(肘膝相合:팔꿈치와 무릎이 서로 어울린다), 견과상합(肩跨相合:어깨와 양발이 서로 어울린다)하니 이를 외삼합(外三合)이라 한다."

오부민이 요결을 말하며 하나하나 동작을 취했다. 오부민이 초식을 펼치는 동안 바가루오는 오부민의 빈틈을 노렸지만, 좀처럼 기회가 생기지 않았다.

"심의상합(心意相合), 의여기합(意與氣合), 기여력합(氣與力合)하니 이를 내삼합이라 한다."

오부민이 크게 한 발을 내딛자 바가루오가 기다렸다는 듯이 오부민의 발을 걸어찼다.

펙!

오부민의 종아리와 바가루오의 발등이 마주치며 제법 큰 소리가 울렸다. 그러나 오부민의 발은 꿈쩍도 하지 않았고, 오히려 발길질을 한 바가루오가 균형을 잃고 비틀거렸다.

"그리하여 수(手), 각(脚), 신(身), 정(精), 기(氣), 신(神)이 서로 어울려 하나가 되는 것이다."

오부민이 모든 초식을 마치고 양팔을 오므려 시범을 마무리했다.

"잘 봤느냐?"

오부민이 바가루오에게 고개를 돌려 물었다. 바가루오는 내심 감탄하면서도 계속해서 자신만 창피를 당하니 괜히 억울하고 화가 났다.

"사범님의 가르침에 크게 감명받았습니다. 하지만 저는 이 권법을 배운 지 겨우 열흘이 지났을 뿐인데, 이 정도면 잘하는 거 아닙니까?"

바가루오가 항변하듯 물었다.

"전혀 그렇지 않다. 예를 들어 저기 있는 저 무사를 보자면……."

오부민이 저만치 서 있는 이세명을 가리켰다. 이세명은 오부민의 삼황포추 시범에 넋을 잃고 있다가 갑자기 자신에게 화제가 돌려지자 눈을 크게 떴다.

"저 무사는 한눈에 보기에도 전체적으로 호리호리하고 하체에 비해 상체가 실해서 전문적으로 도검을 익혔음을 알 수 있다. 하지만 그에게 일각만 가르쳐도 틀림없이 너보다 나으리라 장담한다."

오부민의 말에 바가루오가 콧방귀를 뀌었다.

"흥, 정말 그가 권법을 익히지 않았다면 어찌 그럴 수 있겠습니까."

"그야 해보면 알 수 있는 일이 아니냐."

오부민이 세명에게 손짓을 했다.

"이보게, 이리 오게."

오부민은 세명을 처음 보는 사람 대하듯 했다. 이세명은 청년들의 시선에 주춤거리며 오부민에게 다가갔다.

"자네는 무슨 일로 왔는가?"

오부민이 한쪽 눈을 살짝 찡긋거리며 물었다.

"무공을 좀 배울까 하고 왔습니다만… 다섯 냥이나 한다니, 그저 견학이나 하고 돌아가려고……."

이세명은 오부민의 말에 맞춰 대충 둘러댔다.

"견학? 견학이라니? 무공을 훔쳐 배우겠다는 것인가?"

오부민의 물음에 이세명은 달리 대답할 말을 찾았지만, 궁색한 변명조차 마땅히 떠오르는 게 없었다. 실제로 오부민의 자세한 설명과 시범을 보며 여러모로 깨달은 바가 있어서 더욱 그랬다.

"뭐, 이제 와 어쩌겠는가. 먹는 거라면 토하게라도 만들겠지만, 보고 들었다고 해서 눈을 파내고 귀를 잘라 버릴 수는 없는 일 아닌가. 하지만 배움에는 그만한 대가가 따르는 법. 어떤가, 그 대가로 내 부탁 하나만 들어주지 않겠나?"

오부민의 물음에 세명이 고개를 끄덕였다.

"좋습니다. 어렵지 않은 거라면 해드리죠."

"그리 어려운 일은 아니야. 딱 일각이면 되네."

이렇게 해서 오부민은 세명에게 삼황포추를 가르치기 시작했다. 삼황포추는 화려한 동작에 비해 초식 자체가 난해하거나 하지는 않았다. 게다가 이미 바가루오와 청년들이 수련하는 것을 보았고, 오부민의 시범과 함께 요결도 들었기에 당장이라도 시범을 보일 수 있을 것 같았다.

"어때? 어렵지 않았지?"

오부민이 구결을 들려주는 척하며 조그맣게 속삭였다.

"예, 대충 비슷하게는 할 수 있겠지만, 처음 해보는 거라……."

세명의 대답에 오부민이 고개를 끄덕였다.

"그럼 됐어."

이세명뿐 아니라 세상에서 삼황포추라는 무공을 알고 있는 사람은 거의 없었다. 사실 오부민도 열흘 전에야 세상에 삼황포추라는 무공이 있다는 걸 알았지 그전에는 들어보지도 못한 무공이었다.

어쩌면 오부민은 세상에 삼황포추를 들고 나와 처음 선을 보이고 있는지도 몰랐다.

"자, 그럼 혼자 해보게."

오부민은 뒤에 '최대한 어수룩하게 해야 해' 라는 말을 붙일까 하다가 그만뒀다. 이제 겨우 반 각이 지났을 뿐이었다. 오부민이 삼황포추를 처음 보고 따라 하는 데는 이각이 걸렸었다. 일각이라는 시간도 세명의 무재(武才)가 남다르다는 걸 감안한 것이었다.

이세명은 자신을 주시하고 있는 청년들의 눈을 의식해서 천천히 작은 동작으로 삼황포추를 시연했다. 세명이 어설프게 초식의 순서를 밟아 나가는 것을 보고 오부민은 새삼 세명의 기억력에 감탄했다. 비록 대충이긴 했지만 이세명은 단 한번의 망설임이나 주저함 없이 초식의 순서대로 풀어낸 것이다.

이세명을 보는 바가루오의 눈에도 놀라움이 가득했다. 청년들 중 하나가 동작이 어색하다며 조롱 섞인 말을 하기도 했지만, 그렇게 말하는 청년은 삼황포추를 배우고 오 일이 지나고서야 겨우 순서를 외운 사람이었다.

순서를 확인한 이세명은 오부민이 시키지도 않았는데, 정식으로 자세를 잡고 천천히 삼황포추를 펼쳤다.

"칼은……."

검대를 풀고 하라고 말하려 했지만 이세명은 이미 양손을 벌려 기수식을 마치고 보법을 밟고 있었다.

세명의 움직임에 따라 허리에 찬 환도가 흔들거렸다. 하나 오부민이 보기에 마치 삼황포추가 원래 검을 차고 펼쳐야 하는 것처럼 전혀 불편함이 느껴지지 않았다.

이세명은 오부민이 말하던 요결을 떠올리며 천천히 초식을 전개했다. 일단 정확한 동작을 확인하려 한 것인데 초식이 시작되자 단전에 기운이 모이며 손과 발을 따라 저절로 운기가 되었다.

이세명의 초식이 물 흐르듯 이어지는 것을 보고 청년들은 물론 오부민까지 경악하며 세명을 지켜봤다.

"그럼 이제 제대로 해보겠습니다."

지금 펼친 건 제대로 한 게 아니란 말인가? 오부민은 고개를 갸웃거리며 세명에게 시선을 고정했다. 그리고 세명이 말한 제대로라는 말의 의미를 깨달았다.

이세명의 몸이 좀 전보다 배는 빠르게 움직였다. 아니, 이것이 원래 빠르기였지만, 좀 전에 했던 느린 움직임이 워낙 자연스러워 미처 그 사실을 알지 못했던 것이다.

픽!

세명의 주먹이 공간을 때리자 소매 깃이 펄럭이며 소리를 냈다.

둥!

실제로 들리지는 않았지만 세명이 주먹을 낼 때마다 내딛는 발은 귀에 들릴 듯이 진각을 일으키고 있었다. 삼황포추에 이런 진각이 들어 있다는 것은 삼황포추를 가르쳐 준 옥태붕에게서도 듣지 못한 설명이었다.

'저것이 진정한 수족상합이며 기여력합이로구나!'

이세명이 펼치는 삼황포추는 오부민이 했던 것과 한 치의 오차도 없이 똑같았지만 완벽히 요결에 부합하는 것이었다. 오부민은 이것을 알아채고 새로운 눈으로 세명의 삼황포추에 주목했다. 아는 것이 없어 보는 눈조차 형편없는 청년들까지도 세명의 시연에 넋을 잃고 있었다.

이세명이 양손을 모으며 시연을 끝냈다. 그리고 멍하니 자신을 보고 있는 사람들의 시선에 어색한 웃음을 지으며 오부민에게 눈짓을 했다.

"자, 잘 봤느냐. 단 일 각만 가르쳐도 이 정도는 해야 정상이다. 알겠느냐."

오부민이 바가루오를 향해 말했다. 그때까지도 이세명에게서 눈을 떼지 못하고 있던 바가루오가 눈가에 주름을 만들며 고개를 저었다. 뭔가 속은 기분이었지만 사범인 오부민도 놀라고 있는 기색이 역력한 걸 보면 꼭 그렇지도 않은 것 같았다.

"오늘은 여기까지다. 다섯 냥이나 되는 돈이 아깝다는 생각이 들거들랑 술 퍼먹고 계집질이나 하지 말고, 다만 반 시진이라도 포추를 공부하거라."

오부민이 서둘러 수련을 파했다. 평소보다 일각 이상 빨리 끝낸 것이었다. 바가루오가 일찍 끝난 데 대해 다소 불만 섞인 말을 했지만, 청년들은 일찍 끝났다고 좋아라 하며 무관을 빠져나갔다.

"휴, 망할 몽고 놈들."

오부민이 진저리를 쳤다. 그리고 세명에게 몸을 돌려 매섭게 노려봤다.

"너는 대체……."

오부민은 세상에 천재라는 사람들이 있다는 것을 알고 있었다. 오부민 자신도 가끔 그런 소리를 듣고 있었지만, 약간의 재능과 노력의 결과일 뿐 천재가 아니란 사실을 잘 알고 있었다. 오부민은 세명이 흔히들 말하는 그 천재가 아닐까 하는 생각을 했다.

이세명의 숙부나 형은 한 번도 정식으로 무공을 배우지 않고도 고수가 된 것을 보면, 과연 이세명의 집안에는 뭔가 특별한 피가 흐르는지도 모를 일이었다. 오부민은 생전 처음 질시와 부러움이 담긴 시선으로 세명을 바라봤다.

"예?"

이세명이 영문을 몰라 눈을 동그랗게 떴다.

"아니다. 여긴 왜 온 거냐?"

오부민이 물었다.

"좀 알고 싶은 게 있어서……."

이세명이 말끝을 흐렸다. 오부민이 고개를 끄덕였다. 그러고 보니 어제 세명에게 갔다 오면서 조만간 세명이 찾아올지도 모른다는 느낌이 들기도 했었다.

"시간이 별로 없는데… 좀 있다가 또 수련생들 지도해야 하거든. 요즘 삼황포추가 인기라서 말이야."

오부민이 어깨를 으쓱거렸다. 겨우 한나절 동안 배운 솜씨로 오부민이 오양무관에서 삼황포추를 처음 시범을 보인 것이 열흘 전 일이었다. 원래는 처음 들어온 수련생들에게 기본공 차원으로 가르치려고 한 것이었는데, 며칠이 지나지 않아서 입소문이 퍼지며 기존 수련생들까지 몰려들고 있었다.

아무래도 어려운 절영권보다는 쉽고 화려한 삼황포추가 익히기 쉽고 사람 많은 곳에서 뽐내기도 좋을 터였다.

"그렇군요. 갑자기 찾아와서 죄송합니다."

"아니야, 그럴 수도 있지 뭐."

"그럼, 있다가 다시 오겠습니다."

"그럴 것 없이 안에 들어가 있어. 조금 일찍 끝내놓고 점심이나 같이 먹자고."

오부민이 세명을 관사로 안내했다.

천장이 높고 사방 이십 보는 족히 되는 넓은 방. 오부민이 안내한 방은 눈비가 오는 날 연무장 대신 사용하는 연공실(練功室)이었다. 오부민은 화로에 불이 지펴놓고 구석에 있는 의자를 가져다 주었다.

"한 시진 내로 끝낼 테니까 조금만 기다리라구."

오부민이 밖으로 나갔다. 이세명은 의자를 돌려 화로를 등지고 앉았다. 불을 피할 이유가 없지만, 은근히 꺼려지는 것은 어쩔 수 없었다. 등으로 화로의 열기가 전해지자 졸음이 쏟아졌다. 이세명은 굳이 졸음을 쫓지 않으며 그대로 눈을 감았다.

얼마나 잤을까. 이세명은 무언가 부스럭거리는 소리에 눈을 떴다. 등은 뜨겁고 얼굴은 차가웠다. 이세명은 입가에 흐른 침을 닦으며 고개를 돌렸다.

"이런, 단잠을 깨웠군. 미안하네."

삼십 대 중반쯤 돼 보이는 사내가 화로에 숯을 넣다 말고 머쓱한 표정을 지었다. 이세명은 그가 오양무관의 관주 옥태붕임을 짐작하고 자리에서 일어났다.

"이세명이라고 합니다."

세명이 포권지례하며 말했다.

"옥태붕일세."

옥태붕도 포권을 취하며 짧게 말했다.

"추태를 보여 죄송합니다. 오 사범님과 점심을 먹기로 했는데, 시간이 일러서 기다리는 중입니다."

이세명은 왜 왔냐는 질문도 있기 전에 먼저 이곳에 있게 된 경위부터 설명했다. 옥태붕은 세명의 예의 바른 태도에 고개를 끄덕거렸다. 근래의 대도에는 이렇게 예의를 차리는 사람이 드물었다.

"잠이 들었기로 추태랄 게 뭐 있나. 그래, 사숙의 손님이셨군. 점심 시간까지는 아직 반 시진 정도 남았으니 좀 더 기다리시게."

옥태붕이 화로에 숯을 넣고 뒤적거렸다. 이세명은 등을 보이고 앉는 게 예의에 어긋나는 것 같아 의자를 돌려 옥태붕을 마주하고 앉았다. 새로 넣은 숯 덕분에 화로 위로 불꽃이 솟으며 공기가 크게 일렁거렸다.

"차라도 내와야겠지만 지금 집사람이 점심 준비로 한창 바쁜 때라서……."

옥태붕의 말에 세명이 손을 내저었다.

"괜찮습니다."

옥태붕이 고개를 끄덕였다.

"그럼 쉬시게."

옥태붕은 세명처럼 화롯가에 의자를 끌어다 놓고 앉아 책을 보기 시작했다. 이세명은 그가 보는 책을 살짝 들여다봤지만, 초사집주후어변증(楚辭集註後語辨證)이란 제목조차 이해가 되지 않았다. 옥태붕은 세명이 책을 힐끔거리는 것을 알고 살짝 미소를 지었다.

"주자(朱子)께서 지으신 책이지."

이세명은 옥태붕의 미소에 무안함을 느끼고 고개를 돌렸다.

화로의 열기로 얼굴이 따뜻해지자 짧은 단잠의 여훈이 밀려들며 다시 졸음이 밀려왔다. 지난밤을 꼬박 새운 데다 하릴없이 앉아 있으니 졸리는 게 당연했다.

"음."

세명이 기지개를 켜고 일어났다. 목을 좌우로 흔드니 우드득 하는 소리가 났다. 이세명은 옥태붕의 독서에 방해가 된 것이 아닐까 염려했지만, 다행히 옥태붕은 세명에게 신경 쓰지 않고 있었다. 이세명은 창가로 가 창문을 살짝 열었다. 겨우 손가락 마디 하나 정도의 틈으로 차가운 바람이 밀려들며 얼굴을 때렸다.

창문 틈으로 수련생들 사이를 오가며 삼황포추를 지도하는 오부민의 모습이 보였다. 추운 날씨에도 불구하고 가르치는 오부민이나 배우는 수련생들이나 모두 열심이었다.

안에서는 옥태붕이 책을 읽고, 보이지 않는 주방에서는 옥태붕의 부인이 식사 준비를 하고……. 이세명은 세상에서, 최소한 이곳 오양무관에서 자신만이 아무것도 하지 않고 있는 것 같아 부끄러웠다.

이세명은 창문을 닫고 연공실 가운데로 가 섰다. 잠을 잘 수 없다면 무공 수련이라도 해야 했다. 돌아가면 늦은 잠을 자야 하니 오후에 할 수련을 오전에 하는 것도 좋을 듯했다.

이세명은 허리를 좌우로 비틀고 손발을 가볍게 털었다. 그리고 환도를 뽑았다. 책을 읽던 옥태붕이 발도(拔刀) 소리를 듣고 세명에게 시선을 돌렸다. 이세명은 강룡십삼검을 수련할 요량이었지만, 칼을 휘두르기엔 연공실의 천장이 조금 낮았다. 이세명은 천장을 올려다보고 칼을 도로 도갑에 넣었다.

이대로 돌아가 다시 불이나 쬘까 싶었지만, 그러기엔 옥태붕의 시선이 부담스러웠다. 이세명은 강룡십삼검 대신 잠시 전에 배운 삼황포추를 연습하기로 마음먹었다. 어차피 강룡십삼검은 남의 눈에 띄어서 좋을 게 없는 무공이니 차라리 잘됐지 싶었다.

이세명이 삼황포추를 펼치기 시작했다. 초식을 전개하자 진기가 자연스럽게 유통됐다. 손발이 움직이고 진기가 유통되니 자연 몸이 따뜻해졌다. 팔룡풍운처럼 간결하면서도 강룡십삼검처럼 완성된 느낌. 이세명은 삼황포추에 빠져들었다.

옥태붕은 이세명이 펼치는 삼황포추를 보며 크게 놀랐다. 눈에 선한 투로는 분명 청명산장의 삼황포추였지만 그 기세가 예사롭지 않았다. 물 흐르듯 부드럽게 이어지는 동작에 태산 같은 기운. 삼황포추의 숨겨진 위력이 모두 드러나고 있었다.

"어찌, 이런 일이……."

본래 삼황포추에는 두 가지가 있었다. 하나는 옥태붕이 오부민에게 가르쳐 주고 오부민이 수련생들에게 전수하고 있는 기본공이었고 다른 하나는 숨겨진 비전이었다.

두 가지 모두 기본이 되는 이론과 요결은 같았고, 단지 미세한 초식의 차이와 진기의 운용 방법만이 달랐다. 하지만 상승의 무공은 진기의 운용에 따라 크게 차이가 나는 법.

오양무관에서 가르치는 절영권도 마찬가지였다. 청성파에서 미쳤다고 비전 전수를 허락하겠는가. 오양무관에서 전수하고 있는 절영권은 비전인 절영수의 위력과 크게 차이가 나도록 손을 본 것이었다.

이세명은 흥에 겨워 삼황포추를 연속했다. 마지막 초식과 기수식이 연환으로 이어졌고 진기는 단전에서 시작해 다시 단전으로 돌아오기를 반복했다.

지켜보는 옥태붕은 어디가 시작이고 어디가 끝인지 분간이 가지 않았다. 이것은 기본공도 비전도 아니었다. 이세명이 보여주고 있는 삼황포추는 분명 기본공의 초식이었지만, 기본공과 달랐고 그 기세는 비전과 같았으나 또 달랐다.

옥태붕은 세명이 비전을 펼치고 있다 생각하고 크게 놀랐지만, 곧 비전이 아님을 알고 마음을 진정시켰다.

기본공과 비전의 초식상의 차이는 아주 미세했다. 권을 내지를 때 반대 편 주먹을 꼭 움켜쥐며 강하게 뻗으면 기본공이었고, 자연스럽게 내뻗으며 반대 편 손을 가볍게 펴면 비전이었다. 장을 내지를 때는 손을 죽 끝까지 밀어 방기하면 기본공이고 팔을 살짝 오므려 힘을 남기면 비전이었다.

이세명은 권을 내지를 때 반대 편 주먹을 쥐긴 하지만, 가볍게 말아 쥐고 힘을 주지는 않는다. 장을 내뻗을 때는 끝까지 미는 듯하지만 전신의 힘을 쏟지 않았다. 세명의 삼황포추는 기본공도 비전도 아니었고 동시에 기본공이면서 비전이었다.

옥태붕이 보기에 이세명의 투로는 극히 자연스러워 한두 해 익힌 솜씨가 아니었다. 삼황포추는 본래 그 연원을 모르는 무공. 옥태붕은 세명이 그의 집안에 전해지는 것과는 다른 류의 삼황포추를 익혔다고 단정 지었다. 그리고 흥미로운 시선으로 세명을 지켜봤다.

이세명은 옥태붕의 시선을 느꼈지만 멈추지 않고 삼황포추를 계속했다. 반복한 횟수를 세지는 않았지만, 십 회가 넘게 반복했는데도 전혀 피로하지 않았다. 아니, 오히려 운공을 한 것처럼 기운이 넘치고 몸이 가벼워졌다.

대략 이십 회쯤 반복했을 때 밖에서 문이 열렸다. 이세명은 문이 열리는 것을 보고 손을 멈췄다. 급히 운공을 멈춘 것과 같았지만, 온몸을 돌던 진기는 무리없이 단전으로 갈무리되었다.

문을 연 사람은 오부민이었다. 의자에 앉아 있는 옥태붕과 연공실 중앙에 서 있는 세명. 오부민은 연공실을 떠도는 묘한 정적을 감지하고 두 사람을 번갈아 쳐다봤다.

"끝났습니까?"

이세명이 물었다.

"그래, 밥 먹으러 가자구."

오부민이 밖으로 나오라고 고갯짓을 했다.

"사숙, 어디 가십니까?"

옥태붕이 오부민을 불렀다.

"이크! 사질, 아니, 관주. 오늘은 좀 봐주시오."

정오가 되려면 아직 이각이나 남은 시간. 오부민은 수련을 빨리 끝낸 것을 나무라는 걸로 알고 양손을 모아 비는 시늉을 했다.

"멀리서 찾아온 친우의 동생이오. 내 밥 한 끼 사려 하는 것이니……."

옥태붕이 고개를 저었다.

"사숙, 그런 뜻이 아닙니다. 멀리서 찾아온 손님인데 굳이 밖에서 식사를 하실 필요가 있겠습니까."

오부민은 그동안 옥태붕과 함께 식사를 해오고 있었고, 지금 옥태붕이 말하는 뜻은 나가지 말고 세명도 같이 먹자는 것이었다.

"내 손님인데… 관주에게 폐가 될 듯해서……."

"기왕지사 차리는 상에 젓가락 하나 밥공기 하나만 더 놓으면 되는 것을 폐랄 게 뭐가 있겠습니까. 사숙을 찾아왔지만 그래도 내 집에 든 손님 아닙니까."

"날 찾아온 손님이지. 무슨……."

"괘념치 마시고 잠시 기다리십시오. 내 특별히 찬에 신경 쓰라 이르고 차라도 내오겠습니다."

옥태붕이 오부민을 연공실 안으로 밀어 넣고 밖으로 나갔다. 오부민은 세명과 따로 할 말이 있을 것 같아 밖에서 식사하려던 것이었는데, 옥태붕이 이렇게까지 나오니 사양할 수 없었다.

"왜 저러지?"

옥태붕이 평소 성리학에 관심이 많아 유학자처럼 예의와 격식을 차리기 좋아한다는 걸 알고 있었지만, 오늘은 좀 유난을 떠는 것 같았다.

"글쎄요."

세명이 어깨를 으쓱거렸다. 그저 좋은 사람이라고밖에 할 말이 없을 듯했다.

"그래, 무슨 일로 왔냐?"

오부민이 물었다. 식사를 하면서 천천히 물으려 했지만 옥태붕이나 그의 부인이 함께 있는 자리에서는 아무래도 할 수 없는 말이 있을 것 같았다.

"어제는 경황이 없어 인사도 못했습니다. 편지를 전해주셔서 감사합니다."

오부민이 피식 웃었다.

"겨우 그 말을 하러 온 건 아니겠지? 묻고 싶은 게 있다고 하지 않았어?"

이세명이 고개를 끄덕였다. 오부민이 좀 전까지 옥태붕이 앉아 있던 의자에 앉았다.

"이리 와 앉아서 얘기하자."

세명이 화롯가의 의자에 앉았다.

"시간이 별로 없어. 얘기할 거 있으면 돌리지 말고 바로 말해라."

오부민의 말에 세명이 고개를 끄덕였다.

"형님에 대해 좀 더 알고 싶습니다. 어떻게 형님과 연락이 되는 겁니까?"

"아, 그거."

오부민이 세명에게 손가락을 까딱거렸다. 세명이 상체를 숙여 얼굴을 내밀자 오부민이 입을 가리고 세명의 귀에 조그맣게 속삭였다.

"그건 말이야, 비밀이야."

오부민의 어이없는 대답에 세명이 고개를 바짝 쳐들었다.

“하하하. 농담이야, 농담.”

“제발 알려주세요. 편지를 받긴 했지만 궁금한 게 많습니다.”

세명의 굳은 얼굴에 오부민은 웃음을 멈출 수밖에 없었다.

“음. 그래, 편지가 오고 가는 마당에 알려주지 못할 것도 없지. 사실은 어제 편지를 전해주면서 말해 주려고 했는데 시간이 좀 촉박했어.”

이세명은 오부민의 설명에 귀를 기울였다.

“나는 운풍대 말고 다른 조직에도 소속돼 있어. 너희 형도 그렇지. 거기에 대해서는 자세히 말할 수 없으니까 그렇게만 알아둬. 참, 이건 다른 대원들에겐 비밀이야.”

이세명이 고개를 끄덕였다.

“알겠습니다. 절대로 비밀을 지키겠습니다. 그런데 어떻게 연락이 닿은 건가요?”

“네가 이무쌍의 동생이라는 걸 알고 내가 연락을 했지.”

이세명이 형의 정체가 이무쌍이라는 것을 알게 된 건 회하를 건너기 전 진북군의 주둔지에서였다. 하지만 그 사실은 풍승과 풍종우만 알 뿐 다른 대원들에겐 알려지지 않았었다.

세명이 이무쌍의 동생이라는 것이 대원들에게 알려진 때는 대도로 오는 길에서였다. 그렇다면 오부민은 대도로 오는 중에 또는 대도에 와서 연락을 보냈다는 말인데, 대도로 오는 중에 그럴 여유나 기회가 없었으니 대도에 도착해서 연락을 보냈다는 말이 됐다. 이세명은 이점을 믿을 수 없었다.

“한 달에 한 번 편지를 받을 수 있다고 하셨는데…….”

“그래. 그 정도밖에는 해줄 수 없다더군. 너도 알다시피 요즘 통행이 자유롭지 않아서 말이야.”

가는 데 보름, 오는 데 보름. 운풍대의 정기 보고도 그 정도는 걸린다고 알고 있었다.

"형은 웅천부에 있습니까?"

편지에 써 있지 않아 자세히 알 수는 없었지만, 형은 적어도 군에 있는 게 맞는 것 같았고 웅천부에 있는 것 같았다.

오부민이 고개를 끄덕였다.

"그렇다더군."

대도와 웅천부를 오가는 데만 한 달이 걸린다고 하면 편지의 도착 시기가 맞지 않았다. 대도에 도착해서 웅천부까지 연락을 보내고, 형을 찾아 편지를 받고 다시 대도로 그 편지를 가져오기까지 걸린 시간이 이십오 일. 그렇다면 오부민이 연락을 보내서 형이 편지를 보냈다는 말은 앞뒤가 맞지 않았다.

게다가 편지에는 분명 북벌군이 출진했다는 말이 있었다. 그렇다면 편지가 쓰여진 시기는 대략 일월 초순. 즉, 편지가 도착하는 데만 이십일 이상이 걸렸다는 얘기였으니, 오부민이 보낸 연락을 받고 형이 편지를 쓴 건 아니란 결론이었다.

"형은 그 회에서……."

세명의 질문에 오부민이 손가락으로 입을 가렸다.

"쉿! 그냥 '그곳'이라고 해라."

'아무도 없는 방에서, 그것도 이름을 말한 것도 아니고 그저 회라고 하는 것조차 이처럼 조심스럽다니.'

"형이 그곳에서 무얼 하고 있지요?"

"공식 직함은 금의위 소속 천호라고 하는데, 알려지지 않은 것을 보면 아무래도 비밀 위사가 아닌가 싶군. 장사성군 출신으로, 그것도 끝까지 항전하던 십조룡 출신치고는 대단히 빠른 출세라고 할 수 있지. 그 외에 '그곳'에서 어떤 위치인지는 나도 잘 모른다. 편지를 전하러 온 자를 보면 '그곳'에서도 대단한 지위라고 봐야겠지만……."

"비밀 위사요?"

특별히 금의위에 관심을 가지고 있지 않더라도, 운풍대에는 금의위에 대한 정보가 많았다. 하지만 금의위에 비밀 위사라는 게 있다는 말은 지금 처음 듣는 것이었다. 정보통이라는 조신도 비밀 위사에 대해서는 언급한 적이 없었다.

"정확히 따지면 의장반 소속이지. 하는 일은 이름 그대로 비밀이다."

오부민은 거기에 대해 자세히 설명하지 않았다. 이세명은 새삼 오부민의 숨겨진 정체에 대해서 궁금했다. 어쩌면 그 회라는 곳은 금의위를 가리키는 말이고 오부민도 사실은 금의위의 비밀 위사가 아닐까 하고 의심이 들었다.

세명이 무언가 의심하는 기색을 보이자 오부민이 양손을 내밀었다.

"자세히 알려주고 싶다만, 나도 함부로 말할 수 있는 처지가 아니라서 말이야. 아마 다음 편지가 올 때에는 자세히 말해 줄 수 있을 거야."

이세명은 몇 가지 질문을 더했지만 대답은 한결같았다. 그러다 나갔던 옥태붕이 들어왔고 대화는 그것으로 끝이 났다.

이날 옥태붕은 점심을 먹으며 세명에게 많은 관심을 보였다. 주로 사문과 출신에 관한 것들을 물었는데, 대답은 오부민이 대신했다. 오부민은 이세명이란 이름 외에 모든 것을 대충 둘러댔다.

옥태붕은 오부민이 거짓으로 알려주는 것을 눈치 채고 더 이상 묻지 않았다. 오부민이 말해 주지는 않았지만, 군에 들어간 걸로 알려진 오부민이 갑자기 대도에 나타난 이유는 뻔한 것이었다. 옥태붕은 세명도 오부민과 같은 이유로 대도에 왔다고 짐작했다.

이세명은 돌아오는 길에 오부민이 했던 말들을 하나씩 곱씹어 편지의 내용과 맞춰봤지만 역시 앞뒤가 맞지 않았다. 형에 대해 알려준 건 고마웠지만 숨기는 게 너무 많았다. 이세명은 앞으로 오부민의 말을 전적으로 믿지는 말아야겠다고 생각했다.

돌아와 늦은 잠을 청하니 잠은 오지 않고 형에 대한, 형이 말한 그 회라는 곳에 대한 의문만 더욱 커졌다. 이상하게 불길한 생각이 들었다.


만월대(滿月臺).

만월대는 대도성의 북쪽, 태액지와 적수담 사이에 있는 도박장을 가리키는 이름이면서, 동시에 그곳을 운영하는 만월방(滿月幫)이라는 흑도방파를 지칭하는 것이기도 했다.

도박장은 기루, 주루와 더불어 흑도방파의 빼놓을 수 없는 수익 사업이었고, 대도성같이 커다란 도시에 도박장을 운영하는 흑도방파가 있다는 건 어찌 보면 당연한 일이었다. 하지만 만월방은 흔히 볼 수 있는 강호의 흑도방파가 아니었다.

애초에 자정원에서 자금을 대고 황족(皇族)을 대표하는 보르지긴가(家)의 유서 깊은 푸른 군대에서 인력을 지원해 만들었으니, 시작부터 보통의 흑도방파일 수가 없었다.

유례없이 강호방파들에 대한 직접 개입이 많았던 원 황실이었고, 무림에 대한 억압과 통제를 위해 여러 방회를 도왔던 적도 있었지만 황실이 방회를 설립하는 데 직접 개입하긴 만월방이 처음이었다.

이렇게 만들어진 만월방은 방주 이하 문도 대부분이 푸른 군대 출신의 전사들이었다. 그래서 관에서는 강호방파가 아닌 군대란 뜻으로 만월대(滿月隊)라 불렸는데, 만월방도들은 은근히 그렇게 불리는 것을 자랑스럽게 생각했다. 누군가 만월방이라고 말하면 심한 모욕으로 받아들여 싸움까지 벌이는 일이 심심치 않게 있었다. 해서 만월방은 멀쩡한 이름을 놔두고 만월대로 불리게 됐지만, 사람들은 비하하는 의미로 만월대(滿月隊)가 아닌 만월대(臺)라 부르고 있었다. 발음상(중국어 발음상) 조금 차이가 있었지만 대충 얼버무리며 빠르게 말하면 그게 그거였다.

어쨌든 만월방은 황실의 지원에 힘입어 대도 최고의 상권이라는 적수담로에 있던 주루를 인수해 도박장을 차렸다. 그리고 거기서 나오는 막대한 자금으로 주변 상권을 장악해 나갔다. 수익의 절반을 자정원에서 가져갔고, 나머지도 상당 부분 내륙의 보르지긴 가로 보내졌지만 대도성 유일의 합법 도박장에서 나오는 수익은 상상을 불허하는 금액이었다.

전체 수익의 단 일 할만으로도 세력을 넓히기엔 충분했다. 삼층 누각 하나에서 시작한 만월대의 세력은 이십 년이 지난 현재 적수담로 인근의 상권을 완전히 장악한 상태였다. 이는 대도성 전체 상권의 삼할에 해당하는 막대한 규모였다.


적수담로의 한 골목. 운풍대의 오조와 십이조원들이 몸을 숨기고 있었다. 풍승과 풍종우, 종리고도까지 함께하고 있으니 대도에 잠입한 운풍대 인원 중 왕 숙수와 칠조를 제외한 전원이 모여 있는 셈이었다.

"오조, 십이조, 모두 집결했습니다."

어둠 속에서 풍종우의 목소리가 낮게 울리자 풍승이 고개를 끄덕거리며 말했다.

"흑풍당입니다."

“주의하겠습니다.”

풍승의 지적에 풍종우가 머리 숙여 대답했다. 오조는 이미 한 달 전부터 흑풍당이라는 이름으로 활동하고 있었고, 얼마 전부터 십이조도 거기에 동참한 상태였다.

“대주, 이것을.”

종리고도가 하얀 수건을 내밀었다. 풍종우와 종리고도를 비롯한 몇몇은 이미 수건으로 눈 밑을 가리고 있었다. 주로 강남에서 활동하던 이들이었지만, 강호에 약간이라도 이름이 난 자들은 만일을 위해 얼굴을 숨겨야 했다. 풍승은 말없이 수건을 받아 얼굴에 두르고 풀리지 않도록 단단히 묶었다.

칙칙한 회색 무복에 흑풍당임을 나타내는 검은 머리띠, 그리고 하얀 복면. 뭔가 어울리지 않는 느낌이었다.

“그럼, 이제부터 칠조장이 수고해 주시오.”

선두에 섰던 풍종우가 뒤로 빠지며 지휘권을 종리고도에게 넘기자 종리고도는 말없이 앞으로 나와 선두에 섰다. 오늘부터 대외적으로 흑풍당의 당주는 종리고도였다.

“출진!”

종리고도는 명령을 내림과 동시에 대로를 향해 뛰어나갔고, 그 뒤를 운풍대원이 따랐다.

『보보노노』 4권에 계속…